UN
GRANITO *de*
MOSTAZA

UN GRANITO de MOSTAZA

Laila Ibrahim

amazoncrossing

Título original: *Mustard Seed*
Publicado originalmente por Lake Union Publishing, Estados Unidos, 2017

Edición en español publicada por:
AmazonCrossing, Amazon Media EU Sàrl
5 rue Plaetis, L-2338, Luxembourg
Noviembre, 2018

Impreso por: Ver última página
Primera edición digital 2018

ISBN: 9782919805662

www.apub.com

Sobre la autora

El amor más allá de las diferencias es un tema complejo sobre el que Laila Ibrahim puede llamarse una experta. Su pasión por el ser humano comenzó con sus estudios en Psicología y Desarrollo Infantil, que luego evolucionaron hacia un postgrado en Desarrollo Humano. Su gran necesidad de estar en contacto con niños, le motivó a abrir su propia escuela (la Woolsey Children's School) y hoy dirige el departamento infantil y familiar de la primera iglesia unitaria de Oakland (California).

Las vivencias personales de Laila son el bagaje que necesitó para construir la historia de Mattie y Lisbeth en *La flor del azafrán amarillo* (2015), su primera novela, y que hoy es lectura recomendada en los Estados Unidos para acercarse al tema de la esclavitud desde una perspectiva más humana. *Un granito de mostaza* es la continuación natural de aquella historia, el resultado de su interés por lo que debió de ocurrir a sus protagonistas tras la guerra.

En agradecimiento a todas las gentes conocidas y desconocidas que sembraron las semillas de amor y justicia que he visto germinar en toda mi vida y a la oportunidad que se me ha dado de sembrar las mías propias. A mis queridas Maya, Kalin y Rinda. Os quiero del suelo al cielo y os querré siempre

Sección 1. Ni en los Estados Unidos ni en ningún lugar sujeto a su jurisdicción habrá esclavitud ni trabajo forzado, excepto como castigo de un delito del que el responsable haya quedado debidamente condenado. Sección 2. El Congreso tendrá la facultad de hacer cumplir este artículo por medio de la legislación apropiada.

Decimotercera enmienda a la
Constitución de los Estados Unidos

Pues ciertamente os aseguro que si tuviereis fe tan grande como un granito de mostaza, podréis decir a ese monte: «Trasládate de aquí allá», y se trasladará.

MATEO 17, 20

Relación de personajes

Jordan Freedman: maestra de diecinueve años que vive con sus padres en Oberlin (Ohio)

Mattie Freedman: madre de Jordan

Emmanuel Freedman: padre de Jordan

Samuel Freedman: hermano de Jordan

Nora Freedman: cuñada de Jordan

Otis Freedman: sobrino de Jordan

Lisbeth Johnson: granjera de treinta años residente en Oberlin (Ohio)

Matthew Johnson: marido de Lisbeth

Sadie Johnson: hija de Lisbeth de seis años

Sammy Johnson: hijo de Lisbeth de nueve años

Ann Wainwright (la abuela Wainwright): madre de Lisbeth

Jonathan Wainwright (el abuelo Wainwright): padre de Lisbeth

Jack Wainwright: hermano de Lisbeth

Julianne Wainwright: cuñada de Lisbeth

Johnny Wainwright: sobrino de Lisbeth

Emily Smith: medio hermana de Lisbeth por parte de padre

William Smith: marido de Emily

Willie Smith: hijo de Emily

Ari y Winnie Smith: suegros de Emily

Mary Bartley: amiga de infancia de Lisbeth
Daniel Bartley: marido de Mary
Emma: niñera de Mary
Danny, Harry, Rose, Hannah y Freddy: hijos de Mary
Sarah: prima de Jordan
Sophia Rebecca: hija de Sarah
Ella Georgia: hija de Sarah
Edward Cunningham: antiguo prometido de Lisbeth, propietario de White Pines
Alfie y Alice Richards: nuevos propietarios de Fair Oaks, la plantación en la que Mattie crio a Lisbeth
Mamá Johnson (la abuela): suegra de Lisbeth
Johnson padre (el abuelo): suegro de Lisbeth
Mitch Johnson: cuñado de Lisbeth
Michael Johnson: cuñado de Lisbeth, vive con su mujer y sus hijos en California
Maggie Johnson: esposa de Michael
Aurelia y Emma Johnson: hijos de Michael y Maggie
Señorita Grace: propietaria de la hospedería en la que se alojan Jordan, Mattie y Samuel
Señora Avery: encargada del orfanato de confiscados
Tessie: niña del orfanato

Prólogo

Richmond, Virginia, 1868

No está bien que los maestros tengan alumnos favoritos. Yo, sin embargo, tengo una. El otoño pasado, el primer día de clase, la pequeña Sadie Johnson me tomó de la mano, me miró a los ojos con los suyos celestes y declaró con un ligero ceceo:

—Yo también soy nueva.

Aquel fue el momento en que arraigó mi aprecio por aquella dulce niña blanca, un afecto que no hizo más que crecer a lo largo del curso.

Mi madre dice que siento una afinidad especial con ella por ser la hija de Lisbeth, pero yo no creo que se deba a ello, porque apenas conozco a esa mujer, que viene a vernos una vez al año, por fiestas, con una cesta de dulces para toda la familia. Lisbeth y mamá se ponen al día de sus novedades y se abrazan un buen rato con fuerza antes de que ella vuelva a salir de nuestra vida hasta las Navidades siguientes. Mi madre dice que yo llevaba el cariño de Lisbeth escrito en el alma antes de saber pronunciar mi primera palabra o pensar siquiera, pero a mí me da la impresión de que habla por ella, no por mí.

Lisbeth y ella eran especiales la una para la otra en una época que yo solo conozco por las historias que he escuchado. Las cosas que se cuentan de las cabañas, la casa grande y los campos son para mí como los mitos griegos. Yo no era más que una niña de pecho cuando mamá me sacó de la plantación para llevarme con mi padre y Samuel a Oberlin. No me considero una esclava manumisa, pero mi madre no deja que me olvide de que, en otra época, los cuatro vivíamos en la esclavitud, me guste o no. De hecho, el apellido que me dieron no dejará que ni yo ni el mundo lo olvidemos nunca: Freedman, «liberto».

Mis padres están orgullosos de su pasado y es bueno que así sea. Yo estoy agradecida por todo lo que me han dado. De veras que lo estoy, pero ellos no me entienden ni creo que me vayan a entender jamás. El abismo que separa nuestras vidas es demasiado ancho.

Capítulo uno

LISBETH

Oberlin (Ohio), verano de 1868

Las manos de Lisbeth estaban amasando los bollos para la cena cuando entró Matthew en la cocina con el sobre. Lo primero que fue a llamar su atención desde el papel blanco fue la caligrafía precisa de su madre. No interrumpió su ritmo ni hizo comentario alguno, pero su cuerpo dio un respingo alarmado como la sacudida que da un conejo al sentir la presencia del zorro.

Matthew le besó una mejilla alcanzándola desde la espalda y a continuación saludó a Sadie, que desgranaba guisantes sobre la sencilla mesa de madera, y la levantó de la silla para darle un abrazo colosal dejando así las piernas de la niña suspendidas en el aire.

Lisbeth sonrió. El afecto que desplegaba su marido por los pequeños nunca dejaba de conmoverla. Su madre no entendería nunca el profundo placer que sentía ante los quehaceres cotidianos de la vida doméstica y el amor de su familia. La calidez de su acogedor hogar de Ohio era muy diferente de lo que había conocido en su infancia, la plantación virginiana de Fair Oaks.

Matthew sostuvo en alto la carta de su madre.

—¿Quieres leerla ahora?

La mujer agitó los dedos manchados de masa y preguntó sacudiendo la cabeza:

—¿Te importa…?

Mientras su marido abría el sobre, se preparó para oír comentarios desagradables disfrazados de noticias amables. Su madre, «toda una dama», no escribiría jamás nada que pudiera incurrir en las críticas de la señorita Taylor, la maestra de modales que había tenido Lisbeth en su juventud, pero nunca omitía mencionar todo lo que, en su opinión, faltaba en la vida de su hija: bienestar económico, posición social y refinamiento.

En los diez años transcurridos desde que había huido de Virginia, su madre le había escrito casi todos los meses, pero no había ido a verla a Ohio ni una sola vez. Ni en 1859, cuando nació Sammy, su primer nieto, ni cuando, tres años más tarde, vino al mundo Sadie. Lisbeth había abrigado la esperanza de que estaría dispuesta a viajar una vez acabada la guerra entre estados, pero sus padres la habían decepcionado al ni siquiera contestar a cada una de las invitaciones que les había hecho los tres años que siguieron al final del conflicto y tampoco su madre les había pedido que fuesen a verla.

Matthew leyó con su voz pausada de costumbre:

Queridísimos Elizabeth y familia:
Espero que estéis bien al recibo de la presente.
Imagino que os estaréis preparando para la cosecha,
uno de los sencillos placeres de la vida que se me
han arrebatado, pues aún sigo llorando la pérdida
de mi hogar.
Os alegrará saber que Mary Bartley ha dado
a luz a otro varón. Después de haber tenido dos
hijas seguidas, la familia está encantada. No te
dejes afligir por el hecho de que Dios haya querido

bendecirlos con cinco criaturas. Estoy convencida de que a ti te ha deparado otra suerte por un motivo concreto.

El hijo de Jack estuvo aquejado de fiebres la semana pasada. Johnny sigue en cama, pero no tardará en recobrarse del todo. Aunque ha perdido muchos días de clase, estoy convencida de que, al ser tan despierto como su padre, los recuperará enseguida.

Tu padre está enfermo y no vivirá para ver el Año Nuevo. Deberías venir a verlo por última vez para pedirle perdón y ayudarme con todo. Te ruego que me hagas saber cuándo debo esperarte.

Atentamente,
Tu madre.

Aturdida, con un torbellino de emociones brotándole del pecho, Lisbeth se desplomó en la silla que había frente a Sadie.

Con los años había conseguido enterrar el dolor que le producía el rechazo de sus padres. Había aceptado que su relación se mantuviera solo por correspondencia sin esperar volver a verlos en persona. Sin embargo, en lo más hondo de su corazón, anhelaba estar con ellos de nuevo, hacer las paces y quizá hasta cultivar un afecto de verdad. La decisión que había tomado les había hecho mucho daño: el tiempo y la madurez se lo habían dejado muy claro.

La mano morena de Matthew cubrió con dulzura sus dedos pálidos pegajosos por la masa.

—Tienes que ir —la apremió con voz suave.

—Estaría ausente semanas, quizá meses. ¿Y la cosecha? —preguntó ella.

—Puedo arreglármelas sin ti —repuso él—. Es tu padre. Si no estás con él sus últimos días, te arrepentirás.

—Pero si para mí ya no significa nada. Ni siquiera se ha molestado en escribirme nunca. —La voz se le quebró y se le llenaron los ojos de lágrimas: todo su cuerpo dejaba claro que no decía la verdad. Actuaba como si no le afectara el desinterés por ella que mostraba su padre, pero lo cierto era que le hacía mucho daño.

Matthew la miró y, después de elegir con cuidado sus palabras, dijo:

—Si queremos superar nuestras heridas, nuestra guerra, no tenemos más remedio que perdonar. El Norte y el Sur no pueden seguir tan enfrentados. Da igual que hablemos de familias o de estados.

Si fuese a verlos, podría disculparse y tal vez recibir su perdón y su bendición. Con su padre no tendría otra oportunidad y quizá aquella fuese también la última que le concedería su madre.

—Me había resignado a no volver a poner un pie en Virginia.

—Tal vez no consigas la reconciliación que estás buscando, pero, al menos, así sentirás que has cumplido con tu deber de hija.

Lisbeth exhaló aire con fuerza y asintió con la cabeza.

Sadie reaccionó entonces y sus ojos vivos brillaron de emoción.

—¿Vas a ir a ver a los abuelos Wainwright? ¿Podemos ir contigo Sammy y yo? ¿A Virginia?

Lisbeth no se había dado cuenta de que su hija estaba siguiendo la conversación. Pensó en la pregunta que le acababa de hacer.

—Sadie —respondió Matthew—, a tu madre le acaban de dar una noticia grave. Deja que se recomponga y luego haremos planes.

—Sí, papá —convino la niña reclinándose en su silla—, pero yo tengo unas ganas tremendas de conocer a los abuelos Wainwright, al tío Jack ¡y a mi primo Johnny! El abuelo también querrá conocernos a Sammy y a mí. ¿No crees?

A Lisbeth se le hinchó el pecho. Ojalá estuviese tan convencida como su hija de que su familia los recibiría con los brazos abiertos. Sadie tenía idealizados a sus abuelos maternos, a los que imaginaba como la abuela y el abuelo paternos, los padres de Matthew, que sí habían hecho el esfuerzo de ir a visitarlos a Oberlin. Esquivó la pregunta inocente de Sadie.

—A tu hermano ya lo conoce de una vez que fui a verlos antes de la guerra.

—Pero entonces era bebé y los bebés no hacen nada —explicó Sadie—. Ahora tiene nueve años y les puede enseñar a jugar al béisbol. ¡Y a las cartas!

Matthew se echó a reír.

—Es verdad que tu hermano es mucho más interesante ahora que la última vez que estuvimos allí —respondió su madre—, pero los bebés son una bendición a pesar de que apenas hagan nada.

—¿Nos odian porque somos de la Unión? —preguntó su hija con un gesto de pesadumbre que hizo que arrugara su limpia frente.

Lisbeth dejó escapar un suspiro ante la pregunta. ¿Cómo explicar a una niña de seis años la compleja relación que tenía con sus padres? La habían echado de casa cuando se había fugado para casarse con Matthew Johnson en lugar de conformarse con el pretendiente que le habían elegido ellos. Había cometido contra ellos una traición gravísima al contraer matrimonio con un abolicionista y mudarse a Ohio en lugar de convertirse en la señora de White Pines, enorme plantación de tabaco virginiana. Lisbeth miró a Matthew con la esperanza de que él tuviera una respuesta, pero su marido se limitó a encogerse ligeramente de hombros.

—Odiar es mucho decir —declaró Lisbeth con más confianza de la que sentía—. Tus abuelos no nos odian, pero es cierto que no están muy contentos con el resultado de la guerra.

—¿Vamos a ver esclavos? —preguntó la pequeña abriendo los ojos de par en par.

—La esclavitud ya no existe, Sadie. La esclavitud es una parte vergonzosa del pasado que, por suerte, ya no afea nuestro país. ¿Lo entiendes?

—Sí, mamá. —La conformidad de su curiosa hija, sin embargo, no le impidió insistir con voz intrigada—. Pero tú sí viste esclavos cuando vivías en Virginia, ¿no?

Lisbeth asintió sin palabras. Los pequeños sabían que las familias de sus padres habían tenido esclavos, pero tanto ella como Matthew habían evitado contarles que su familia materna poseía una de las vastas plantaciones de tabaco que se había beneficiado del sudor de casi un centenar de trabajadores privados de libertad. Hacerlo habría supuesto causarles dolor sin motivo alguno y Lisbeth temía que le perdiesen el respeto si conocían toda la verdad sobre la infancia de su madre antes de haber crecido lo suficiente como para considerarla con cierta perspectiva.

—¿Y tú, papá?

—Sí, había esclavos en todas las casas —repuso él.

—En muchas casas —corrigió Lisbeth con delicadeza—. En todas, no.

—Los esclavos no tenían esclavos, ¿no? —preguntó Sadie.

Matthew y Lisbeth se echaron a reír.

—No —contestó la madre—, los esclavos no tenían esclavos.

—Pero sí había negros que tenían esclavos —explicó su padre.

La pequeña lo miró incrédula, con el ceño fruncido y la boca apretada.

—Es extraño, pero es verdad —confirmó él.

—Tus papás tenían esclavos —dijo la chiquilla a Matthew—, pero no están enfadados por que ya no haya esclavitud, y los tuyos también tenían —añadió señalando a Lisbeth—, pero sí están enfadados.

—Exacto —respondió el padre antes de mirar a su mujer.

No resultaba fácil hablar de aquello con Sadie, porque habían tenido siempre la esperanza de poder proteger a sus hijos de las crueldades del mundo, pero también querían ser sinceros con ellos.

—En Virginia sigue habiendo personas que antes eran esclavas, ¿verdad? Si al final voy contigo, veré algunas —declaró con la voz cargada de entusiasmo.

A Lisbeth la sorprendió la actitud de su hija.

—Sadie, la crueldad hacia otras personas no constituye ninguna fiesta.

La niña hizo un gesto serio de asentimiento. La pequeña se habría asombrado de haber sabido que la silla misma en la que estaba sentada y la mesa en la que amasaban habían sido fabricadas por antiguos esclavos. Sadie conocía a Emmanuel y a Samuel Freedman, los carpinteros que las habían hecho, pero no sabía que su madre y Samuel se habían conocido siendo niños, porque, hasta escaparse de allí, a los diez años, Samuel había tenido que trabajar en la plantación de la que era propietario el padre de Lisbeth.

Sadie acompañaba todos los inviernos a su madre a llevar una cesta a los Freedman por Navidad, convencida de que se trataba de un obsequio de agradecimiento a Mattie, la madre de Samuel, la comadrona que había traído al mundo a Sammy y a Sadie. Sin embargo, con aquellos regalos pretendía dar las gracias por mucho más.

Mattie había sido el aya de Lisbeth desde su nacimiento hasta que la niña había cumplido los doce. De pequeña, Lisbeth no quería separarse ni un instante de aquella mujer, con la que sentía una conexión más fuerte que con su propia madre. Jordan, la hija de Mattie, había sido el primer bebé al que había querido Lisbeth, que no había dudado en colmarla de mimos por las tardes, cada vez que podía librarse de sus lecciones. Cuando Mattie se llevó a Jordan para huir con ella de la esclavitud, perdió a las dos personas que más quería. Su vida quedó patas arriba en un instante. El que las dos acabaran en Oberlin (Ohio) no fue del todo una coincidencia, pues muchas personas de pensamiento liberal habían decidido asentarse en aquella comunidad progresista antes y después de la guerra.

A pesar de no frecuentarse mucho, Lisbeth había estado siempre agradecida al amor y el consejo que le había prodigado Mattie, por haber hecho de ella la mujer en que se había convertido.

Sadie no tenía la menor idea de que la iglesia a la que acudía su familia y la escuela en la que se estaba educando ella eran bastante especiales por la mezcla de razas y por el papel que se asignaba a la mujer. Para ella era normal tener una maestra de color y compañeros de todos los tonos de piel. Jordan Freedman había comenzado a dar clases allí el otoño pasado, el mismo año en que había empezado a estudiar la pequeña. A Lisbeth, el extraño capricho del destino que había querido que su hija admirase tanto a la hija de Mattie le había resultado tan divertido como alegre.

—¿Vamos a quedarnos también en casa de los abuelos cuando vayamos a Virginia? —quiso saber Sadie.

—Yo seguro que iré a verlos, pero todavía no hemos acordado que tu hermano y tú vayáis a venir conmigo —respondió Lisbeth.

Aun así, en el fondo de su corazón, sabía que había llegado el momento de que sus padres conocieran a sus dos hijos.

Lisbeth necesitó una hora para recuperar el pulso durante el primer viaje en ferrocarril que hacía en su vida. El paisaje desdibujado del exterior resultaba tan vertiginoso que había acabado por echar la contraventana de madera pese al desengaño que su cierre había supuesto a sus dos hijos. Necesitaba con desesperación un descanso frente a semejante caudal de estímulos. Aunque en el vagón hacía un calor excesivo, mantuvo cerrada la ventanilla para evitar que entrasen el ruido ensordecedor y la carbonilla. A una pasajera que estaba a pocos asientos de los suyos le había hecho un agujero en el vestido de viaje una pavesa de la locomotora que le había caído encima antes de extinguirse por completo.

El interior del tren era muy alegre. La pintura brillante de color carmesí hacía juego con los bancos cubiertos de terciopelo y contrastaba graciosamente con el techo, revestido de amarillo, y los postigos, pintados del mismo color. En aquel momento, el vagón casi estaba completo, pero el número de viajeros cambiaba en cada parada. Aunque la gran mayoría eran hombres, Lisbeth no era la única mujer que viajaba sin compañía.

Matthew le había asegurado que aquel era un medio de transporte seguro, pero Lisbeth no estaba del todo convencida de que avanzar a sesenta kilómetros por hora no fuese dañino para la salud. Aquel invento milagroso hacía posible salvar en menos de veinte horas los ochocientos kilómetros que separaban Columbus (Ohio) de Washington D. C. gracias a la Baltimore and Ohio Railroad. Nunca había hecho un trayecto tan largo sin Matthew y esperaba no tener imprevistos que no pudiera afrontar sin ayuda. Deseaba parecer confiada y feliz por la compañía de sus hijos, pero no dejaba de preguntarse si había sido prudente haberlos llevado consigo.

Tenían que llegar a la capital antes de que anocheciera. Una vez en Washington D. C., pernoctarían en un hotel antes de proseguir el viaje, al día siguiente, en la línea ferroviaria que unía Richmond (Virginia) y Potomac hasta la primera de estas ciudades, donde estaba la nueva casa de sus padres.

Para ellos, en realidad, no era muy nueva, pues llevaban ocho años viviendo allí, desde que se habían visto obligados a vender Fair Oaks. Cuando Lisbeth había decidido huir de la plantación, no había pensado en que la familia que dejaba atrás podría sufrir el desprecio de sus vecinos, quienes, al rehuir su trato, les harían atravesar graves dificultades económicas. Había sobrevalorado la posición que ocupaban sus padres en la sociedad y subestimado la crueldad de los Cunningham, la familia con la que le habían concertado matrimonio. Aunque no se arrepintió nunca de su resolución, sentía remordimientos por el daño que había causado a sus padres y a su hermano, Jack.

Sammy estaba leyendo, tan inclinado sobre el folleto impreso que le habían dado en la estación que casi tocaba las páginas con el pelo.

—¿Sabíais que la Baltimore and Ohio Railroad ofreció transporte a los soldados de la Unión durante la guerra? —preguntó y, sin esperar respuesta, añadió—: De hecho, los confederados asaltaron sus líneas unas cuantas veces. Volaron puentes que tuvieron que ser reconstruidos. —Alzó la mirada a las contraventanas cerradas—. ¿Estaremos pasando por alguno de los nuevos?

Lisbeth no pudo evitar sonreír ante el entusiasmo de su hijo, para quien las batallas no eran más que un relato colosal, en tanto que ella, por desgracia, era muy consciente del coste humano que había tenido aquella guerra y de lo ardua que había resultado la ausencia de Matthew los meses que había estado combatiendo por la Unión mientras ella se ocupaba de la modesta granja. Pese al miedo constante que la había hostigado en aquella época, había hecho cuanto le había sido posible por proteger a los dos pequeños de su aflicción y afrontar la situación disfrazándola de aventura. Su marido había vuelto a casa con todas las extremidades y sin más lesión que la pesadumbre, pero muchas familias no habían tenido tanta suerte. Muchas habían quedado destrozadas por el conflicto y sus hombres habían regresado malheridos de cuerpo y alma o no habían vuelto del campo de batalla. Lo más angustioso era cuando alguno de ellos desaparecía sin más y sus familiares jamás llegaban a saber qué había sido de él.

—Sammy y Sadie, os tengo que pedir algo

Las miradas color miel del niño y azul de su hermana se clavaron en su madre. Lisbeth había estado lidiando con un asunto complicado que sabía que tenía que abordar antes de que llegasen.

—No habléis de la guerra mientras estemos en Richmond. Es un tema difícil que puede ser doloroso para nuestra familia. Por favor, no habléis de eso.

Los dos asintieron. Sammy preguntó:

—El tío Jack estuvo preso de la Unión, ¿verdad?

—Sí y no debió de ser nada agradable. Y la tía Julianne perdió a su padre y a dos de sus hermanos. Como podéis imaginar, no aprecian mucho nuestra causa.

Sadie abrió los ojos como platos.

—¿Los mató papá?

Lisbeth respiró hondo.

—No: el 150º de infantería defendía Washington D. C. Papá no estaba destinado cerca de la casa de la tía y, por lo que tengo entendido, a su padre y sus hermanos los mataron en Carolina del Norte.

—Tiene que estar muy triste —dijo la pequeña.

Su madre hizo un gesto de asentimiento.

—Una pérdida así no se supera nunca. Lo único que puedes hacer es aprender a vivir con el dolor.

—Vamos a ver a la tía, ¿no?

—El tío Jack, la tía Julianne y el primo Johnny viven con los abuelos Wainwright —les explicó Lisbeth—. Estaremos todos juntos.

—¿Es grande su casa? —preguntó Sammy.

—Yo no la conozco, así que no puedo decíroslo, pero tienen aposentos para los criados y una habitación para nosotros, así que tiene que ser enorme, aunque la abuela se queje de que viven como sardinas en lata.

—¿Por qué se fueron de la casa en la que tú te criaste?

Lisbeth volvió a afanarse en dar con una respuesta sincera, pero discreta. Midiendo bien sus palabras, contestó:

—Ya sabéis que no me casé con el hombre que eligieron para mí mis padres, ¿verdad? Al irme a Ohio con papá, fue como elegir estar en un equipo diferente.

—¿El equipo de la Unión?

—Cuando me fui no tenía la menor idea de que estallaría una guerra —les explicó— ni de que estaríamos en bandos distintos, pero sí: eso fue, a fin de cuentas, lo que ocurrió. Están enfadados por todo lo que perdieron y me echan a mí la culpa. Se enfadaron conmigo y empezaron a tener miedo.

—¿Y por qué vas a tener tú la culpa?

Lisbeth volvió a llenarse los pulmones. No era fácil expresarlo con palabras. Su hijo la miraba de hito en hito en espera de una respuesta.

—Dije que sí a la proposición de matrimonio de un hombre llamado Edward Cunningham, lo que quiere decir que me comprometí a casarme con él. Entonces, al romper yo aquella promesa, todo el mundo dio de lado a la familia que dejé atrás en Virginia.

—¿Qué quiere decir que les dieron de lado? —quiso saber Sadie.

—Los vecinos hicieron como si los abuelos no existiesen. Dejaron de comprar y vender sus productos y de invitarlos a las fiestas. El tío Jack perdió a todos sus amigos.

La pequeña bajó las comisuras de los labios con gesto de solidaridad.

—Pobre tío Jack. Tuvo que ponerse muy triste.

Lisbeth asintió sin decir palabra. No era fácil reconocer a sus hijos que su elección había hecho daño a su hermano.

—Entonces, ¿rompiste una promesa? ¿Tú? —Sammy acababa de conocer un secreto impagable sobre su madre. Sus sermones relativos a la importancia de cumplir con la palabra de uno acababan de desmoronarse ante sus ojos.

Lisbeth evitaba hablar de la traumática traición de Edward, ni siquiera quería recordar aquel episodio y, por supuesto, jamás se lo había contado a sus hijos. Sopesando con mucho cuidado cuanto decía, se explicó:

—Rompí una promesa porque me enteré de que Edward había hecho algo horrible a una persona a la que tenía que haber protegido.

—¿Y qué…? —empezó a preguntar Sammy antes de que lo interrumpiera su madre diciendo:

—Sois muy pequeños para conocer todos los detalles. Os basta con saber que fue tan horrible que supe enseguida que no podía convertirse en mi marido.

—Pero ¿qué hizo? —Sadie parecía muy intrigada.

En ese momento se abrió camino en su cabeza la espantosa imagen de Edward forzando a una de las esclavas que trabajaban en el campo. Recordar la desesperación de los ojos castaños de aquella joven le hizo un nudo en el estómago y le provocó náuseas. Se sobrepuso inspirando aire lentamente.

—Cuando cumplas quince años, te lo contaré —dijo con firmeza—. Eres muy pequeña todavía para saber de esas cosas. La de romper mi palabra resultó una decisión muy difícil, pero fue la acertada dadas las circunstancias. Cumplir una promesa es algo muy muy importante, pero a veces recibes información que hace que romperla sea lo mejor.

—Yo casi nací en Virginia, ¿no? —preguntó la pequeña, fascinada y nerviosa ante tal posibilidad.

Su madre sonrió, aliviada por la ocasión de cambiar de tema. Consciente de que estaba a punto de poner patas arriba lo que su hija sabía de sí misma, repuso con dulzura:

—Tú no estarías aquí si yo no me hubiera casado con tu padre.

Sadie juntó las cejas, lidiando con la idea de la posibilidad de no existir. Entonces clavó la mirada en la de Lisbeth y fue cambiando

11

de expresión a medida que consideraba las implicaciones de tal información.

—Me duele la cabeza de solo pensarlo —repuso al fin.

—Pues a mí me duele el corazón de imaginarme sin ti —respondió ella, que regaló una sonrisa a su hija antes de volverse hacia Sammy y añadir—: o sin ti.

—¿Les contaste eso tan malo que hizo aquel hombre? —preguntó él.

—¿A quién?

—A tus padres.

A su memoria acudió de pronto la total indiferencia de su madre cuando le reveló la escena que había presenciado bajo el sauce. Su insistencia en que la aceptación de aquel comportamiento como elemento integral de la vida de un hombre formaba parte de la llegada de toda mujer a la madurez no había hecho sino aumentar su pavor. El comportamiento de Edward y la ligereza con que su madre había aceptado la brutalidad de su prometido echaron por tierra la concepción del mundo que tenía Lisbeth y la llevaron a abandonar aquella comunidad situada a orillas del río James.

—Se lo dije a la abuela, pero a ella no le pareció tan grave como a mí.

—Vaya —dijo Sammy con gesto preocupado—. Igual no entendía lo que tiene de malo la esclavitud.

—Eso es.

—¿Y ahora lo entienden? —preguntó sin abandonar su expresión afligida.

—Espero que con el tiempo hayan aceptado mi decisión —repuso Lisbeth haciendo lo posible por parecer más confiada de lo que estaba.

—El primo Johnny no estará enfadado contigo, ¿no? —quiso saber Sadie, anteponiendo sus propios intereses como es costumbre entre los niños, pues tenía planes de hacerse muy amiga de su primo.

—No —repuso su madre con una risita.

—No tiene guante de béisbol, ¿verdad? —preguntó el niño.

—El béisbol aún no es tan popular en Virginia —lo tranquilizó Lisbeth—. Dudo mucho que tenga uno, pero estoy convencida de que le encantará ese regalo tan moderno.

—Prometo no hablar de la guerra, pero ¿podemos mirar por la ventanilla? ¡Por favor! —suplicó la pequeña.

Su entusiasmo resultaba contagioso. Lisbeth accedió a abrir las contraventanas. Ante ellos pasaron campos de maíz borrosos. Los niños miraban nerviosos hacia delante, al lugar hacia el que se dirigían, mientras ella observaba agitada los lugares que iban dejando atrás y se preparaba para lo que estaba por llegar.

Capítulo dos

JORDAN

Oberlin (Ohio)

Jordan guardó en el bolsillo la carta abierta y desplegó el *Harper's Weekly* sobre la mesa de madera que tenía delante para leer lo ocurrido en el mundo que se extendía más allá de Ohio mientras Mattie preparaba la cena: guiso de judías y bizcocho. Al llegar a un artículo en el que se detallaba el trato que recibían los libertos en el Sur, lo leyó en voz alta. Su madre no perdió detalle de una sola de las palabras.

La joven no compartía su interés por la antigua Confederación. Aunque habían pasado muchos años desde el momento en que había cargado con su hija para llegar a una tierra libre y se había abolido la esclavitud, su madre seguía obsesionada con la seguridad del único pariente que le quedaba en Virginia.

Jordan tenía la cultura suficiente como para entender que el conflicto había acabado y habían conseguido la victoria. La paz había llegado hacía ya tres años y el Gobierno Federal estaba enmendando los agravios del pasado. Pese a los últimos gritos ahogados de protesta de algunos blancos retrógrados, en la nación imperaba la igualdad. La Decimotercera Enmienda había abolido la esclavitud en todos los Estados Unidos, no solo en los diez estados rebeldes que se nombraban en la Proclamación de Emancipación, y la Decimocuarta Enmienda no tardaría en garantizar la protección igualitaria de todos los estadounidenses. El país estaba avanzando. A continuación, le leyó una noticia sobre la Agencia de Libertos que demostraba su teoría y concluía en los siguientes términos:

> El Congreso ha dispuesto que la Agencia, de naturaleza temporal, deberá cesar su actividad. Ha enseñado a los libertos que son ciudadanos de un Gobierno que reconoce su condición humana en igualdad. Ha enseñado a la antigua clase de propietarios que todos los hombres tienen derechos que deben respetarse. Investida con la autoridad armada de los Estados Unidos, ha ejercido como verdadero ministro de paz y, desaparecido el motivo que había justificado su institución, la Agencia de Libertos deberá pasar a la historia con la más insigne corona de alabanza: la gratitud de los pobres y los desventurados.

—¿Van a suprimir la Agencia? —preguntó su madre con el pánico asomando a sus ojos de color caramelo. Corrió desde la hornilla para mirar el periódico, como si supiera juntar una letra con otra, y, señalándolo con un dedo de chocolate, quiso saber—: ¿Cuándo?

—No lo dice, pero, mamá, no hay por qué preocuparse. Siempre que salga elegido presidente Grant, puedes dar por garantizada la libertad de los negros del Sur. —Entonces, para dejar claro cuál era su interés principal, agregó—: Por lo menos, para los hombres.

No había acabado de hablar cuando entró en la sala Samuel. Como Lisbeth, había sido uno de los pocos ciudadanos negros que habían asistido a la Universidad de Oberlin, aunque para estudiar Derecho y no Magisterio. Tenía diez años más que su hermana y a los treinta había sentado cabeza como padre y marido. Había contraído matrimonio con Nora poco después de volver de la guerra y su bebé, Otis, era el miembro más querido de la familia. Dado que en su ciudad no había mucha demanda de abogados, Samuel tenía que usar las manos en igual medida que la cabeza y repartir su tiempo entre su profesión y la carpintería de su padre, dedicada a la fabricación de muebles de calidad.

—¿Otra vez estás con lo del sufragio femenino? —preguntó el recién llegado con su voz grave entre burlona y provocadora.

—Hombres: sus derechos, nada más. Mujeres: sus derechos, nada menos —replicó ella citando su consigna favorita de *The Revolution*, el semanario dedicado a la liberación femenina.

—¿Para qué quieres votar, hermanita —preguntó Samuel mientras se encogía de hombros—, si voy a votar yo en tu nombre?

—Y tu padre, en el mío —intervino su madre—. A mí me parece estupendo, siempre que puedan votar los varones negros en todas partes.

—Pero a mí me gustaría poder expresar mis propias opiniones —contestó Jordan con las mejillas encendidas.

Era exasperante que a su familia le importasen menos sus propios derechos que los libertos de tierras remotas. Para ella, las libertades de la mujer pesaban tanto como las de los antiguos esclavos. Hasta había memorizado el magnífico discurso de Sojourner Truth, «¿No soy mujer?», el original, pronunciado de manera espontánea en la Convención por los Derechos de la Mujer celebrada en Akron en 1851, no la versión revisada y popularizada por Frances Gage como argumento en favor más de la abolición que de los derechos de las mujeres. Sus líneas favoritas eran las del principio:

En fin, hijas mías, cuando el carro rechina tanto es que hay alguna rueda descentrada. Creo que, entre los negros del Sur y las mujeres del Norte, hablando todos de derechos, el hombre blanco no tardará en verse metido en un buen brete, pero ¿qué es lo que nos dice todo esto?

Su familia apreciaba la elocuencia y la pasión de estas palabras, pero no compartía la devoción que brindaba al sufragio femenino. Su madre quería verla más partidaria de Harriet Tubman que de Sojourner Truth. Haciendo caso omiso del comentario de su hija, dijo a Samuel:

—Tu hermana dice que van a suprimir la Agencia de Libertos. Esto se va a poner feo, quiero decir, más feo todavía. Tenemos que volver a Virginia para traernos aquí a Sarah.

Jordan meneó la cabeza. Su madre llevaba años rogando a su «sobrina» Sarah que dejase la plantación y se mudara a Ohio. Rebecca, la madre de Sarah, había entrado a formar parte de la familia cuando la compraron los Wainwright y Mattie la llamaba hermana aunque no tuvieran lazos de sangre. Rebecca había muerto de manera inesperada hacía unos años y la madre de Jordan estaba resuelta a liberar al último familiar que le quedaba en Virginia, por más que Sarah hubiese quedado redimida por la Proclamación de Emancipación hacía ya un lustro.

Mattie miró a Jordan de hito en hito y la amonestó:

—Todo lo que tienes se lo debes a Sarah. Tu prima fue la que escribió el salvoconducto que nos dio la libertad. ¡Que no se te olvide nunca!

—Mamá, no vendrá a vivir con nosotros. ¿Cuántas veces me has hecho que le escriba para proponerle que se mude a Ohio? —dijo Jordan con voz calmada y respetuosa por más que habría deseado gritar—. Debe de seguir sabiendo leer, pero, cuando te responde, no habla nunca de tu invitación.

—Si vamos con un carro, seguro que dice que sí. Me lo dicen los huesos.

La joven miró a su hermano, quien se limitó a encogerse otra vez de hombros. Muy propio de Samuel. Fingía estar de acuerdo con su madre para luego hacer lo que le viniera en gana y dejar a

Jordan cargar con todo. Con los «huesos» de Mattie era casi imposible razonar, pero Jordan no pensaba renunciar a intentarlo.

—Podemos tardar semanas, o incluso un mes, en llegar. Virginia está a más de ochocientos kilómetros —recordó a su madre.

Mattie se tensó e inclinó la cabeza hacia delante. Jordan tuvo claro que estaba a punto de caerle encima un buen chaparrón.

—Mira, bonita, puede que no sepa cuántos kilómetros de esos hay de aquí al río James, pero sí sé muy bien lo lejos que está —la reconvino Mattie con un acento muy marcado—, porque me hice la mayor parte del camino cargando contigo, así que no necesito que vengas tú a decirme lo largo y duro que es el viaje.

—Sí, mamá —dijo Jordan, molesta al oír que le recordaba, una vez más, las penurias que había tenido que soportar para sacarlos a ambos de la esclavitud como si hubiera transcurrido un año y no diecinueve. Al ver que no pensaba cejar en su idea, Jordan cambió de estrategia a fin de no tener que acompañarla, pues no le hacía la menor gracia tener que pasar el resto de las vacaciones de verano viajando a Virginia para rescatar a una mujer que ni conocía ni parecía desear que la sacasen de allí—. Nosotros nos ocuparemos de todo aquí mientras estáis fuera papá y tú.

Mattie cabeceó lentamente para replicar:

—Iremos todos. Así tendréis la oportunidad de ver el lugar del que venís.

A la joven se le encogió el estómago de terror. El gesto resuelto de su madre le dejó claro que tendría que buscar un motivo muy convincente para no emprender aquel viaje. Empezó a devanarse los sesos en busca de argumentos.

—Es que tengo miedo de perderme el principio del curso si te acompaño. —No había nada que importase más a su madre que la educación.

—Entonces —contestó ella—, más nos vale ir poniéndonos en camino para que puedas volver a tiempo.

—¿Todos? —preguntó Samuel—. ¿A Otis también pretendes llevártelo al Sur?

Mattie movió la cabeza con gesto negativo.

—¿Cómo voy a llevarme a la joyita de mi nieto a un viaje tan largo? Tu hijo y tu mujer pueden esperar aquí, que porque estén un tiempecito sin ti no les pasará nada.

—Pero a papá le acaban de hacer un encargo de sillas de los grandes. Me ha pedido que haga horas extras hasta que lo acabemos. No consentirá que estemos fuera varias semanas.

Daba la impresión de que Samuel había reparado al fin en que los planes de Mattie podían afectarlo también a él. Jordan se alegró de tener al fin un aliado. Sin embargo, al ver el gesto feroz del rostro de su madre, tuvo claro que no pensaba ceder.

—Pues el carro irá a Virginia con vosotros o sin vosotros.

Samuel meneó la cabeza.

—Mamá, ¿cómo vamos a dejar que vayas sola?

—¿No me acabas de decir que tu padre tiene demasiado trabajo para marcharse? Además, él ya vivió suficiente tiempo en Virginia: no necesita saber dónde están sus orígenes. —Fijó la vista en su hijo—. Olvídalo. —Acto seguido dirigió a Jordan aquella mirada intensa suya—. Puede que no quieras saber de dónde vienes, pero que sepas que eso no cambia las cosas. Te avergüenzas de tu pasado, de tu padre y de mí.

Aquellas palabras le dolieron en lo más hondo porque eran ciertas: aunque se desvivía por ocultarlo, era verdad que sentía bochorno de unos padres que no querían entender que el mundo había cambiado, que seguían atascados en el pasado, preocupados todavía por los derechos de los varones negros cuando aquella batalla se había ganado ya. Jordan quería formar parte del movimiento que haría avanzar la nación en nombre de todas las mujeres.

Su madre suspiró hondo y declaró:

—El domingo hay que ir a la iglesia, así que saldré el lunes, sola o con quien quiera acompañarme.

—¡Eso es de aquí a tres días! —exclamó Samuel.

—Y ese será el mejor momento —repuso su madre—. Me lo dicen los huesos.

Samuel soltó el aire de los pulmones.

—Está bien, mamá: yo también subiré a ese carro. Papá puede arreglárselas solo con el pedido.

—Estupendo. —Mattie movió lentamente la cabeza con una sonrisita triunfante en el rostro antes de volverse hacia Jordan arqueando sus oscuras cejas con el gesto de quien espera una respuesta concreta.

La joven sabía bien cuándo había perdido una batalla con su madre.

—Yo también —se rindió.

—No te preocupes, volveremos a tiempo para el primer día de escuela —aseveró ella dándole una palmadita en la mano para tranquilizarla.

A Jordan le dio un vuelco el corazón. El argumento que había empleado no era más que una treta, porque cuando llegase el otoño no seguiría enseñando a los niños de Oberlin. Tocó con los dedos la carta que tenía en el bolsillo, remitida por Lucy Stone para responder a su petición de trabajar para la Asociación Americana por la Igualdad de Derechos. Como su heroína, Sojourner Truth, quería «mantener las cosas en movimiento mientras están agitadas», mudarse a Nueva York para asegurarse de que el sufragio femenino no quedaba atrás en aquella época de cambios. Solo le faltaba encontrar el modo de comunicar la noticia a su familia.

Los planes de ir a Virginia hicieron que optase por anunciarlo más adelante. No necesitaba aumentar aún más la tensión de aquel viaje con el desengaño de su madre.

Su familia no comprendía la ira que le producía el que se estuvieran obviando los derechos de la mujer. Se trataba de una traición terrible a la causa de la libertad. «Es pedir demasiado y demasiado pronto», oía decir a menudo, pero no podía estar más en desacuerdo. No pensaba quedarse de brazos cruzados observando cómo avanzaba el mundo solo para los varones negros. Estaba resuelta a consagrar su vida a hacer que la situación prosperase también para las mujeres que lo habitaban.

La noche del domingo se reunió toda la familia a cenar frente a la casa a fin de combatir el calor y la humedad que cargaban el aire. En el plato de Jordan aguardaban las acelgas con panceta y tortitas de maíz. Otis, el hijo de Samuel, se puso en pie sobre el muslo de su madre y, sosteniéndose sobre sus extremidades inestables, hizo por alcanzar la mano que le tendía su abuelo. Agarrándose con fuerza con sus deditos regordetes, movió primero una pierna y luego la otra para salvar el hueco que mediaba entre los dos adultos.

El abuelo lanzó un hurra y el chiquillo abrió la boca de par en par en una sonrisa enorme mientras sus ojos castaños oscuros refulgían orgullosos.

—¡Está andando! —exclamó Nora.

La abuela soltó un bufido y su nuera la miró entre intrigada y ofendida.

—No le hagas caso —le explicó su cuñada—. Es una de las «convicciones» de mamá. Dice que eso es arrastrar los pies, no andar.

—Uno anda cuando lo hace solo —argumentó ella—. Nuestro Otie necesita ayuda y eso no es malo: todos necesitamos que nos echen una mano cuando empezamos a hacer algo, pero no podemos darle el mismo nombre.

Mattie tendió los dedos hacia el pequeño, que la miró sonriente antes de ofrecerle uno de sus brazos morenos mientras seguía aferrado a su abuelo con el otro.

—Ven aquí. —Mattie movió los dedos para atraerlo y sonrió de oreja a oreja.

El niño le tomó un dedo con la mano izquierda y soltó la derecha. Su cuerpecito se tambaleó, primero demasiado a la izquierda y luego a la derecha, hasta que al final recobró el equilibrio con la ayuda de la mano de Mattie. Su abuela inclinó la cabeza para alentarlo con ojos brillantes de amor. Otis recorrió el espacio que lo separaba de los brazos expectantes de Mattie, que lo tomó en su regazo y se lo comió a besos antes de frotarse la cara con los ricillos negros de su nieto hasta hacer que se retorciera de alegría.

Pese a estar enfadada con su madre, Jordan sonrió al ver la escena. «¡Cómo quiere a esa criatura!», pensó y el estómago se le encogió al caer en la cuenta, de súbito, de que apenas le quedaban unos días para disfrutar del pequeño. Al mudarse a Nueva York, no lo vería crecer y pasar el verano en Virginia iba a acortar el tiempo que podría estar con su sobrino.

Alargó la mano para decirle con la voz cantarina que se reserva a los bebés:

—Ven con la tita Jordan.

Otie le sonrió desde los brazos de la abuela y se lanzó al suelo para gatear hasta ella. La joven lo aupó hasta su regazo y lo estrujó mientras le besaba la sien y percibía su calidez. Con el corazón derretido, aspiró su olor y saboreó aquel instante con su sobrino.

Mattie centró entonces su atención en sus dos hijos.

—Os vais a reír de mí —les advirtió—, pero tengo que preveniros para nuestro viaje.

—Mamá, Jordan y yo hemos preparado la comida y la ruta. El reverendo Duhart me ha dado una lista de congregaciones a las que podemos acudir si necesitamos algo, conque tú, limítate a relajarte en el carro —anunció Samuel—. El señor Brown dice que las carreteras son ya tan buenas que quizá en dos semanas lleguemos a Fair Oaks.

Aunque parecía confiado, Jordan sabía que le angustiaba la idea de volver al Sur, el lugar del que había huido siendo niño y en el que había combatido de adulto. Samuel no había compartido con su hermana los detalles de ninguna de esas difíciles experiencias, pero su hermana sospechaba que todavía no había superado las heridas ni de la huida ni de la guerra.

—Hasta que estemos de vuelta en Ohio no podré relajarme —reconoció su madre.

—Entonces, ¿para qué nos metemos en esta misión descabellada? —preguntó Jordan en tono suave con la esperanza de poder decir algo que pudiese hacer cambiar de opinión a su madre. Miró a Samuel pensando que quizá se uniera a su protesta.

—Porque me será mucho más fácil morirme sabiendo que lo he intentado. Tengo que saber que lo he intentado —respondió ella con voz tensa—. Cuando lleguemos allí, lo entenderéis. Nosotros tenemos de todo y ellos no tienen de nada, y eso no es justo.

—Escuchad a vuestra madre —terció acalorado el cabeza de familia—, que sabe de lo que está hablando. Por mucho que diga el periódico que aquello ya es seguro, tenéis que andar con mucho ojo.

Jordan asintió indolente. Su padre tampoco había acabado de aceptar que el mundo había cambiado.

—Como Oberlin no hay nada. Nada, ni siquiera otras partes de Ohio —los aleccionó Mattie—. Haced siempre lo mismo que yo. Si veis que me aparto para dejar pasar a una persona blanca, vosotros me imitáis. Si digo: «Sí, señor», «No, señor», «Sí, señora», «No, señora», vosotros también. No miréis a la cara a las personas blancas y ni se os ocurra tocarlas si no os tocan ellas primero.

Samuel miró a su hermana y los dos pusieron los ojos en blanco de forma disimulada para que no los vieran sus padres. Al menos, eso pensó Jordan, que enseguida descubrió que se equivocaban al ver a su padre erguirse y mirarlos de hito en hito gritando en voz tan alta que le tembló todo el cuerpo:

—¡Vuestra madre está intentado salvaros el pellejo! En Virginia no hay una sola persona blanca que os respete. Vuestra ropa, vuestra forma de hablar, el vivir en Ohio… Lo único que va a hacer todo eso es que os odien más. ¿Qué os creéis? ¿Que os vais a librar de su odio porque hayáis estudiado en la Universidad de Oberlin?

La joven sintió que se le aceleraba el pulso con aquella explosión de cólera de su padre. No había tenido la intención de herirlo ni de mostrarse poco respetuosa.

—Perdona, papá —murmuró.

—Perdón —dijo Samuel.

Nora tomó a su marido del brazo con los ojos castaños abiertos de par en par por el miedo.

—Ten cuidado —le rogó—. Vas, los buscas y te vuelves a casa. Nada de hacerse el héroe ni de buscar justicia.

—Te lo prometo. Agacharemos la cabeza.

El padre volvió a reclinarse en su asiento con un suspiro y asintió con la cabeza. Saltaba a la vista que, en cuanto sus hijos habían empezado a tomar en serio sus miedos, se le había esfumado la energía.

—El reverendo Duhart me ha dado algo especial para nuestro viaje —anunció emocionada la madre, que sacó del corpiño un saquito de terciopelo y, colocándoselo en la palma de la mano, lo abrió para enseñarles un puñado de diminutas bolitas amarillas totalmente redondas.

—¿Semillas? —Jordan estuvo a punto de lanzar una carcajada de desdén, pero se afanó en no alterar la voz y mantener una actitud respetuosa.

Su padre parafraseó el versículo de la Biblia:

—Si tu fe es tan grande como un granito de mostaza, podrás mover montañas.

—Acercaos y poned la mano —les dijo su madre.

24

La familia formó un círculo a su alrededor. El padre llevaba en brazos a Otis. Todos tendieron la mano y el pequeño los imitó sin saber qué estaban haciendo. Mattie fue colocando con cuidado un pellizco de aquellas bolitas en las distintas palmas.

—Que cada uno guarde unas pocas para acordarse siempre de conservar la fe y quizá también para repartir algunas. Tenemos que ser como el sembrador de la parábola.

A su pesar, Jordan se sintió conmovida por la imagen de aquellos granitos de mostaza que descansaban en sus manos. Mientras los hacía girar en la palma, sintió todo lo que contenían: la bendición del reverendo Duhart y el apoyo de toda su iglesia, la conexión que les proporcionarían con su padre, con Nora y con Otis mientras estuvieran ausentes y el convencimiento que acababa de expresar su madre de que todos ellos eran sembradores y estaban haciendo, cada uno a su manera, algo destinado a hacer de este mundo un lugar más justo y amable.

—Gracias, mamá —sonrió—. Los tendré siempre cerca en el viaje. —Miró a su alrededor y vio reflejadas en los rostros de los demás sus propias emociones: gratitud, miedo y esperanza.

Entonces Otis volvió la mano y, desparramando por el suelo los granos, hizo que todos estallasen en carcajadas y así acabó la magia del momento. Su círculo sagrado se disgregó y todos prosiguieron la velada fregando los platos y acabando de hacer el equipaje.

La dulce sensación que le había proporcionado el obsequio de las semillas no había disipado el enfado de Jordan ante la idea de tener que pasar varias semanas con su hermano y su madre, acatando las órdenes de esta, y de haberse visto obligada a emprender aquel viaje. No tenía ningún interés en someterse a los blancos al llegar a Virginia para rescatar a una mujer que no deseaba en absoluto abandonar la situación en que se encontraba.

Jordan quería a su familia y respetaba cuanto habían hecho sus padres por darle una vida «mejor», pero no la comprendían en absoluto. Su madre no hacía nada por ocultar su esperanza de que eligiese pronto entre sus pretendientes para casarse y formar una familia como había hecho Samuel. Ella, sin embargo, no era como su hermano. Esperaba de la vida más de lo que podía ofrecerle Oberlin. Jordan haría una contribución importante al mundo, una contribución de peso. Pensaba sembrar sus semillas en Nueva York.

Capítulo tres

LISBETH

Richmond (Virginia)

—¿Estamos ya en el Sur? —preguntó Sammy a Lisbeth sin atreverse a alzar la voz.

—Sí —respondió ella—, esto es Virginia.

No era fácil hacerse a la idea de que la capital de la Unión y la de la Confederación habían estado a poco más de ciento cincuenta de kilómetros de distancia una de la otra. El cielo, las plantas y el ferrocarril eran idénticos en el Norte y en el Sur. La colosal frontera que separaba Washington D. C. del estado que había sido su hogar era emocional y política, no física.

A pesar de que el tren atravesaba el bosque a gran velocidad, Lisbeth se emocionó al ver el paisaje de su infancia. Los árboles, la humedad del aire y aquel horizonte ondulado le eran bien conocidos. Reparó con gran sorpresa en que su cuerpo se sentía en casa en aquel lugar.

Sadie llamó su atención con el dedo e interrumpió sus pensamientos para señalar una mancha húmeda en el suelo con gesto agriado. Su madre soltó un bufido mientras sonreía.

—Tabaco de mascar —le explicó—. Aquí lo verás por todas partes.

—¡Como los jugadores de béisbol! —apuntó Sammy.

—Aunque tus héroes no puedan vivir sin él, es una costumbre muy poco saludable —lo aleccionó Lisbeth.

Observó a unos cuantos hombres que arrojaban al pasillo el contenido de su boca sin molestarse siquiera en apuntar a las escupideras. El olor acre de aquella sustancia la trasladó a su infancia, por aquel entonces el aire estaba siempre impregnado de aquel aroma.

El miedo fue apoderándose de ella mientras atravesaban la campiña. Recordó la vergüenza y la frustración que habían empañado la última visita que había hecho a su familia. Estaba tan encantada con todo cuanto tenía que ver con su bebé que había pecado de ingenua al pensar que la bendición de un nieto sería su billete al perdón, pero la falta de interés de sus padres respecto de aquella preciosidad de hijo dio al traste de inmediato con cualquier esperanza de conseguir una feliz reconciliación. El mes que había pasado entre los suyos se había convertido en una muestra apenas velada de desengaño y hostilidad. Jack y su madre no habían dejado pasar una sola comida sin despotricar contra la interferencia del Norte en los derechos de los estados y contra los ataques a su estilo de vida. Su padre, en cambio, había mantenido una actitud distante y preocupada, sin apenas abrir la boca sino para decir algún que otro cumplido. Lisbeth no albergaba ilusión alguna de que el infortunio y las pérdidas en los años que habían transcurrido entre tanto fuesen a suponer mejora alguna en su actitud.

Unas horas después estaban entrando en la bulliciosa estación de Richmond. La ciudad había experimentado un crecimiento espectacular desde la última vez que había estado en ella, casi hasta doblar su tamaño. Temiendo perder a sus hijos, los agarró con fuerza de la mano al llegar al andén lleno de gente y esperó a que se despejara la multitud. Por suerte no tuvo que hacer nada más que aceptar la oferta de un servicial mozo, un joven negro de piel clara que se ocupó de sus maletas y les buscó un carruaje apropiado.

Los tres lo siguieron al exterior bajo la brillante luz del sol. Sammy la llamó y señaló un edificio grande y blanco que relucía sobre una colina cercana. Lisbeth contuvo el aliento, sobresaltada ante aquella visión.

—¿Esa es la…? —preguntó el niño.

—Sí, la Casa Blanca de la Confederación, donde vivió y trabajó Jefferson Davis.

—¡Vaya! —exclamó él.

—¿Qué? —quiso saber Sadie.

—¡Fue justo aquí donde se hizo la guerra! —Sammy parecía más entusiasmado que intranquilo por aquella realidad.

Con esto, subieron al carruaje que los aguardaba y se dispusieron a encontrar la casa de los padres de Lisbeth.

Sadie y Sammy contemplaron embobados por la ventanilla la escena que transcurría ante ellos. El temor de su madre fue creciendo a medida que atravesaban las calles en que se sucedían comercios y almacenes en dirección al oeste. Sus hijos señalaban los restos carbonizados de los edificios incendiados cuando los confederados habían evacuado Richmond. Aunque buena parte de los escombros se había despejado desde aquel mes de abril de 1865, la reconstrucción distaba mucho de haberse completado. En el aire ondeaba más de una bandera sudista impoluta, último suspiro de una causa perdida.

Lisbeth daba la impresión de estar tranquila, pero el corazón parecía querer salírsele del pecho. De pronto volvió a acometerla el temor de haber pecado de ingenua al llevar consigo a sus hijos en aquel viaje. Se sintió demasiado joven y poco preparada para protegerlos de lo doloroso de la historia de la nación y de su propio pasado.

El barrio comercial dio paso a un barrio residencial de casas señoriales bien cuidadas. Los edificios de ladrillo de dos o tres plantas, pegadísimos unos a otros, eran muy diferentes de las granjas de madera propias de las praderas que conocían en Oberlin. El carruaje se detuvo ante una vivienda de ladrillo dotada de una puerta lustrosa de color negro.

Los críos echaron a correr hacia ella por el camino de la entrada, pero frenaron en seco al llegar para aguardar a su madre. Lisbeth cerró los ojos y tomó aire para calmarse. Entonces dio la mano izquierda a Sadie, llamó tres veces con la derecha y se preparó para lo que pudiese ocurrir.

—¿Emily? —exclamó Lisbeth al fantasma inesperado de su pasado que apareció en el umbral. Su sistema nervioso, ya alerta, se vio inundado por un aluvión de emociones en conflicto: vergüenza, alegría y sorpresa se arremolinaron en su interior en una combinación muy poco usual.

Su madre le había contado en sus cartas que la sirvienta los había acompañado a su nuevo hogar cuando se habían visto obligados a vender Fair Oaks, pero llevaba varios años sin mencionarla y, al imaginar su reencuentro con la familia, Lisbeth no había pensado en ella, ni en la compleja reacción que provocaría su relación tan poco común.

Emily estaba tan guapa como siempre, aunque los años le hubiesen rellenado el rostro, la vio alta y ágil aún. Seguía teniendo tersa su piel canela y todavía no habían asomado las canas al cabello negro que llevaba recogido en un moño perfecto. La recién llegada no pudo menos de sorprenderse ante la intensidad de la impresión que le produjo verla. Su impulso inicial fue el de abrazar a aquella mujer que había cuidado de ella diligentemente tras la marcha de Mattie, pero nunca habían hecho tal cosa y pensó que parecería extraño empezar a esas alturas. Su relación con Emily era distinta a todas las demás y no le fue fácil conciliar aquella parte de su pasado con su nueva vida.

Sus padres habían querido regalarle a Emily tras su boda con Edward Cunningham. En tal caso, la criada se habría mudado con ella a White Pines y, en lugar de ser solo parte de su historia, se habría convertido en su fiel acompañante diaria. Aun así, la guerra había acabado también con aquel plan.

Además, aunque nunca las había confirmado ni revelado a nadie, Lisbeth abrigaba sospechas de que Emily y ella podrían estar emparentadas. Era muy consciente de lo extraño de aquella situación y la sonrisa incómoda de Emily le hizo pensar que sentía lo mismo.

—Hola, señora. Bienvenida. Me alegro de verla y de conocer a sus hijos.

La mujer los hizo pasar al vestíbulo. Lisbeth observó el suelo de madera pulida y la escalera de cerezo que se abría a la derecha para subir a la planta superior. A la izquierda había una puerta cerrada que cabía presumir se abría a la sala de estar.

—Emily, yo también me alegro mucho de verte. Te veo estupenda —aseveró con una sonrisa—. Te casaste y tuviste un hijo, ¿verdad? Enhorabuena —dijo cuando la otra asintió—. ¿Qué edad tiene?

—Willie cumplió siete años el mes pasado. Más o menos la misma edad que usted, creo —añadió dirigiéndose a Sammy.

—Emily, te presento a Sammy. Sammy, ella es la señora Emily —los presentó Lisbeth. Fue a decir algo más, pues deseaba explicar a su hijo la relación que la unía con ella, pero no encontró ningún término apropiado para hacerlo.

—Encantado de conocerla, señora Emily —dijo él tendiéndole la mano.

La otra, sorprendida, lo miró fijamente y luego dirigió la vista hacia Lisbeth con el ceño un tanto fruncido. Entonces volvió a centrarse en el niño y alargó con lentitud la mano dejando asomar al rostro una sonrisa triste. Lisbeth sintió la conmoción callada del momento, aunque no rompió el silencio hasta que su hija le dio un tirón de la mano.

—Y ella es Sadie. Tiene seis años.

Emily salió entonces de su ensimismamiento.

—Perdone, señora —dijo.

—¿Cómo está? —preguntó alegre la niña con una modesta reverencia, algo que había aprendido no hacía mucho y le parecía el modo más elegante imaginable de saludar.

La mujer le sonrió con una inclinación de cabeza antes de volver a mirar a Lisbeth.

—Su familia está en casa. La está esperando.

Lisbeth sintió que se le aceleraba el pulso. Emily y ella cruzaron una mirada cuando la primera abrió la puerta, antes de que la recién llegada tomara la mano de su hija y atravesase el umbral.

Su madre estaba sentada en el sofá tapizado de azul que tan bien conocía. Jack y una joven de cabello rubio oscuro ocupaban sendos asientos cerca de ella. Su madre había envejecido muchísimo en ocho años. La tensión de la guerra se hacía patente en su pelo gris y en su rostro demacrado. Miró a Lisbeth y a los niños sin moverse y con gesto impenetrable. Lisbeth sintió la mano de Sadie contraerse, le dio un leve apretón y rodeó con un brazo los hombros de Sammy.

Jack los observaba con expresión gélida. Tenía el pelo castaño surcado de canas y los ojos azules hundidos en su piel curtida. Su miedo a que no la hubiera perdonado ni viese con buenos ojos su visita no hizo más que crecer.

Julianne, cuyo semblante resultaba también indescifrable, tenía el mismo aspecto que le había imaginado Lisbeth, con el rostro hermoso en forma de corazón y la piel suave. Llevaba un vestido de brillante tafetán verde con ribete de encaje. Su cintura era diminuta gracias al corsé ceñido que se le adivinaba. Lisbeth se ruborizó al reparar en lo desaliñada que debía de parecer ella con su vestido de guinga azul y su sencilla combinación. Hacía falta una ocasión muy formal para que se aviniera a soportar el suplicio de un corsé apretado y lo cierto es que ni se le había pasado por la cabeza ponerse dicha prenda en aquella ocasión.

Paseó la vista por la estancia y observó la alfombra, los muebles y los cuadros que la adornaban. Le pareció desconcertante ver aquellas pertenencias de su infancia en aquel salón desconocido. En aquel momento inundó su cerebro todo un torrente de recuerdos: las veces que había contado las flores de aquella alfombra, había jugado a dar palmadas en aquel sofá o había visto a su padre discutir con el periódico en aquel sillón.

—Elizabeth, ya has llegado —dijo la madre sin levantarse—. Espero que el viaje no haya sido muy agotador.

Al llamarla así la hizo volver a sentirse como una niña insegura. Sus padres, su hermano y Emily eran los únicos que se referían a ella como Elizabeth, nombre que no había usado nadie desde que se fuera de Fair Oaks. En su fuero interno había sido siempre Lisbeth. Sadie movió la cabeza a un lado y a otro, probablemente divertida y confundida ante aquella nueva denominación.

—El viaje, bastante bien. Gracias, madre.

A pesar de las tensiones que había entre ellos, Lisbeth había esperado otra acogida. Su madre ni siquiera estaba siendo educada y con su actitud estaba haciendo que se sintiera incómoda y sin saber bien qué decir.

—Te quedas, ¿no? —preguntó con sequedad la señora Wainwright.

—Claro, lo que... —balbució antes de dejarse caer en el sofá con Sammy y Sadie a su lado—. Madre, Sadie. A Sammy ya lo conoces.

La mujer los miró con las cejas arqueadas y aire expectante. Al ver que no entendían aquel gesto, les preguntó con voz áspera:

—¿No vais a darle un beso a vuestra abuela?

A Lisbeth le dio un vuelco el corazón. No tenía ni idea de lo que podía esperar su madre de ella ni de sus hijos. Dio una palmadita en la espalda a estos dos para alentarlos a hacer lo que les habían pedido.

—Mucho mejor —dijo la anfitriona después de que los niños se turnaran para besar la mejilla que les ofrecía—. Ahora, dadle un beso a vuestra tía y saludad a vuestro tío.

Lisbeth los observó mientras se acercaban a Julianne lentamente y con cierto recelo. Aquella mujer menuda y rubia aceptó sus besos con una sonrisa y les dijo con marcado acento de Carolina del Norte:

—Johnny no tardará en venir. Está loco por conocer a sus únicos primos.

La madre de los pequeños no pasó por alto la acritud del comentario ni el guardapelo negro que llevaba su cuñada al cuello, una joya que se había puesto de moda durante la guerra como modo de dar a conocer al mundo una pérdida. Si su hijo no tenía primos por la rama materna era porque los hermanos de su madre habían caído en el campo de batalla antes de tener descendencia.

Jack tendió la mano a Sammy y le dijo:

—Me alegro de conocerte, jovencito.

Sadie alargó la suya para dársela también, pero su tío le dio la vuelta para colocarla con la palma hacia abajo y se inclinó para besarle el envés.

—En Virginia —le explicó con voz profunda—, un caballero nunca estrecha la mano de una dama.

La niña sonrió a su tío con gesto orgulloso y luego miró a su madre para asegurarse de que no había pasado por alto el detalle. A Lisbeth le resultó sorprendentemente adorable ver a su hija con Jack, del que hacía tanto que se había distanciado. Todo apuntaba a que su hermano no tenía intención de pagar con sus hijos la rabia que pudiese sentir hacia ella. No dudó en hacer un gesto de asentimiento a Sadie.

—¿Cómo está padre? —preguntó Lisbeth.

Su madre se aclaró la garganta y parpadeó varias veces antes de responder:

—Se está yendo, tal como te dije por carta. El médico le ha recetado unas gotas para que no tenga dolores y no sabes lo agradecidos que estamos de que no esté sufriendo. Se pasa dormido la mayor parte del día.

Lisbeth asintió con la cabeza, pero no había tenido tiempo de decir nada más cuando se abrió la puerta y entró un chiquillo de ojos celestes y cabello castaño dorado idéntico a Jack de pequeño. En el paisaje emocional de Lisbeth, ya complejo, se posó otra capa de sedimento ante aquel recuerdo antiguo de su hermano.

Había pasado buena parte de su niñez sintiendo una mezcla desconcertante de miedo y lástima respecto de Jack. Siendo muy pequeño, había dado la impresión de ser un niño confundido y triste que, además, se convertía a menudo en blanco de la ira de su abuela por el simple hecho de tener la energía propia de su edad. Lisbeth, pese a compadecerlo, no había podido hacer nada por protegerlo de la cólera de la anciana. Con el tiempo, el muchacho se había encallecido hasta trocarse en un abusón astuto y cruel. Su hermana se había acostumbrado a evitarlo y había hecho lo posible por no quedarse a solas con él. Hasta el momento de su partida, habían vivido como extraños bajo el mismo techo.

Ninguno de los dos había hecho esfuerzo alguno por propiciar un acercamiento en los años transcurridos desde entonces. Lisbeth sabía de su vida por la correspondencia regular que mantenía con su madre y por las notas periódicas de Julianne. Le había enviado las felicitaciones de rigor cuando se había casado y cuando había nacido su hijo. Lo cierto es que no sentía el afecto fraterno que parecían albergar otros con respecto a sus hermanos. Si era sincera consigo misma, tenía que reconocer que ella era tan responsable como él de la distancia emocional que los separaba. No había pensado que su decisión de abandonar la plantación lo afectaría de un modo tan espectacular, pero así había sido. Pese a todo, nunca había hablado de ello con él.

El niño caminó con decisión hacia Sammy y anunció:

—Yo soy Johnny. ¡Y tú eres mi primo!

—Yo también soy tu prima —declaró Sadie.

Los adultos se echaron a reír. Divertida ante la franqueza con la que podían conducirse los pequeños, Lisbeth agradeció la ocasión de dejar de pensar en la relación deteriorada que tenía con Jack. Johnny se mordió un carrillo y puso los ojos en blanco ante la presentación que había hecho su prima. De pronto, su padre adelantó una mano y, tomando entre sus gruesos dedos la piel del bracito del chiquillo, lo pellizcó con fuerza.

—¡Ay! —gritó él dando un respingo.

—Sé un caballero y saluda a tu prima Sadie como merece una señorita —lo regañó Jack.

Lisbeth sintió que se le secaba la boca y se le encogía el corazón por Johnny. Matthew y ella no pellizcaban ni pegaban a sus hijos para amonestarlos. El proceder de Jack le pareció exagerado y de una crueldad gratuita. Así, desde luego, no conseguiría que el niño sintiera más afecto por su prima, sino todo lo contrario.

El aprecio momentáneo que había experimentado por su hermano se desvaneció. Al verlo maltratar a su hijo, tuvo la misma sensación de impotencia y confusión que la había acometido cuando su abuela golpeaba a Jack. Sadie y Sammy la miraron con gesto suplicante. Con el corazón en un puño, reparó en que acababan de ver una imagen muy elocuente del hogar en el que se había criado su madre.

Johnny pestañeó para contener las lágrimas y dijo.

—¿Cómo estás? Me alegro de conocerte, prima Sadie. —Acto seguido se apartó de su padre y se volvió de nuevo hacia Sammy para preguntar—: ¿Quieres jugar con mi peonza?

Sammy pidió permiso a su madre con la mirada. Aunque la tensión del momento había pasado, Lisbeth seguía con el estómago revuelto. Asintió con un movimiento de cabeza y los dos niños se dispusieron a salir. Sadie volvió a su lado y se pegó a ella.

—¿No quieres ir con ellos? —le preguntó Lisbeth sin alzar la voz.

La pequeña respondió que no con la cabeza y su madre le dio una palmadita en la pierna.

—Mientras ellos juegan, puedo enseñaros vuestra habitación y poneros al corriente del día a día de la casa —propuso Julianne con una sonrisa—. A lo mejor me da tiempo de hacerte unas trenzas antes de la hora de comer, Sadie. Me encanta hacer peinados, pero casi nunca puedo, porque no tengo hijas.

Sadie asintió con entusiasmo.

—Pues a mí puedes hacerme los que quieras, tía Julianne.

Lisbeth sonrió a su cuñada, aliviada al comprobar que en aquella tensa visita habría algún que otro momento de afabilidad. Sadie podría ayudar a su familia a derretir el hielo que se había instalado entre ellos.

Julianne las llevó primero a la habitación del padre. Lisbeth se detuvo en el umbral y respiró hondo para calmarse ante lo que pudiese esperarla al otro lado de la jamba antes de doblarla lentamente.

El enfermo parecía dormir plácidamente, aunque había cambiado de manera drástica. Su rostro enjuto se había reducido a poco más que una capa de piel sobre su calavera y el pelo, blanquísimo, semejaba una aureola de semillas de diente de león dispuesta en torno a su cabeza.

El contacto que habían mantenido todos aquellos años transcurridos desde su última visita se había limitado a los escuetos saludos que había escrito él al final de las cartas de su madre. Nunca habían tenido una relación muy estrecha, de modo que no resultaba sorprendente que él no hubiera puesto empeño en propiciar un acercamiento después de que ella se mudase a Ohio. Siempre le habían interesado más el periódico y la Biblia que sus hijos, pero, aun así, en el interior de Lisbeth empezó a bullir cierta ternura. El hombre que tenía delante no dejaba de ser su padre.

Lisbeth caminó hasta la cama para tomarle la mano, huesuda y cálida, sobre cuya piel delgada sobresalían las venas. La colcha que cubría su cuerpo menguado era la misma con la que su padre se había tapado siendo ella niña. Aunque en aquella época eran raras las veces que entraba en su dormitorio, no le costó reconocerla. Recorrió con los dedos un triángulo de color azul oscuro y sintió la historia que contenía el tejido de algodón, conmovida por lo angustioso de aquella situación. Había regresado para ocuparse de sus padres, para con los que se sentía en deuda pese a que eran poco menos que desconocidos para ella y cuyo afecto tenía la necesidad de ganarse al fin.

Indicó con un gesto a su hija que se acercase a ella y la niña obedeció lentamente, con expresión seria, aunque no demasiado asustada.

—Tu abuelo, Sadie —anunció.

—¿De verdad se está muriendo? —susurró la cría.

A Lisbeth se le hizo un nudo en la garganta.

—Sí. Hemos venido para reconfortarlo en sus últimos días.

—Sí, mamá, claro. —Sadie se pegó a ella en señal de apoyo y su madre la envolvió con un brazo.

—Yo pasaré casi todo el tiempo aquí, con él, y tú puedes echarle una mano a la cocinera.

—No tenemos cocinera —la corrigió Julianne—: Emily se encarga de hacer la comida y de limpiar la casa.

—¿Toda la casa? ¿Ella sola? —preguntó Lisbeth, al instante arrepentida del tono crítico de sus palabras.

—Sí, toda la casa. Ella sola —contestó Julianne—. No corren buenos tiempos para nosotros.

—Claro, lo siento.

Su padre se removió en la cama y abrió los ojos para posarlos en Sadie y mirarla con gesto maravillado. Sin moverse, preguntó con voz rasposa:

—¿Elizabeth? ¿Eres tú?

Lisbeth tenía la garganta demasiado tensa como para pronunciar palabra. Se la aclaró y tragó saliva con dificultad.

—Padre, te presento a mi hija, Sadie.

El anciano fijó la vista en la niña y luego en la madre y los ojos se le llenaron de lágrimas.

—¿Has venido a ver a tu padre en sus últimos días? —Tendió una mano temblorosa para darle una palmadita en el brazo—. Me alivia tanto verte… Gracias por venir. —En aquel momento cruzó su rostro una suave sonrisa.

Cerró los ojos y, poco después, Lisbeth pudo oír de nuevo su respiración pesada. Las lágrimas acudieron a sus ojos: su padre se alegraba de tenerla allí.

Julianne miró de hito en hito a su cuñada.

—Llevaba semanas sin hablar tanto —aseveró con la voz preñada de rencor.

A Lisbeth la confundió semejante hostilidad hasta que la otra volvió a hablar.

—Debe de ser todo un consuelo poder estar presente para reconfortar a tu padre en su agonía. Muchos no hemos tenido esa suerte.

Lisbeth alargó la mano y le dio una palmadita en el brazo con la intención de brindar un mínimo apoyo a su cuñada. Debía de ser muy doloroso saber que su padre y sus hermanos habían muerto sin el solaz que podían proporcionarles en aquellos instantes su hogar y su familia.

—Es una bendición poder estar aquí y te agradezco mucho que nos acojáis en vuestra casa.

Julianne frunció los labios y soltó un bufido.

—Es muy amable por tu parte imaginar que esta casa es mía, pero tu madre se encarga de recordarme a cada paso que aquí no soy más que una invitada.

Le sorprendieron tanto la sinceridad de su cuñada como el sentimiento que le expresaba, ya que su madre los había descrito siempre a todos como una familia unida que vivía feliz bajo un mismo techo. Saltaba a la vista que la representación que hacía de la situación de aquel hogar distaba mucho de la realidad.

Julianne las llevó al modesto dormitorio que compartirían durante su estancia. La jofaina con repisa de mármol era la que había tenido Lisbeth en su cuarto siendo niña. Pasó los dedos por la piedra suave y fría.

—Si quieres, te peino cuando te laves y te cambies de ropa —explicó su tía a Sadie—. Como es una ocasión especial, los niños se sentarán con los adultos a la hora de la cena.

—¿Y dónde comemos normalmente? —preguntó la pequeña con gesto confundido.

—En la cocina con Emily, excepto para la cena de los domingos.

La pequeña miró a su madre y se encogió de hombros.

—En casa tenemos otras costumbres —repuso Lisbeth—, pero seguro que os podéis adaptar, ¿verdad, Sadie?

La niña asintió con gran seriedad, deseosa de complacerla.

Julianne miró entonces a su cuñada para anunciar:

—Deberías preparar a tus hijos para que se ajusten al gusto de tu madre.

Y con esto dio media vuelta y las dejó solas. Lisbeth suspiró aliviada por un momento, aunque sabía que los días que estaban por venir mientras conseguía que los pequeños se amoldasen a aquella casa resultarían agotadores. Matthew y ella practicaban un estilo moderno de crianza conforme al cual compartían mesa con sus hijos y les permitían expresar sus pensamientos y formular preguntas, y sabía que iba a tener que cambiar los hábitos de Sadie y Sammy si quería que encajasen allí.

Como su padre estaba demasiado débil para sentarse a la mesa, era Jack quien presidía aquel mueble de cerezo desgastado. Frente a él tomaba asiento su madre. Lisbeth, flanqueada por sus hijos, ocupaba un lateral y Julianne y Johnny, el otro. Lisbeth frotó la madera mientras recordaba todas las veces que había comido en ella, aburrida de muy niña, nerviosa ante la posibilidad de que Jack o ella hicieran algo que irritase a los adultos siendo un poco más mayor y, finalmente, temerosa de divulgar algún secreto que resultara dañino para Mattie o para ella misma.

Por miedo a que Sadie y Sammy se sintieran perdidos frente a los rituales de la mesa, antes de que se sentaran les había pedido que se fijaran bien en su primo para saber cuándo podían hablar y en ella a fin de conocer qué cubiertos debían usar en cada momento. La pequeña no dudó en presumir de su cambio de imagen, con el pelo echado hacia atrás por una hermosa cinta de madreperla y dos tirabuzones a los lados. Antes de empezar, Sammy sacó las manos para bendecir la mesa con el resto, pero volvió a ponerlas en el regazo al ver que nadie lo hacía. Todas aquellas diferencias les recordaban a cada rato que, en realidad, aquel no era su hogar.

Emily apareció entonces por una puerta de vaivén con una fuente de pescado y fue recorriendo la mesa para servir a todos los comensales. Sammy no tuvo dificultad alguna en pasar a su plato su ración. Lisbeth se ofreció a servir a Sadie, pero la niña declinó su proposición con un movimiento de la mano mientras susurraba que podía sola. Y lo cierto es que, salvo por unas cuantas gotas de salsa que cayeron en el mantel, salió triunfante de aquella situación.

Su madre sintió una mezcla de familiaridad y turbación al verse servida durante la comida. Aunque de niña la habían educado para ello, en Ohio no tenían ayuda alguna en casa. Deseaba decirle a Emily que todo aquello le parecía una barbaridad, pero no sabía cómo hacerlo sin llamar indebidamente la atención hacia sí misma o hacia la criada.

Pese a que no recordaba ni una ocasión en la que sus hijos hubieran vivido la experiencia de que los sirvieran de ese modo, lo cierto es que se enfrentaron a aquella situación sin alterarse. Los adultos conversaron educadamente sobre temas sin relevancia mientras el resto guardaba silencio. Lisbeth observó con orgullo que Sadie y Sammy acababan sin queja la lubina con salsa de ostras y brotes tiernos, sabores nuevos para ellos. Buscó algo de lo que hablar ante el silencio incómodo que se impuso mientras tomaban el postre de natillas caramelizadas.

—Me ha dicho madre que ahora eres juez de paz, ¿no? —preguntó a su hermano.

Jack asintió sin decir nada más y fue Julianne quien se encargó de añadir:

—Lo nombraron en honor al servicio que prestó a la gran causa. Aquí hacemos un gran esfuerzo por recompensar el sacrificio de nuestros prisioneros de guerra. Cuidamos mucho a nuestros héroes sudistas.

Lisbeth no pasó por alto el tono de desaire no demasiado sutil que tenía sus palabras.

Sammy se animó entonces y preguntó:

—Tú estuviste preso en la guerra, ¿verdad?

Jack hizo un gesto afirmativo con la cabeza y su sobrino insistió con aire de respeto y fascinación:

—¿Tuviste que comer ratas?

Su tío torció el gesto con expresión asqueada.

—¡No! ¿De dónde has sacado esa idea?

—El padre de Timmy dice que él y sus compañeros tuvieron que comer ratas en Andersonville porque no tenían comida —explicó el niño.

—Nosotros sí teníamos comida —contestó Jack en voz baja.

Entonces intervino la madre con las mejillas y la voz acaloradas.

—Nuestros soldados no invadieron vuestras tierras para quemar cultivos ni sacrificar animales sin piedad y dejar que todo el mundo, incluidos mujeres y niños, muriera de hambre, cosa que no puede decirse de los de la Unión, que no tuvieron pudor alguno. Si vuestros soldados no tenían qué llevarse a la boca sería porque el señor Lincoln era un hombre cruel y sin corazón.

Lisbeth sintió que se le subían los colores y se le tensaba el cuello, consternada ante el giro que había dado la conversación cuando se había propuesto evitar toda cuestión controvertida. Había rogado a sus hijos que se abstuvieran de hablar de la guerra y el primer día de su visita había sido ella quien los estaba metiendo a todos de cabeza en un debate sobre la misma.

—¿Y en qué consiste —preguntó con la esperanza de volver a encauzar la conversación— tu trabajo de juez de paz?

Su hermano volvió la cabeza con lentitud y clavó en ella una mirada severa cuya intensidad hizo que se le encogiera el estómago.

—Pues en velar por la paz, tal como indica el nombre —repuso arrastrando las palabras sin emoción.

—Jack se asegura de que se mantenga el orden social, hasta en los tiempos tan difíciles que corren —explicó Julianne—. Hay un montón de negratas que han desertado de las plantaciones para congregarse en las ciudades.

Lisbeth no pudo menos de encogerse ante la expresión. Con gesto sutil, miró a cada uno de sus hijos, que la observaban horrorizados con los ojos como platos. A ambos les habían enseñado que aquella palabra estaba totalmente prohibida.

Su tía, sin embargo, pareció no darse cuenta de su reacción y prosiguió con aire despreocupado:

—Están sobrecargando las ciudades y dejando sin mano de obra las regiones agrícolas. Parecen convencidos de que no tienen por qué trabajar y esperan que nosotros satisfagamos todas sus necesidades. Jack se encarga de que tengan un trabajo decente.

Sadie se inclinó hacia Lisbeth para susurrarle al oído:

—La tía Julianne ha dicho una palabrota.

—¡Sadie Ann! —gritó su abuela.

La niña dio un respingo y su madre sintió que se le aceleraba el corazón. Las dos volvieron la cabeza hacia el lugar que ocupaba la señora Wainwright, quien reconvino a la pequeña en estos términos:

—En esta casa no nos andamos con secretitos. Lo que tengas que decir, dilo en voz alta.

Todos miraron a Sadie, que se puso a mover la cabecita de arriba abajo con los ojos abiertos de par en par y la barbilla trémula por el miedo.

La abuela Wainwright seguía horadándola con la mirada mientras esperaba a que hablase. A Lisbeth el corazón le batía el pecho con fuerza al ver a su hija atrapada en un dilema imposible, abocada a incurrir en una falta de consideración tanto si repetía su observación en voz alta como si decidía callar. No podía decir cuál de las dos cosas enfurecería más a su madre. Optó por tomar la palabra para protegerla:

—A Sadie le ha llamado la atención que aquí habléis de forma distinta que en casa.

Lisbeth sostuvo la mirada de su madre, que al final la apartó sin más comentarios.

—¿Me puedo retirar? —preguntó la niña con voz temblorosa.

—Sí, cariño. —Lisbeth sentía lástima por ella, pero no veía la hora de poner punto final a aquel episodio.

La pequeña se puso en pie para salir.

—Sadie Ann —la llamó la abuela en tono inflexible—, ¿qué estás haciendo?

La cría miró a su madre con expresión angustiada y Lisbeth, que compartía la aflicción de su hija, la alentó con una sonrisa solidaria a explicarse.

—Dejar la mesa después de pedir permiso —dijo Sadie, más en tono de pregunta que de aseveración.

—¿Qué llevas en la mano? —la reprendió con voz desdeñosa.

—Mi plato, señora —contestó ella a punto de echarse a llorar.

—Déjalo donde estaba. Ahora mismo —le ordenó la abuela—. En esta casa no tocarás una sola pieza de vajilla. ¿Me has entendido?

—Sí, señora —contestó ella casi con un gemido—. Ya no vuelvo a hacerlo.

—«Ya no volveré a hacerlo» —corrigió su abuela.

Sadie hizo un gesto de asentimiento leve y convulso. Lisbeth tenía el corazón en la garganta, azorada por la reacción de su madre ante los modos de su hija y furiosa consigo misma por no haberla preparado mejor para aquel mundo. Quería disculparse con Sadie y darle un abrazo reconfortante, pero sabía que solo conseguiría llamar más aún la atención hacia las dos. En lugar de eso, le dio una palmadita en el brazo y le susurró:

—Ya está, ya puedes subir a jugar a nuestro dormitorio, que yo no tardaré en llegar.

—No me extraña que hablen como criados —espetó a Lisbeth la señora Wainwright—. ¡Si tú haces lo mismo!

Lisbeth se sintió aliviada por la paz que se instaló al fin cuando se encontró a solas con sus hijos en el cuarto que compartían. Daba la impresión de que hubiese pasado una eternidad desde su salida de Oberlin cuando, en realidad, apenas llevaban dos días fuera. Aquella visita resultaría agotadora, llena de trampas que evitar.

Sadie y Sammy estaban arropados en la cama y ella estaba compartiendo con Matthew los detalles de aquel día en una carta, agradecida por tener la ocasión de descargar su corazón en aquel ritual nocturno. Sabía que, gracias a las innovaciones introducidas en el sistema postal, el Servicio Ferroviario de Correos, su marido la recibiría pocos días después de que la enviase. El gasto valía la pena para sentir el vínculo que los unía pese a la distancia física y saber de las noticias que tenían que contarse ambos.

—¿Mamá? —preguntó Sadie desde la cama.

Sammy estaba sentado a su lado, leyendo *Las aventuras de Alicia en el País de las Maravillas*.

—¿Sadie? —repuso ella en el mismo tono enérgico.

—¿Tu mami se portaba bien contigo cuando eras pequeña?

Lisbeth tomó aire y pensó en cómo responder a la pregunta. Sadie la miró de hito en hito en espera de una contestación.

—Mi madre no pasaba mucho tiempo conmigo. Como ya te he dicho, la que me cuidó de niña fue la señora Freedman.

—¿A todas horas?

Sammy dejó el libro para atender a la conversación de ambas y Lisbeth respondió con un gesto de asentimiento.

—¿Quién te llevaba a la cama? —siguió preguntando Sadie.

—La señora Freedman.

—¿Y quién te hacía de comer? —intervino Sammy.

—La cocinera.

—¿Y tu madre hacía algo por ti?

—Cuando me hice algo mayor empecé a compartir mesa con ellos y también iba a la sala de estar después de cenar. A la iglesia íbamos sin Mattie. —Lisbeth fue rebuscando en su memoria—. Mi madre me enseñó a hacer punto de cruz y seguro que me tuvo que enseñar otras cosas, pero no tengo muchos recuerdos con ella.

—¿Te abrazaba cuando estabas triste? —quiso saber Sadie.

Lisbeth negó con la cabeza lentamente.

—No, mi madre nunca fue muy cariñosa.

—Lo siento, mamá —dijo la pequeña con mirada de preocupación.

—Gracias, Sadie. La verdad es que tuve mucha suerte de poder disfrutar de los cuidados de la señora Freedman. —Quiso acabar aquí la conversación, pues se sabía incapaz de explicar a sus hijos algo que ella misma no entendía.

Su madre aparecía fría y distante en casi todos sus recuerdos. La única vez que tuvo la impresión de haberla complacido fue cuando se interesó por ella Edward Cunningham.

—Ha sido un día muy largo. Es hora de dormir, así que se acabaron las preguntas.

Sadie cerró los ojos y Sammy volvió a su lectura. Lisbeth besó a su hija en la frente y le tarareó una nana hasta que supo por su respiración que había sucumbido al sueño.

Por la mañana, Lisbeth llevó a sus dos hijos a la cocina, donde Emily estaba removiendo un cazo sobre un fogoncito negro de hierro forjado. Por el olor desagradable que impregnaba el aire supo que estaba alimentado por carbón. Sobre la mesa, a la que estaban sentados en esquinas opuestas Johnny y otro niño, descansaba una fuente de huevos fritos y gachas de maíz.

Emily les presentó a aquel crío de piel clara.

—Mi hijo Willie.

Por su tez habría dicho que era blanco. «Su padre, William —pensó Lisbeth—, debe de ser mestizo, como Emily.» Lo observó conmovida pensando que bien podía ser su sobrino o su primo, aunque nunca sabría la respuesta a aquella pregunta recurrente.

Buscando un parecido familiar, se dijo que tenía las mismas cejas que Sammy. Aun así, aquello podía ser solo una coincidencia, una jugada de su propia mente.

Su hijo le tendió la mano.

—Me alegro de conocerte. Yo soy Sammy.

Johnny dejó escapar un bufido.

—No se le da la mano a un negro. ¿No sabes nada o qué?

Sammy miró a su primo y luego a su madre con gesto confundido, tendido aún el brazo como una rama desnuda, vulnerable y quebradiza. Sufriendo por él, Lisbeth respiró hondo antes de responder con firmeza:

—Johnny, en nuestra familia damos la mano a todo el mundo y Sammy lo sabe.

Willie miró a su madre para saber qué debía hacer y, al ver asentir a Emily, estrechó la mano que le ofrecían, brevemente y sin decir palabra. Johnny los observó y murmuró entre dientes:

—Pensaba que estabais en nuestra casa.

Lisbeth, aunque oyó el comentario, optó por obviarlo y no discutir con un chiquillo.

—Os voy a dejar aquí desayunando —informó a sus hijos—. Cuando termine, subiré a estar con mi padre. Si necesitáis algo, pedidle ayuda a Emily.

—Si nos busca en la cocina y no nos ve —dijo la sirvienta—, estaremos en el parque. Está a unas manzanas de aquí y es muy agradable para que corran los niños. Pregunte por el parque a cualquiera y le indicará dónde está.

—Me parece una idea excelente. Gracias, Emily.

—De nada, señora.

Lisbeth se sentó al lado de la cama de su padre. Aunque se pasaba durmiendo la mayor parte del día, permaneció a su lado por si necesitaba ayuda. Le ofrecía agua cuando lo veía removerse y le secaba la frente. Cuando daba la impresión de estar sintiendo dolor, le echaba las gotas bajo la lengua y eso lo calmaba de inmediato. Había ido a Virginia para eso y lo cierto es que se sentía conmovida y agradecida hasta lo indecible por disfrutar de aquella oportunidad. Aunque en Oberlin había cuidado de más de un enfermo, nunca había tenido ocasión de hacerlo por nadie de su familia.

Pese al conflicto moral irreconciliable que había entre su padre y ella y a pesar del daño que le había causado la falta de interés que había demostrado él durante todo aquel tiempo, estaba convencida de que brindarle solaz en sus últimos días podía tener cierto efecto reconciliador. Sentada en su dormitorio, sin más compañía que la de su padre, se sentía en paz.

Tenía abierto sobre el regazo *Historia de dos ciudades*, de Charles Dickens, y lo leía en voz alta aunque su padre parecía no ser consciente de las palabras que brotaban de su boca. Su madre había dejado el libro al lado de la cama con aquella intención y a Lisbeth le había parecido de agradecer que su elección coincidiera con sus propios gustos literarios. Dudaba que ella aprobase el mensaje de Dickens, pero era más que probable que nunca hubiera leído aquella novela.

Se sintió intrigada por las frases que había subrayado su padre y pensó que tal vez le ofrecieran alguna pista sobre aquel hombre, del que sabía tan poco. Había crecido bajo su mismo techo, pero no recordaba haber estado a solas con él de niña ni tampoco podía decir siquiera en qué ocupaba el tiempo en la época en la que vivieron juntos. A diferencia de algunos padres, no era severo ni aterrador, sino que parecía casi invisible.

La interrumpió el chasquido del pomo de la puerta y se volvió para ver a Emily con otra bandeja. Lisbeth tomó la anterior, llena de paños húmedos y vasos medio vacíos, de la mesilla de noche y se apartó para que la recién llegada pudiese colocar en su lugar aquella pieza de plata ya abollada y desgastada.

—Gracias, señora —dijo Emily.

Lisbeth dejó la bandeja usada en el escritorio y regresó al lado de su padre.

—Emily, preferiría que no me llamases señora. Entiendo que no tengas más remedio cuando estemos delante de mi madre, pero quiero que sepas, por favor, que a mí no me parece necesario.

Antes de que Emily pudiese responder, su padre se revolvió en su lecho de caoba. Abrió los párpados con un lento pestañeo y, fijando en Emily sus ojos azules empañados, los abrió súbitamente de par en par con una sonrisa de oreja a oreja. Lisbeth no sabía cómo interpretar aquella actitud insólita.

—¡Lydia! ¡Has venido! He rezado tanto por que cambiases de opinión… —Tomó la mano de la mujer y la besó.

Emily la apartó con gesto de repugnancia. Él se afanó en incorporarse y, con el rostro encendido de emoción, exclamó:

—No podemos separarnos ahora. ¿Tienes todo lo que necesitas? —Miró a su alrededor como quien busca un lugar por donde escapar.

Por la expresión de Emily, Lisbeth supo que estaba tan confundida e incómoda como ella.

—Padre —lo interrumpió—, le estás hablando a Emily. ¿Quién es Lydia?

El anciano miró primero a Lisbeth y luego a Emily con el rostro sumido en el desconcierto. Entonces volvió a clavar los ojos en la primera y preguntó con voz ronca:

—¿Estoy soñando? —Sin aguardar una respuesta, el moribundo meneó la cabeza y murmuró como quien ofrece una explicación a su propia persona—: Pero si la estoy viendo aquí mismo, delante de mí. —Parpadeó lentamente mientras reflexionaba y, a continuación, volvió a tomar los dedos de Emily—. Siento su mano en la mía. Debe de estar viva —declaró con la voz empañada en añoranza.

—Es Emily, padre. Claro que está viva —explicó Lisbeth lentamente y con paciencia, como si se dirigiera a un niño—. A Lydia no la conozco, así que no te puedo decir si vive o ha muerto. —Dicho esto, asió la mano de su padre y liberó a Emily de su apretón desesperado.

El enfermo soltó un suspiro y se dejó caer antes de darse la vuelta y colocarse en posición fetal. Lisbeth lo observó con el corazón en un puño mientras al ojo de su padre acudía una lágrima que cruzó con lentitud el caballete de su nariz antes de caer sobre las sábanas.

—Puede ser que venga todavía —masculló para sí—. Todavía hay tiempo.

El hombre cerró los ojos y, momentos después, Lisbeth pudo relajarse al oír los suaves ronquidos que salían de su boca.

—Siento mucho este arrebato —dijo a Emily—. Parece que se acerca el fin y está agitado y confundido.

—Lydia era mi madre —declaró la otra sin rodeos y con rostro inexpresivo.

Al principio, Lisbeth no entendió lo que le estaba diciendo la criada, pero, instantes después, se hizo cargo de lo que aquello significaba y sintió que la invadía una oleada ardiente de emoción.

—¿Lydia? —preguntó.

Al ver asentir a Emily, tuvo la impresión de que se le nublaba la mente. Buscó en su interior las palabras precisas.

—O sea, que mi padre también es tu… —Guardó silencio ante la imposibilidad de pronunciar la palabra en voz alta.

—Eso creo yo —le confirmó la criada.

Lisbeth soltó aire y notó el escalofrío que le recorría la columna vertebral. Había sospechado que aquella mujer podía ser su hermana o su prima al descubrir un árbol genealógico de trazado ambiguo en el que el nombre de Emily aparecía con un signo de interrogación del que partían sendas líneas hacia los nombres de su padre y el de su difunto tío. La corroboración le produjo una sensación agridulce. Hablar de ello con franqueza le resultaba muy incómodo. Nunca había revelado a nadie aquel descubrimiento vergonzoso, ni siquiera a Matthew, pero conocer la cruda verdad le reportaba cierto consuelo.

—¿Está mi madre al corriente de la situación? —quiso saber Lisbeth.

—Nunca ha sido muy amable conmigo, conque imagino que sí.

—¿Y él? ¿Te trataba… con cariño?

—Me daba más comida y ropa que a los otros —repuso Emily sin emoción—. Alguna que otra palmadita en la mano. Me pusieron a trabajar en la casa en vez de enviarme a los campos y él insistió en que no me vendieran con Fair Oaks. La señora Wainwright se enfadó muchísimo. Es la única vez que los oí discutir.

La ira de su madre adquirió un significado totalmente distinto. Cuando Lisbeth le había revelado que había visto a su prometido con una campesina, ella le había restado importancia de inmediato, pues esperaba que su hija tolerase semejante comportamiento del mismo modo que lo había aceptado ella.

Miró a su padre. ¿Cómo podía haber vivido con semejante contradicción? No sabía cómo tomarse aquella noticia, una información que convertía a Emily en algo semejante a una hermana, pero tampoco creía albergar sentimientos fraternales hacia ella. Creía que las hermanas debían de sentir confianza y cariño y Lisbeth se sentía cohibida, retraída e insegura al lado de Emily.

—No sé qué decir —dijo ruborizándose—. Esta situación es tan insólita…

Emily apretó los labios en una sonrisa leve y tensa.

—No hay nada que decir. No es más extraña que la que conoce mucha de mi gente.

—¿Crees que se querían? —preguntó en voz alta.

Emily arrugó el entrecejo tratando de dar con una respuesta. Lisbeth regresó mentalmente a la escena ocurrida debajo del sauce que la había llevado a huir del hogar de su infancia tras aprender de forma demasiado gráfica lo común que era que los señores de las plantaciones forzaran sexualmente a las campesinas que trabajaban para ellos. Recordó la horrible visión de las violentas arremetidas de Edward y del dolor y la vergüenza que se leían en los ojos de color caramelo de la joven víctima. Su madre ni siquiera pensaba que aquella chiquilla hubiese sufrido daño alguno e insistía en que, de hecho, debía sentirse afortunada por haber llamado la atención del muchacho.

Lisbeth retiró la pregunta.

—Da igual, Emily. De todos modos, no vamos a poder revelar la verdad, ¿no es así?

Emily hizo una señal de asentimiento antes de pedirle:

—Por favor, no le diga nada de esto a su madre. Lo único que conseguirá es que sea más cruel todavía conmigo. Ya estoy temiendo que nos echen de aquí cuando muera el señor.

—¿Y no sería mejor? ¿No es preferible trabajar en otro sitio?

—No tenemos más opciones. Ya hemos estado buscando y hay tantos libertos que es casi imposible encontrar alojamiento y trabajo. En la casa de la familia de William no cabe ya ni un alfiler. ¿Cómo van a acogernos también a nosotros? El puesto que tiene William en la Tredegar Iron Works nos da para pagar la ropa y la escuela de Willie y dar nuestra aportación a la iglesia y, gracias al mío, tenemos un sitio en el que dormir y comer. Es verdad que no nos faltan complicaciones, pero estamos mejor que muchos.

—¿No te pagan nada mis padres? —preguntó Lisbeth, asombrada ante la posibilidad de que así fuera.

Emily soltó un bufido mirándola de hito en hito con gesto incrédulo. Tras unos instantes, preguntó:

—¿Pagarme por hacer las tareas de casa? ¿Con dinero? —Negó con la cabeza—. ¿De verdad son tan diferentes las cosas en Ohio?

—Nosotros pagamos el trabajo que nos hacen, con dinero y, a veces, en especie. Con animales u otros géneros, aunque casi siempre con dinero.

—¡Qué maravilla, Ohio! —repuso Emily con voz de añoranza.

—Nosotros somos felices allí —convino Lisbeth. Pensó añadir que, en Oberlin, los niños blancos y negros asistían juntos a una escuela financiada con fondos públicos, pero reparó en que contárselo sería una crueldad. ¿Qué necesidad había de hacer mayor la pena de Emily?

Unos días después, entró Sammy en el cuarto que compartían los tres para decirle a su madre:

—Ojalá hubiese traído dos guantes de regalo.

—¿Por qué? ¿Johnny quiere tener uno en cada mano? —bromeó Lisbeth.

—No. —El niño puso en blanco los ojos de color miel y explicó—: Willie quiere usarlo y Johnny no se lo presta.

—Espero que le hayas dejado el tuyo.

—Claro, pero es más bueno tener uno propio.

—Sí que es mejor —convino Lisbeth corrigiendo sutilmente la gramática de su hijo.

—Willie hace todo lo que le dice Johnny. Tú dices que ya no hay esclavitud, pero yo creo que la abuela Wainwright, el tío Jack y Johnny todavía no se han enterado. —La voz del crío estaba henchida de frustración—. Ayer, la abuela Wainwright le dijo a Willie que no podía ir al parque con nosotros porque tenía que limpiar la hornilla de la cocina. ¡Como si fuera su criado! Así que se quedó mientras Emily nos llevaba a Sadie, a Johnny y a mí al parque.

La madre soltó un suspiro.

—Hoy sí que ha venido, pero Johnny ni siquiera le ha dirigido la palabra ni le ha dejado su guante. —Sammy, que no parecía dispuesto a dejarse nada en el tintero, siguió dando rienda suelta a su indignación—. Estando en el parque, una mujer blanca le dijo a la señora Emily que no podía estar allí y, cuando ella le contestó que estaba cuidándonos, la mujer le dijo que entonces no pasaba nada. A estas alturas, ya deberían haberse dado cuenta de que la esclavitud no está bien, ¿no?

—Sí.

—Pues todavía no se han enterado —concluyó alicaído.

Lisbeth lo sintió por su hijo, el pequeño estaba perdiendo la fe en la humanidad y en su familia. Tal como había temido, aquel viaje le estaba costando buena parte de su inocencia.

—Y, además —siguió diciendo él—, no creo que tu familia te haya perdonado que te casases con papá. Todos nos odian.

—Odiar es una palabra demasiado fuerte —le recordó su madre.

—Pues no les caemos muy bien.

Lisbeth no pudo menos de asentir con un nudo en la garganta.

—Sammy, me temo que tienes razón.

—Menos a Sadie —aclaró él.

Lisbeth frunció el ceño e inclinó la cabeza hacia un lado con gesto curioso.

El niño se encogió de hombros.

—Al tío Jack y a la tía Julianne les gusta Sadie.

—Sí, parece haber conseguido su aprobación —convino ella—. Lo siento, Sammy. Tendremos que sobrellevarlo lo mejor posible mientras estemos aquí. Sé amable con Willie y con Johnny. A lo mejor nuestra actitud ayuda a abrirle los ojos a tu primo.

Samuel se encogió de hombros.

—El señor William dice que, si a ti te parece bien, puede llevarnos a Willie y a mí a la Tredegar.

—¿La fábrica en la que trabaja? ¿No será peligroso?

El niño volvió a subir los hombros y repuso:

—La señora Emily dice que no. —La miró fijamente con los ojos cargados de esperanza.

—Está bien, ve si quieres.

—¡Gracias, mamá!

En ese momento entró corriendo en el dormitorio Sadie con cara de entusiasmo.

—¡Mira, mamá! ¡La tía Julianne me ha dado un guardapelo de verdad! —anunció tendiendo a Lisbeth su tesoro, un relicario de plata con espirales grabadas en torno a un diamante menudo.

Su madre lo abrió haciendo palanca con la uña y a punto estuvo de atragantarse furiosa al ver una bandera confederada diminuta en una de las caras interiores. Desde la otra la miraba la fotografía de un bebé. Sadie siguió hablando, ajena a la indignación de Lisbeth.

—Dice la tía Julianne que, como somos sus únicos parientes vivos, quiere que yo lo he… lo hedere… —La pequeña optó por cambiar de táctica—: Quiere que me lo quede yo. —Giró sobre sus talones y se levantó el pelo, recién trenzado según la moda francesa que estaba causando furor aquellos días—. Pónmelo —pidió a su madre.

Lisbeth vaciló. No quería que su hija llevara aquel símbolo al cuello. Sadie se dio la vuelta y la miró para telegrafiarle sin palabras el ruego de que se diera prisa. Lisbeth dejó escapar una exhalación, su hija era demasiado pequeña para mantener con ella una conversación política. Al fin y al cabo, le bastaría con cambiar aquella imagen por otra más adelante.

Sammy repitió con un gruñido:

—¿Ves como Sadie sí les cae bien? Y para mí que ellos también le caen bien a ella.

—¡Claro que sí! —respondió la niña—. Son mi familia y los quiero.

Si antes del viaje Lisbeth habría estado encantada de oír de su hija que albergaba tal sentimiento, en aquel instante la incomodó la influencia que tenían sobre Sadie y el afecto que les profesaba ella. Habría preferido de sus hijos una postura más neutra hacia los Wainwright. La adoración de la pequeña le resultaba tan inquietante como el desdén de Sammy.

Capítulo cuatro

JORDAN

Ohio

Pese a los temores de su madre, el viaje desde Ohio hasta Virginia fue más tedioso que temible. Aunque las carreteras estaban tan embarradas que habían tenido que sacar el carro de varios charcos, no habían sido víctimas de ningún gesto hostil durante el camino. Por otra parte, las galletas, la cecina y los frutos secos, de los que habían llegado a cansarse, bastaron, sin embargo, para mantener a raya el hambre. Su madre les enseñó a estar atentos a la presencia de plantas comestibles con las que alegrar un tanto sus comidas. Los brotes de mostaza silvestre eran la guarnición más frecuente.

No resultaba fácil dejar el vehículo en el bosque, a una distancia prudente del camino, al final de cada jornada. Un día se detuvieron tan tarde que ya era noche cerrada cuando lograron internarse en la arboleda. Después de aquello se aseguraron de no apurar tanto. Necesitaron un tiempo para habituarse a dormir apiñados en la parte trasera del carro, pero, tras las primeras noches, Jordan aprendió a descansar al aire libre y hasta empezó a gustarle un poco.

Tanto su madre como Samuel empezaron a mostrarse visiblemente agitados cuando cruzaron el río Ohio y entraron en Virginia Occidental. Aquella parte de la nación no se había constituido en estado hasta 1863, cuando se mantuvo al lado de la Unión en lugar de sumarse a la secesión de las tierras que lindaban con ella al este. La expresión tensa del rostro de su hermano la llevaron a pensar que quizá Virginia suscitaba en su interior emociones más marcadas de lo que solía reconocer. Aunque en la margen opuesta no percibió ningún cambio espectacular, saltaba a la vista que aquel hito geográfico tenía para su madre y Samuel un significado que a Jordan se le escapaba.

Una vez en Virginia, sin embargo, la carretera cambió muchísimo. Había partes que estaban incluso pavimentadas y en ocasiones hasta tuvieron que pagar para pasar por un puesto de peaje protegido por picas. Desde el puesto de peaje se veían ya vestigios de la guerra. Samuel señaló los campos talados que marcaban claramente el lugar en que habían montado el campamento las tropas. El camino estaba salpicado de cañones, planchas de carromatos destrozados y jirones de prendas en descomposición, en tanto que por la tierra y entre los matorrales se veían balas de cañón medio enterradas. A Jordan le afectó especialmente la osamenta de un caballo que seguía unida por el correaje a un carro ya podrido. Miró a su hermano para comprobar si la escena también lo inquietaba.

—¿Está esto cerca de donde tú combatiste?

—Nosotros estábamos más al sudoeste, pero tenía el mismo aspecto que todo esto y el calor y la humedad eran idénticos.

Al regresar a Virginia, Samuel se estaba enfrentando a dos capítulos dolorosos de su pasado. Aunque, como la mayoría de los soldados que sobrevivieron al conflicto armado, había enterrado en lo más hondo de sí los detalles de aquella experiencia, Jordan sabía que seguían afectándole. Todavía tenía pesadillas de cuando en cuando, si bien, con el tiempo, se habían ido espaciando, y ninguno de ellos hablaba nunca de los sonidos que se oían por entre las tablas que separaban las estancias de su vivienda.

En lugar de seguir hacia el este, en dirección a la capital, tomaron la ruta meridional y llegaron desde poniente al río James. No tardarían en ver a la prima Sarah, cuya casa formaba parte de la plantación de Fair Oaks. La carretera de tierra que llevaba al antiguo hogar de su madre atravesaba un bosque espeso. Más allá de los olmos, Jordan distinguió a los peones de los tabacales. El paisaje se veía interrumpido por campos carbonizados y árboles que demostraban que los unionistas no se habían limitado a pasar por allí, sino que se habían batido no ya con escopetas y cañones, sino también con fuego.

—Este fue uno de los primeros y últimos lugares en los que se luchó —anunció la madre chasqueando la lengua con gesto de desaprobación.

—Y se nota —convino Samuel.

—¡Por aquí! —indicó Mattie a su hijo—. Es por este camino. Gira antes de llegar a la casa grande.

Salieron de la carretera principal para tomar una pista llena de baches. A lo lejos, Jordan vio una vivienda colosal dotada de columnas y sintió de pronto que se le aceleraba el corazón al tomar conciencia de la inmensidad del lugar en el que se encontraban y de la empresa que los había llevado hasta allí. Ante ellos se erigía una de las casas de los braceros, trabajadores que habían sido esclavos y que habían derramado su sangre allí mismo.

Su madre tenía los ojos abiertos de par en par por el miedo y se estaba mordiendo el labio.

—Para —susurró—. No dobles por este camino. Está muy a la vista y se darían cuenta de que estamos aquí. Sigue hasta pasar la casa grande y esconde el carro en el bosque; volveremos andando.

Jordan advirtió que las manos de su hermano habían empezado a temblar mientras guiaba a los caballos por el camino lodoso.

—¿Te acuerdas de este lugar? —le preguntó en voz baja.

Samuel asintió con una simple inclinación de cabeza. La tensión de su rostro dejaba claro que no quería hablar de ello.

Samuel dejó escapar un sonoro suspiro después de detener el tiro en un olmedo. Jordan lo miró con gesto solidario.

—No pensaba que fuera a ser tan duro volver —susurró él.

Todavía no le habían dejado de temblar las manos. Jordan le dio una palmadita en el brazo, pero fue incapaz de articular ni una palabra de consuelo. Aquel lugar había removido con violencia las emociones de su madre y su hermano. No quería hacer ni decir nada que pudiera agravar su desasosiego.

Mattie se apeó de un salto.

—Jordan y yo iremos por Sarah. Tú, quédate cuidando el carro, Samuel.

Aun aliviado a todas luces, Samuel no dudó en preguntar:

—¿Seguro que no corréis peligro, mamá?

—Corremos menos peligro sin un hombre —declaró—. Así no parecemos una amenaza tan grande. Tú, quédate aquí. —Dicho esto, miró a Jordan de pies a cabeza y la sorprendió al tomar un puñado de tierra y restregársela por el vestido, por delante y por detrás—. Ensúciate el pañuelo de la cabeza y los zapatos —ordenó a su hija— y, luego, ponte de rodillas y gatea un poco.

—Mamá, ya estoy sucia del viaje. ¿De verdad tengo que mancharme más? Lo que necesito ahora como el comer es un baño.

Su madre soltó un bufido.

—Tú no sabes lo que es necesitar de verdad un baño. Además, la suciedad de un viaje no es igual que la del trabajo duro.

La joven exhaló y miró alternativamente a su madre y su hermano, que tenían los ojos clavados en ella mientras aguardaban a que hiciese lo que se le había pedido.

—¿Queréis que destroce el vestido? —les preguntó.

—Te dije que trajeses el más viejo que tuvieras —le recordó su madre.

—Será viejo, pero me sigue gustando —replicó Jordan.

—Pues más te va a gustar poder ponerte otro vestido algún día.

Jordan tomó aire y se recordó que estaría una temporada muy larga sin tener que cumplir sus órdenes. Se sentía ridícula de rodillas y le daba asco tener que revolcarse por el suelo. A su entender, su madre estaba extremando demasiado las precauciones. Seguro que aquel viaje no duraría mucho.

Cuando se volvió a poner en pie, Mattie la observó, le manchó algo más la cara y dio su aprobación con la cabeza antes de ensuciarse ella misma. Al ver a su madre gateando por el suelo, sintió muchísima vergüenza. Los ojos se le humedecieron. ¿De verdad valía esa tal Sarah semejante vejación?

—Quítate los zapatos y déjalos en el carro —dijo Mattie mientras se agachaba para desabrocharse los suyos.

—¡Eso sí que no, mamá! —La joven tenía los ojos anegados en lágrimas. Aquello era excesivo—. No pienso ir descalza. ¡Por favor! —suplicó.

Su madre exhaló un suspiro.

—Está bien: nos dejaremos los zapatos.

Jordan soltó aire con gesto aliviado.

—Gracias, mamá.

Mattie centró entonces su atención en Samuel.

—Espero que encontremos pronto a Sarah y podamos salir de ahí con ella enseguida, aunque no creo que vaya a ser tan fácil. No te preocupes si tardamos.

Samuel miró al cielo y volvió a bajar la vista. Daba la impresión de estar a punto de decir algo cuando su madre volvió a hablar:

—Claro que te preocuparás —se corrigió ella—, pero no te muevas de aquí. Espéranos, que yo sé salir de este sitio. Lo más seguro es que pasemos aquí la noche y puede que también la de mañana. Si pasado mañana no hemos vuelto, ve a Richmond a buscar ayuda.

Samuel clavó en ella la mirada y, abrumado por el temor y la confusión, quiso saber:

—¿Y quién querrá ayudarme en Richmond?

—La iglesia —respondió ella. Sacó de su bolso una hoja de papel y se la dio—. El reverendo dice que socorre a gente como nosotros.

—¿Seguro que quieres que me quede aquí?

—Contigo se harían más preguntas que yendo solo nosotras. Conque sí, para todos es mejor que te quedes.

Samuel se abrazó a ella un buen rato y, a continuación, abrió más los brazos para abarcar también a Jordan. Después de soltarlas, miró fijamente a su hermana y le recordó:

—Si ves a una persona blanca, hazte la estúpida. Que no sospechen que sabes leer. Aquí las reglas son muy diferentes.

Samuel se enjugó la frente con la respiración agitada. Su miedo caló en ella más que la prudencia de su madre. Jordan asintió sin palabras y le sonrió con los labios apretados antes de alejarse de él tras los pasos de su madre.

Capítulo cinco

Richmond (Virginia)

Lisbeth oyó un ruido seco procedente de la sala de estar. Entró corriendo y vio a su madre de pie ante un vaso, observando horrorizada el líquido que impregnaba la alfombra.

—Voy a buscar un paño —la tranquilizó su hija.

—¡He derramado mi medicina! —chilló ella antes de espetar a Lisbeth—: Tráeme más de la mesilla de noche de tu padre.

Estaba tiritando de la cabeza a los pies. Haciendo caso omiso de sus órdenes, la recién llegada se acercó a ella y le rodeó los hombros con un brazo esperando calmarla, pero su madre siguió dando convulsiones y resollando.

—Voy a mandar a Emily que haga venir al médico. —Intentó calmarla y ocultó la preocupación que le producía el comportamiento de su madre.

—No quiero un médico —gruñó ella—. Lo que quiero es mi medicina. ¡Tráela ahora mismo! —Lisbeth miró a aquella mujer frenética con el alma embargada por la incertidumbre—. ¡Yo sé muy bien lo que necesito, Elizabeth! —Su madre la agarró de la muñeca con tanta fuerza que le hizo daño—. Si no quieres que te eche de esta casa y no te deje poner un pie aquí nunca más, ¡tráeme mi medicina de inmediato! —Los ojos le ardían de odio.

Su hija empezó a sentir pánico ante tamaña vehemencia, pero respiró hondo y decidió ir a buscar las gotas y, después, llamar al médico en caso de ser necesario. Retirando con brusquedad el brazo, obedeció con una ligera inclinación de cabeza.

—Por favor, siéntese mientras me espera, no vaya a caerse.

Su madre apretó la mandíbula, dispuesta a contraatacar, pero se dejó llevar al sofá. Ya se dirigía a las escaleras, frotándose la muñeca, cuando su madre exclamó:

—¡El cuentagotas con el líquido marrón!

Lisbeth sabía bien lo que estaba pidiendo su madre: el láudano que había llevado el médico para aliviar los dolores de su padre. Volvió con el frasco de cristal y fue a dárselo cuando vio que seguía temblando demasiado como para tomárselo sola.

—¡Dámelo! —imploró la señora Wainwright.

—¿Quiere un vaso de agua? —preguntó su hija.

Por toda respuesta, su madre se inclinó hacia delante abriendo la boca como un polluelo desesperado. Lisbeth se sentó en el sofá, destapó el frasco, llenó el tubo de líquido pardo y lo vació bajo la lengua convulsa de su madre, que cerró los ojos y, por fin, inspiró con fuerza y asintió con un gesto satisfecho. La tensión abandonó poco a poco el cuerpo de las dos.

—Otra —la urgió la anfitriona.

Lisbeth hizo lo que le pedía.

—Normalmente me basta con una —le explicó la madre—, pero vuestra visita me está afectando los nervios.

A Lisbeth se le cayó el alma a los pies. Llevaba una semana desviviéndose por serle de utilidad, alentando a sus hijos a que fueran encantadores con ella y callando sus diferencias de opinión, pero, hiciera lo que hiciese, su madre se sentía siempre tan decepcionada con ella como cuando era niña.

—¿Qué es esta medicina? —quiso saber.

—Es para los nervios. —La voz de la madre adoptó un tono desafiante.

No pasó por alto que no había respondido a su pregunta.

—¿El doctor se la ha prescrito igual que a padre?

La mujer asintió con un gesto lento.

—Como él, últimamente necesito algo que me calme.

Los ojos de su madre tomaron un cariz soñoliento. Los hombros se le hundieron y se dejó caer en el respaldo del sofá. Dejó de tiritar y empezó a respirar con más sosiego. Lisbeth no pudo sino compartir su alivio.

La señora Wainwright estudió durante un buen rato el rostro de su hija.

—Pensaba que no vendrías —reconoció rompiendo aquel silencio incómodo—, que ya no sentirías ninguna obligación para con nosotros pese a todo lo que te hemos dado.

—Me alegró que me lo pidiese —repuso Lisbeth, advirtiendo en ese instante que era cierto—. Ojalá hubiese entre nosotros algo de cariño.

—¿Por qué no viniste antes? —la desafió su madre.

Lisbeth se sintió acalorada.

—Vine a visitarlos cuando Sammy era pequeño, pero no volvieron a invitarme.

—Una madre no debería suplicar la compañía de su hija.

Lisbeth recibió aquellas palabras como una coz en el pecho. Se mordió el labio. No quería enzarzarse en una discusión.

—Tiene usted razón, madre: debería haber venido antes a verlos —admitió con la esperanza de apaciguarla—, pero la… el conflicto me lo impidió: no era seguro viajar.

—¡El conflicto! —exclamó su madre con una risita—. ¡Qué inocente suena de tu boca! No tienes la menor idea de los horrores, los verdaderos horrores que he tenido que pasar.

—Lo siento, madre. De veras que lo siento —dijo ella de corazón. Jamás había deseado mal alguno a la familia que había dejado atrás.

—Cuando se escaparon los presos de la cárcel de Libby, pasé tanto miedo que no pude dormir en varios días. ¿Tú sabes lo que he sufrido?

Lisbeth negó con la cabeza. No conocía la experiencia de su madre, pero sí sabía que las condiciones de aquella prisión habían sido terribles. La única que superaba su execrable fama era la georgiana de Andersonville. Se trataba de un antiguo almacén en el que habían estado encerrados los soldados de la Unión. Las ventanas de algunas de sus plantas tenían rejas, pero no contaban con cristales que protegieran a los reclusos de las inclemencias del tiempo. Los prisioneros de guerra hubieron de soportar brotes constantes de enfermedades y fueron víctimas de la desnutrición. La prensa nordista celebró la fuga de 109 de ellos en 1864.

—No quería que nos asesinasen en nuestros lechos —explicó su madre con la voz cargada de ponzoña. Señaló a su hija con uno de sus dedos huesudos—. En ese mismo asiento... me pasaba la noche en vela... con la escopeta en el regazo para matar a cualquier soldado de la Unión que intentara hacernos daño.

La joven la tomó de la mano en un acto espontáneo de consuelo. Jamás había pensado en que los fugados de Libby pudieran constituir una amenaza para su familia, pero en ese momento le pareció comprensible.

La señora Wainwright prosiguió sin descanso después de apartar la mano:

—A mi hijo, mi queridísimo hijo, que se mantuvo siempre a nuestro lado, lo metieron preso y tuvimos que resignarnos. ¿Por qué delito? Por proteger nuestra forma de vida de los invasores. Supongo que te alegrarías al oír que tu hermano estaba entre rejas

—le espetó—. Desde luego, ni demostraste indignación ni moviste un solo dedo, ¡ni un dedo!, para hacer que lo soltaran.

La rabia de su madre tenía casi la fuerza de un golpe físico. Lisbeth reprimió el impulso de defenderse. Por más que su madre la acusara, no había celebrado el encarcelamiento de Jack. En realidad, había pasado toda la guerra preocupada por él, aunque también había tenido la seguridad de que la prisión en la que habían confinado a los oficiales confederados, en la que se encontraba su hermano, contaba con calefacción, víveres y atención médica. De hecho, en cuanto lo habían hecho prisionero, había dejado de preocuparle tanto su seguridad. Además, Matthew y ella no podían haber hecho nada por lograr su liberación.

Con todo, como no deseaba discutir con su madre ni provocarla, permaneció en silencio ante su furia. La mujer miró a su hija con el labio superior levantado y, tras un silencio largo e incómodo, se relajó apoyándose en el sofá con la cabeza inclinada hacia atrás y el rostro dulcificado con los párpados cerrados. Tal vez no volviese a hablar de la guerra.

Sin abrir los ojos, murmuró en un tono totalmente distinto:

—En el fondo de mi conciencia sigo viendo las llamas. El médico dice que debería olvidar todo aquello, pero es casi imposible. Las gotas son lo único que lo consigue.

Lisbeth, confundida, esperó a que lo aclarase y, al ver que no decía nada, tanteó con cuidado:

—¿Las llamas?

La madre incorporó la cabeza, abrió los ojos de súbito y se mostró sorprendida, como extrañada de verla en la sala de estar. Arrugó el entrecejo y dijo arrastrando las palabras:

—3 de abril de 1865, cuando acabó todo. Richmond ya no era la capital, sino una ciudad ocupada.

Su hija lo entendió todo: se refería al incendio posterior a la evacuación de la ciudad por parte de las tropas sudistas. Lisbeth lo conocía por las noticias del periódico, porque su madre no lo había mencionado nunca en sus cartas. O tal vez sí y la correspondencia no hubiera llegado. Hacia el fin de la guerra, el correo se volvió cada vez más irregular.

—Lo siento, madre. Debió de ser muy alarmante.

La mujer siguió hablando sin hacer caso a las condolencias de Lisbeth.

—Desde luego no puede culparse de la destrucción al presidente Davis: el incendio fue necesario para evitar que los siguieran los soldados de la Unión. —Parpadeó mirándola—. Tú te alegrarías, pero yo temí por mi vida.

La indignación ahogó la compasión que sentía Lisbeth. ¿Cómo podía suponerla tan indiferente a su sufrimiento? Hizo ademán de defenderse, pero su madre la interrumpió.

—Entonces —dijo con la voz cargada de desdén—, tuvo la desfachatez de presentarse aquí con su hijo vuestro Lincoln. ¡A jactarse de su crueldad! ¡A celebrarlo!

Lisbeth tenía entendido que la visita del presidente a Richmond había sido un viaje de paz destinado a mostrar su respeto.

—A los diez días tuvo su merecido —soltó la madre con un gruñido—. Aunque lo celebramos en privado, ninguno de los leales al Sur lloró el día que el señor Booth nos trajo justicia.

Lisbeth se sintió como una embarcación azotada por la feroz tempestad de las emociones y las acusaciones de su madre. El asesinato del presidente Lincoln había sido tan doloroso como la pérdida del más querido de los parientes. Había oído que había muchas personas que simpatizaban con John Wilkes Booth, pero no había querido creer que su propia madre pudiera ser una de ellas.

La señora Wainwright la miró desafiante esperando una reacción. Lisbeth no pensaba darle la satisfacción de mostrarse ofendida ni de defender el resultado de la guerra. Esperó con paciencia al siguiente arranque, pero la mujer dejó caer los hombros, apartó la mirada y, cambiando de tema y de tono, dijo:

—Elizabeth, por favor, ayúdame a subir las escaleras, que tengo que descansar antes de la cena.

La hija suspiró aliviada. Aquella había sido una conversación confusa, aunque esclarecedora. Por más que agradeciese la franqueza con que le había referido su experiencia bélica, le había resultado agotador verse acosada por los intensos estados emocionales de su madre, quien había oscilado con tal velocidad entre el patetismo, la cortesía y la crueldad que la había hecho sentirse como una liebre obligada a saltar en todasdirecciones.

Después de que Lisbeth la llevase hasta la cama, la señora Wainwright aseveró en tono meloso:

—No sabes cuánto tiempo he añorado esto nada más, Elizabeth: una hija que me dé consuelo en momentos de necesidad.

—Espero que Julianne haya sido buena sustituta —se aventuró a responder.

—Es demasiado nerviosa. No es lo mismo —repuso la otra sonriendo, la verdad, con ternura.

Aunque recelosa de aquel cambio de actitud, Lisbeth pensó que tal vez semejante liberación sirviera para llevar la paz a su relación. Con cautela, dijo a su vez:

—Yo también he deseado siempre un acercamiento.

—Elizabeth, yo siempre he sentido por ti amor de madre, pero nunca he sabido expresarlo.

El corazón se le alegró al oír aquello.

—Tú esperabas besos y palmaditas y yo no soy tan expresiva como tú. Tu deseo resultaba confuso y abrumador. —Su madre dejó escapar un suspiro—. Pero siempre he querido lo mejor para ti. Por eso me afané tanto en conseguir que te casaras con Edward.

Lisbeth se preparó para recibir sus críticas.

—Todos nos dieron la espalda. Nuestros queridos vecinos nos hicieron el vacío. Tu padre nunca llegó a recuperarse. Cuando él pase a mejor vida, los acreedores se apoderarán de todo. Volveré a perder mi casa. De aquí a poco seré una indigente sin hogar.

Sin pensarlo, su hija quiso tranquilizarla diciendo:

—Madre, siempre puede venirse a vivir con nosotros en Ohio.

Se arrepintió de haber pronunciado aquellas palabras tan pronto salieron de su boca, pero los ojos de su madre se habían anegado ya en lágrimas que se le derramaban por las comisuras. No recordaba haberla visto llorar nunca.

—Eres un cielo. Gracias por traer consuelo al corazón de esta madre.

Cediendo al anhelo de abrazarla, Lisbeth se inclinó hacia delante con los brazos tendidos en una invitación callada. Aguardó expectante a que ella aceptara o rechazase el ofrecimiento. La señora Wainwright miró un brazo y luego el otro con expresión perpleja y, al final, se echó adelante y apoyó la cabeza en el hombro de su hija, que, con un suspiro de alivio, envolvió los delgados hombros de la madre. La mujer levantó una mano para darle unas palmaditas en el brazo y Lisbeth se vio invadida por una oleada de cariño y ternura. Se le humedecieron los ojos y respiró hondo agradecida. Después de tanto tiempo, tal vez había hecho, de alguna manera, las paces con quien le había dado la vida.

Tras unos instantes, sintió relajado el cuerpo de su madre. La tendió y la arropó con las mantas. Hasta se aventuró a darle un beso delicado y apartarle el cabello gris de la mejilla. Al salir del dormitorio, recordó que llevaba el frasco en el bolsillo. Abrió la puerta del cuarto de su padre para devolver el láudano a la mesilla de noche. El hombre estaba solo y dormía bajo la colcha, pero en ese momento se volvió para quedar boca arriba con los párpados abiertos.

—¿Elizabeth? ¿Eres tú de verdad? —Tenía la voz áspera, pero la miraba con ojos despejados.

—Sí, padre.

El señor Wainwright parecía haber olvidado que su hija estaba en Richmond. Siguió hablando sin incorporarse.

—Has sido muy valiente... viniendo y enfrentándote al rencor de tu madre. Aunque tú siempre has sido... muy valiente.

Sonaba al hombre que había conocido de niña. Desde su llegada no le había oído la voz tan fuerte ni coherente, pero, como durante el tiempo que había estado acompañando al moribundo había tenido ocasión de conocer sus cambios de humor y de energía, no se sorprendió.

—He venido a ayudarlos a usted y a madre.

—Y no te arrepientes de tu elección, ¿verdad?

Lisbeth se sentó en el borde de la cama. Nunca había tenido mucha familiaridad con él y le resultaba extraño estar tan cerca físicamente, pero deseaba mantener aquella conversación y saber algo más de su padre mientras todavía fuera posible.

—Me alegro de estar con ustedes después de todos estos años —repuso.

Su padre negó con la cabeza y se corrigió:

—Me refiero a la elección de abandonar esta vida. ¿No te arrepientes?

Sintió un hormigueo en el cuello. Sabía que el agonizante hablaba con el corazón en la mano, pero la pregunta resultaba sorprendentemente franca y muy difícil de responder.

Sopesó sus palabras e hizo lo posible por ser amable, pero honrada.

—No me arrepiento de haber dejado Virginia, aunque siento mucho el daño que les ha causado mi decisión, padre.

El respondió:

—Yo no he sido valiente en esta vida y ahora arderé en el infierno para toda la eternidad.

—¿Qué? ¡Eso no es cierto! —lo contradijo ella, triste ante el miedo que empañaba la voz de su padre—. ¿Por qué dice eso?

—Lo único que yo deseaba era ser ministro de Dios y predicar la verdad. El tiempo que pasé en el seminario fue el más feliz de mi vida.

—¿Estuvo usted estudiando para reverendo? —preguntó ella, atónita ante aquella revelación.

—Nunca me preocupó no heredar nada, tampoco tuve envidia de nadie. Agradecía el papel que me había asignado el Señor en calidad de segundogénito, pero entonces Él tuvo a bien ponerme a prueba con la muerte de Alistair. —Su padre hablaba como un hombre derrotado—. No fui valiente para renunciar al mal de mi herencia y pagaré para siempre el precio de mi cobardía. Por favor, aunque ya será muy tarde para reparar nada, reza por mí cuando me haya ido.

Lisbeth quiso buscar palabras de consuelo que dedicar a su padre antes de su muerte.

—Padre, seguro que Dios conoce la verdad de su corazón —le dijo.

—Son los hechos, no los dichos, lo que cuenta —contestó resignado su padre. Con la mirada perdida, se sumió en sus pensamientos frunciendo el entrecejo.

Lisbeth le dio una palmadita en el brazo deseando poder hacer algo más. Sintió compasión y lástima por él, pero no podía tratar de convencerlo de que obtendría la salvación cuando ella misma lo dudaba. Pensó en los más de noventa esclavos de los que había sido dueño. Su padre se presentaba como un amo benevolente, pero en su fuero interno entendía que se trataba de un pecado. Había mentido a su hija, y también a sí mismo, al hacer ver que los esclavos formaban parte de una raza inferior que necesitaba sus cuidados. Lisbeth había creído aquella patraña durante años, hasta el momento de descubrir que había hombres como él que forzaban a muchachas para obtener placer y reafirmar su poder. Pensó en Emily y en las mentiras sobre mentiras que se ocultaban en el hogar de su infancia.

Al rostro de su padre asomó una sonrisa. Su estado de ánimo cambió por completo cuando exclamó:

—¡Ya sé! Liberaré a todos mis esclavos cuando me llegue el momento. ¡Seguro que eso dará motivos al Señor para llevarme al cielo! —Volvió a sonreír con aire soñador.

Lisbeth pensó en revelarle que ya no tenía ese poder, pero él parecía encantado con la solución que acababa de encontrar. ¿Qué sentido tenía hacer saber a un moribundo que no existía el camino que pensaba tomar para ir al cielo? De todos modos, no tardaría en comprobarlo por sí mismo.

Su padre apuntó de súbito con gesto de urgencia:

—Lisbeth, no se lo cuentes a tu madre, porque se pondría furiosa. ¡Trae papel, rápido! ¡Lo tengo que hacer hoy mismo!

El desdén fue a sumarse a la piedad en el corazón de Lisbeth. Ni siquiera a las puertas de la muerte había dejado su padre de ser un cobarde que se negaba a hacer lo correcto a los ojos de Dios.

—Pero primero tengo que descansar, porque estoy agotado. —Volvió a echarse sobre uno de sus costados.

Lisbeth se preguntó si diría algo más, pero al oír salir de su garganta los suaves susurros de un sueño profundo, perdió la esperanza.

Capítulo seis

JORDAN

Plantación de Fair Oaks (Virginia)

Jordan y su madre atajaron entre la maleza para regresar a la carretera principal de Fair Oaks. La joven sintió regueros de sudor caerle por la espalda a medida que avanzaban y con cada paso se lamentaba de que el carro hubiera quedado tan lejos de su destino. Las precauciones de Mattie seguían pareciéndole exageradas, pues en aquel camino de tierra azotado por el calor no se veía un alma.

—Mantén la boca cerrada y la mirada baja —le recordó su madre—. Deja que sea yo la que hable si nos topamos con alguien que no sea Sarah. Y que no te vean los zapatos. Por mucho que los hayamos ensuciado, nos delatarán de inmediato.

Jordan asintió con gesto distraído mientras contemplaba el paisaje. Había imaginado un lugar horrible, pero aquello le pareció precioso. El camino estaba bordeado por olmos y nogales y el suelo estaba sembrado de hermosos arbustos con flores amarillas que contrastaban con el morado de la manzanilla de pastor. Por los huecos que se abrían de cuando en cuando entre los árboles se veían tabacales con plantas de casi dos metros de altura. Las hojas, gigantescas, llamaban la atención puestas al sol.

—¡Qué bonito es esto, mamá! No tenía ni idea de que el tabaco creciera tan alto.

—Sí que lo es. —Mattie trataba de asimilarlo todo con la mirada cargada de nostalgia—. Tanta belleza y tanta fealdad mezcladas… Mi corazón no sabe qué sentir.

Su hija la tomó del brazo. También ella se sentía profundamente confundida. Caminar por aquel camino, junto a aquellas plantas, la llenaba de paz. Su madre había vivido allí casi treinta años. Aquel era el hogar de la infancia de Samuel. Nunca, cuando le habían contado alguna historia de aquel lugar, se había imaginado la plantación como un sitio atractivo en ningún sentido, sino más bien pavoroso, pero aquello era idílico.

Tomaron el amplio sendero de tierra que llevaba a las cabañas. Las rodadas que habían dejado las carretas estaban llenas de barro y las hileras de plantas altísimas impedían ver la casa grande. Tras las hojas de tabaco asomaban y desaparecían cabezas. A lo lejos vio unas doce chozas dispuestas en dos filas, tras las cuales se distinguía una mancha oscura que debía de ser el río James del que tanto había oído hablar.

Al rebasar un vacío abierto entre dos hileras de plantas vio a un hombre blanco subido a un caballo de color castaño oscuro. Corrió a apartar la mirada y susurró a su madre:

—¡Ahí hay un capataz! Ahí mismo.

El miedo que fue a sustituir el placer que sentía por el paisaje le secó la boca.

—Ya me había dado cuenta —repuso Mattie—. Quizá no nos haya visto.

—¡Vosotras! ¡Daos la vuelta! —les gritó entonces una voz profunda situada a sus espaldas.

La madre le dio una palmadita en la mano y musitó:

—Tú, ni una palabra. Sí, señor —añadió con la cabeza gacha y los ojos clavados en el suelo. Jordan imitó su actitud.

El hombre gruñó desde su caballo:

—¿Adónde creéis que vais?

—Hemos venido a ver a Sarah, señor —respondió su madre en un tono obsequioso que enfureció a su hija por más que entendiera perfectamente el motivo—. Es una prima de mi marido.

—¿Y de dónde venís a verla? —preguntó en tono desafiante mientras las miraba lentamente de arriba abajo.

—De Shirley, señor.

La joven temía que el corazón se le saliera del pecho. Se le agitó la respiración y, de pronto, sintió que las manchas de su vestido no le bastaban como disfraz. La calidad del tejido y el estilo de los zapatos las delataban a la legua. En aquel momento resonó en su interior la advertencia de su padre. Su bonito vestido la convertiría en blanco de no pocas miradas. A fin de no atraer la atención hacia sí, tiró muy lentamente hacia abajo de su falda gris para taparse los pies y así ocultar el indicio más manifiesto de que no pertenecía a aquella tierra.

El hombre soltó un bufido.

—En Shirley podrán dejar que sus negratas se paseen como les dé la gana, pero aquí, en Fair Oaks, los nuestros trabajan para ganarse el sustento.

—Sí, señor.

—Volved a la carretera hasta que se ponga el sol —sonrió con superioridad— y entonces podréis hacer todas las visitas que queráis.

—Sí, señor.

Caminaron en silencio hasta llegar a la intersección del camino principal.

—¿Volvemos al carro —quiso saber Jordan— para esperar con Samuel? —No veía la hora de alejarse de aquel hombre, pues estaba convencida de que, si volvía para interrogarlas, descubriría que no eran quienes decían ser.

—No, porque este hombre va a estar vigilándonos. Haremos lo que nos ha dicho y esperaremos aquí sentadas hasta que caiga la tarde.

—Tenías razón, mamá: esto es horrible.

Su madre la miró con gesto agridulce.

—Cariño, todavía no has visto nada horrible.

Jordan no había tenido nunca tanto calor ni tanta sed, pero no se quejó en voz alta por considerar que no tenía ningún sentido lamentarse de aquello. Los minutos fueron pasando lentos. Si el simple hecho de esperar allí sentadas era deprimente, no quería imaginar cómo debían de estar los braceros de la plantación, entre quienes se encontraba la prima Sarah. Miró a su madre.

—¿Eso hacías tú? ¿Trabajar así en los campos?

Mattie asintió.

—Hasta que me llevaron a la casa. Echaba de menos vivir en las cabañas, pero no trabajar en la plantación. Hacía mucho calor y era horrible. —Miró a Jordan a los ojos, como si fuera capaz de leerle el alma, y dijo—: Por eso estoy tan agradecida por mi libertad. Nunca, jamás, ha sido algo que pudiera dar por sentado.

Desde la distancia, vieron a los peones moviéndose por la plantación y a los dos hombres montados que vigilaban el terreno. Jordan sintió repugnancia ante los largos látigos de cuero que llevaban sujetos a las sillas y agradeció que no estuvieran usando ninguno de los dos. Había leído suficientes testimonios de esclavos para sentir escalofríos al ver capataces con azotes. Dada la historia de aquellos campos y aquellas gentes, aquella escena resultaba tranquila, hasta extremos perversos.

—¿Por qué siguen aquí estos peones? —preguntó.

—No es fácil desarraigarse. La mayoría lleva aquí toda su vida y no conoce nada más. Creen que no tienen más remedio.

Al final, el sol se puso y el encargado dio a gritos la señal que anunciaba el fin de la jornada. Los braceros echaron a andar entre las hileras de tabaco hacia las cabañas. Jordan fue a ponerse en pie, pero su madre la asió del brazo y negó con la cabeza sin hacer ademán alguno de levantarse. La joven volvió a sentarse en el tronco. Mattie no hizo ningún movimiento hasta que fue noche cerrada, mucho después de que los peones hubieran desaparecido con paso cansado. Solas, volvieron a recorrer el camino que atravesaba los campos vacíos y tomaron la senda que llevaba a aquellas viviendas. A uno y otro lado del camino se veían filas de chozas pequeñas y desvencijadas. De camino a la choza de la prima Sarah no se cruzaron con nadie. De hecho, de no haber sido por los diversos fuegos en los que se calentaban calderos sostenidos por trébedes, Jordan habría pensado que estaban abandonadas. El lugar resultaba deprimente y perturbador, triste y atractivo al mismo tiempo.

—Está demasiado tranquilo —apuntó Mattie con poco más que un susurro—. Antes esto estaba lleno de gente que hacía la cena después de todo un día de trabajo.

Jordan sintió aumentar los nervios de su madre a medida que llegaban a la quinta cabaña de la derecha, una construcción torcida que a duras penas cabía considerar una casa, de no más de tres metros por cuatro y medio, fabricada con tablones que la intemperie había vuelto gris y que mostraban numerosas grietas y agujeros donde antes había habido nudos en la madera. Por cerrojo tenía un trozo deshilachado de cuerda inserta en un orificio. Se había abolido la esclavitud y aquellas gentes seguían viviendo en chabolas. Aun entendiendo que debía de ser difícil empezar de cero, Jordan no acababa de hacerse a la idea de los motivos que podían llevar a nadie a querer quedarse en aquel lugar.

Su madre llamó con suavidad y no tuvieron que esperar mucho para que se abriera la puerta.

—¿Hola? —preguntó una anciana con el rostro oscuro y arrugado marcado por la ansiedad y la incertidumbre.

Mattie la miró fijamente e hizo lo posible por ahogar un grito.

—¿Sarah?

Sarah asintió con gesto escéptico. Jordan mantuvo una expresión neutra por disimular la estupefacción y la ligera repugnancia que le provocaban aquella mujer mugrosa de piel amarillenta y avejentada y ojos hundidos y legañosos. Tenía el cuerpo cubierto de suciedad, cicatrices y llagas. ¿Aquello era la prima de su madre?

Sarah se llevó la mano al pecho para anunciar con un susurro tembloroso:

—Soy yo, Mattie.

La mujer se llevó una mano cochambrosa a la boca.

—¿Qué? No... —dijo echándose atrás tambaleante.

Mattie tomó a Jordan de la mano y la llevó al interior en penumbra. Sarah miró a una y luego a la otra con el rostro demudado por la estupefacción.

—¿Qué estáis haciendo aquí? —preguntó enseñando alguna mella en sus encías hinchadas.

—Hemos venido por ti, como te prometí.

La mujer estudió a la joven, que aguardaba de pie incómoda.

—¿Jordan? —preguntó incrédula.

La joven confirmó su suposición con un movimiento de cabeza.

—¡Ay, Dios! —Los ojos de Sarah se llenaron de lágrimas—. La última vez que te vi eras una niña de teta y ¡mírate ahora! ¡Cómo has crecido y qué guapa estás! —Acarició la piel morena y suave de Jordan con sus dedos hinchados y callosos.

Jordan se resistió al instinto de apartarse de aquel roce áspero que le arañaba la mejilla.

—¡Oh, Mattie! —La voz ronca de Sarah se cargó con un temor reverencial—. ¡Lo has conseguido! Te has procurado una vida mejor.

El gesto maravillado de aquella mujer resultaba conmovedor.

—¡Y eso es lo que te espera también a ti! —exclamó Mattie—. He traído un carro. Vamos a llevarte a Ohio. Samuel nos está esperando en la arboleda.

El terror invadió entonces la expresión de Sarah, que preguntó con aire suspicaz:

—¿Os ha visto alguien?

La otra no tuvo más remedio que asentir con un suspiro.

—El capataz.

—¿Y os ha dicho algo?

Mattie se encogió de hombros antes de afirmar con la cabeza.

—¿Qué le habéis contestado?

—Que eres la prima de mi marido y hemos venido a verte desde Shirley.

Sarah apretó los labios con gesto enojado.

—Sabes que es imposible que se lo haya creído, ¿verdad? —la regañó—. Mira qué ropa lleváis. ¿Cómo vais a ser braceras?

Jordan observaba la escena en silencio. La mujer que estaba reprendiendo a su madre había nacido unos meses antes que Samuel, pero parecía mayor que Mattie.

—No podéis venir aquí y llevarme con vosotras como si nada —siguió refunfuñando—. ¡Las cosas no funcionan así!

—Pero ¡si eres libre! —saltó Jordan—. ¿No has oído hablar de la Decimotercera Enmienda?

—Pues claro que he oído que soy libre —repuso ella con voz acalorada y cargada de indignación—, pero no sé a mí qué bien me hace eso.

—Puedes hacer lo que quieras e ir adonde quieras —respondió Jordan con más dulzura.

—La libertad no viene con una casa. La libertad no viene con un caballo. La libertad no viene con tierras. La libertad no viene con comida —espetó Sarah.

A la joven se le revolvió el estómago ante aquellas verdades como puños: el derecho que se les había reconocido no significaba gran cosa si no se tenían los medios necesarios para ejercerlo.

—¿Has conseguido ahorrar algo de tu sueldo? —preguntó con todo el tacto que supo reunir, pues no quería sonar crítica.

Su madre le lanzó una mirada tan fugaz como severa y se apresuró a decir:

—Para venirte con nosotros no necesitas dinero, porque nos encargaremos de ti hasta que puedas valerte por ti misma.

Sarah negó con un movimiento de cabeza y un bufido antes de chasquear la lengua.

—¿Te crees que han cambiado mucho las cosas aquí? La única diferencia es que ahora somos muchos menos para hacer todo el trabajo. El amo no nos da dinero. Nos da comida, ropa y... —abarcó el interior de la cabaña con un gesto— este sitio para vivir. Pero sueldo no nos dan.

«El amo.» Aquella expresión hizo que Jordan se encogiera de dolor. ¿Sarah seguía teniendo un amo y no recibía salario?

—El amo no lleva nada bien que nadie le diga que quiere algo distinto de lo que él dice que nos corresponde. —Sarah meneó la cabeza con gesto resignado—. En fin, el caso es que habéis venido, conque disfrutemos de esta noche, mañana por la mañana haré lo posible por arreglar la que habéis liado al presentaros aquí; este ya no es vuestro sitio. Puede que al amo no le importe que vengáis de visita, pero yo no me iré con vosotras. Os agradezco que os preocupéis por mí, pero ya te dije en aquella carta que no me mudaré a Ohio —declaró—. Voy por la cena, que seguro que el estofado que tengo en el fuego da para tres —concluyó dando una palmadita en la mano de Mattie.

A Jordan se le cayó el alma a los pies. ¿Habían hecho todo aquel camino para nada? Miró a su madre temiendo que se sintiera dolida por aquella noticia, pero la mujer que observaba a Sarah salir por aquella puerta desgastada parecía más resuelta que afligida.

Cuando se quedaron solas, susurró a su hija:

—Haz como si su comida fuese lo mejor que has probado en su vida. ¿Me entiendes?

—Claro que sí, mamá. No pensaba ser una maleducada. —Le indignaba que su madre pudiera creer que iba a conducirse de un modo poco respetuoso—. Siento que Sarah no quiera aceptar tu proposición de mudarse a Ohio. Como dijiste, hay a quienes les aterra dejar lo malo conocido.

—Esto todavía no ha acabado —insistió su madre.

Sarah volvió con una olla pesada de metal de la que sirvió con un cucharón un líquido pardo y grasiento en tres sencillas escudillas de madera que descansaban en la mesa a la luz de una lamparilla de aceite. A la joven se le revolvió el estómago al imaginarse llevándose a la boca aquel revoltijo viscoso.

—Gracias, prima Sarah —sonrió mientras hacía cuanto estaba en sus manos por no manifestar la turbación que la embargaba.

La anfitriona extendió las manos a uno y otro lado para bendecir la mesa.

—Gracias, Dios, por traerme sanas y salvas a Mattie y a Jordan. Cuida a Samuel, que está en el bosque. Te damos las gracias por esta comida y por tu misericordia. Amén.

Madre e hija repitieron el amén y Jordan se armó de valor para comer. Contuvo el aliento mientras se llevaba a la boca la cuchara cargada de líquido marrón para tragar rápido el contenido con la esperanza de que pasara inadvertido a sus papilas gustativas. Hizo lo posible por mantener una expresión neutra ante el sabor que fue a asaltarla a pesar de sus precauciones. El estofado tenía un gusto tan desagradable como había temido.

Forzó una sonrisa.

—Gracias por la cena, prima Sarah.

—No es nada del otro mundo, pero me alegra compartir con vosotras lo que tengo.

—Después de tantos días de carretera, esto es una gloria —aseveró la madre.

Jordan se moría por un vaso de agua que la ayudase a bajar aquello, pero en la mesa no había ninguno y descartó la idea de pedirla al reparar en que sería una falta de consideración. No tendría más remedio que dar cuenta del plato que tenía delante sin aquel auxilio.

—A ti se te nota que no eres de aquí por el habla —aseveró Sarah a la joven—. ¿Allí hablan distinto todas las gentes de color?

Jordan consideró la pregunta. ¿Sabría Sarah que había ido a la universidad... o siquiera que había estudiado en un instituto? No quería ofenderla ofreciendo demasiadas explicaciones o dando demasiado por supuesto. Con todo, su madre no le dejó tiempo para formular una respuesta.

—Los dos, Jordan y Samuel, han ido a la universidad. Es lo máximo que se puede estudiar. Emmanuel y yo estamos orgullosísimos de ellos. —Dicho lo cual sonrió a su hija.

Sarah agitó la cabeza con gesto maravillado.

—¡Pues sí que os habéis montado una vida de primera! —Levantó las comisuras de sus labios agrietados, respiró hondo y Jordan advirtió que los ojos se le llenaban de lágrimas.

La joven vio que cruzaban por su rostro diversas emociones. Aunque no resultaba nada fácil adivinar con exactitud lo que podía estar pensando o sintiendo, se diría que en su corazón y en su cerebro estaban enfrentándose el dolor y la admiración, compañeros poco comunes.

Al final, hizo un gesto con la cabeza y le dijo:

—Tú naciste ahí mismo.

A Jordan se le encogió el estómago. Había oído muchas veces que había venido al mundo en una cabaña de esclavos, pero ¿allí?

Jamás habría siquiera imaginado algo tan terrible y primitivo como aquello. Miró a su madre, que confirmó la noticia con un movimiento de cabeza. Jordan contempló el suelo de tierra y las bastas paredes de madera. Aunque la luz tenue de la lámpara apenas permitía ver nada, dudaba que el sol de la mañana fuese a convertir aquel lugar en algo muy distinto de una cueva inmunda.

—Ahí, en esa cama. —Mattie empezó a ponerse nostálgica—. Te tomé en brazos después de una noche entera de parto y juré a Dios que nos reuniríamos con tu padre y tu hermano. ¡Y lo conseguí!

Jordan sintió bajar un escalofrío por su espalda ante la magnitud de la hazaña de su madre. Había estado muy cerca, tanto que alarmaba, de vivir una existencia totalmente distinta, en la que sus dedos habrían tenido que expurgar de gusanos las plantas de tabaco en lugar de pasar páginas de libros. Se mareó solo de pensarlo. Observó sus manos suaves y a continuación estudió los dedos hinchados y deformados de la prima Sarah. Si su madre se hubiera quedado allí, ella habría tenido que consagrarse en cuerpo y alma a subsistir en lugar de preocuparse por la emancipación y los derechos de las mujeres.

—¿Vives aquí sola? —preguntó su madre.

Sarah asintió con un gesto lento.

—Desde que se fueron las niñas —respondió con la voz quebrada y, aclarándose la garganta, añadió—: y murió mamá.

Mattie se inclinó para posar su mano sobre la de su anfitriona y dijo sintiendo que a ella se le tensaba también la voz:

—Nunca me has contado de qué murió mi hermana.

Sarah respiró hondo y suspiró antes de explicar:

—Hace cuatro veranos, el amo les dijo a Sophia y a Ella, mis hijas —aclaró mirando a Jordan—, que tenían que irse al Sur, que las había vendido… ¡para pagar una boda! —exclamó indignada—. ¿Te puedes creer que una boda de señoritingos le pareciera más importante que mi familia? Mamá le dijo: «¡No!». En toda su cara

85

le dijo al amo que éramos gente libre. Sabíamos que lo decía la Proclamación de Emancipación y que no podía obligarlas a irse sin más. Como un rayo, el amo levantó el bastón y le dio un golpe tremendo con ese pajarraco de metal.

Jordan se encogió de dolor.

—Como os he dicho, nuestra «libertad» les importa muy poco. Al día siguiente, agarró a mis niñas, las subió a un carro y se las llevó. Tampoco le importaron un bledo sus lágrimas, ni los gritos de mamá. Tenía la cabeza hinchadísima y no hubo manera de hacer que se le bajara.

Sarah guardó silencio, perdida en sus pensamientos. Jordan aguardaba ansiosa el final de la historia, aunque sabía cuál sería el atroz desenlace.

—Murió tres días después. —La narradora tragó saliva con dificultad.

Aunque tenía el gesto glacial, la joven sentía que estaba abrumada por la intensa emoción.

—¡Ay, Sarah! —exclamó Mattie—. Es horrible, lo más triste que he oído nunca.

—¿Qué edad tenían Sophia y Ella? —Jordan tenía que saberlo.

La anfitriona se mordió el labio.

—Sophia acababa de cumplir ocho años y Ella tenía todavía cinco. Una cría, vaya.

La joven se imaginó a las dos chiquillas llorando mientras se las llevaban ante la mirada impotente de la prima Sarah. Sintió que le ardían los ojos al pensar en aquellas niñas a las que habían arrancado a la fuerza de su casa y su familia y habían dejado sin nadie que velase por ellas.

Sarah la miró fijamente y le dijo:

—Ni siquiera sé si las separaron o las llevaron al mismo sitio.

El dolor que impregnaba su voz se clavó en el corazón de Jordan. Las lágrimas corrían por sus mejillas. La garganta de la joven se tensó tanto que hasta le costaba respirar. Temblando, tomó todo el aire que pudo por la nariz. Nunca se había sentido así al leer artículos y ensayos sobre las condiciones de los esclavos del Sur. Ni siquiera los detalles más intensos y dolorosos de las narraciones de quienes habían vivido en cautiverio podían compararse al hecho de escuchar aquella historia de boca de su prima.

Sarah lanzó un suspiro ahogado.

—No puedo irme de Fair Oaks hasta que no hayan vuelto. Esa es la única esperanza que me ha mantenido con vida estos últimos años. ¿Y si las liberan de verdad en el sitio al que las mandaron y vienen un día a buscarme?

Jordan trató de dar con algo apropiado que decirle, pero ante semejante horror era imposible encontrar palabras remotamente oportunas. Su madre tenía razón: había que sacar a Sarah de aquel lugar espantoso. Puso su mano sobre la de su prima, se secó las mejillas y declaró con las cuerdas vocales tensas:

—Encontraremos a tus hijas y nos reuniremos todos en Oberlin.

Buscó con la vista el asentimiento de Mattie y le sostuvo la mirada con sus ojos intensos y amables color caramelo al tiempo que inclinaba la cabeza con gesto afirmativo. Jordan, llorosa, respondió a su madre con una sonrisa tierna.

Capítulo siete

Condado de Charles City (Virginia)

Lisbeth había tomado con sus hijos una carretera de tierra bordeada de árboles que corría a poca distancia del río James. Pasarían unos días fuera de Richmond para visitar a unos amigos de la infancia.

Se había ido de Virginia antes de la boda de Mary Bartley y Daniel y, en los diez años que habían transcurrido desde entonces, Mary había dado a luz a siete hijos. Cinco seguían aún con vida y ella era la señora de una importante plantación situada cerca del río. Todo apuntaba a que, de un modo u otro, Daniel se las había ingeniado para adquirir más tierras durante el conflicto entre estados.

A medida que avanzaban la fue embargando la emoción: entusiasmo y temor, quizá una mezcla de ambos. Mary y ella se habían carteado con regularidad, pero siempre evitaban abordar asuntos poco agradables, como la guerra. Lisbeth temía que su amiga la tuviera, como su familia, por una traidora a su causa, y la ilusión con la que Mary la había invitado a ir a verla con los niños —de hecho, había insistido hasta la saciedad en que debían reservarle unos días— no había despejado del todo su recelo.

—Ya os he dicho que Mary y yo éramos amigas íntimas de pequeñas —recordó a sus hijos.

—¿Erais compañeras de pupitre en el cole? —preguntó Sadie.

—Nosotras no fuimos al colegio: teníamos profesores particulares que nos enseñaban en casa. Sí fuimos juntas a clases de modales, con todas las demás niñas de la región.

—¿De modales? —repitió Sammy.

Lisbeth se encogió de hombros.

—Clases de urbanidad y de baile con las que nos preparaban para ser señoritas.

—¿A mí me vas a llevar a clases de morales? —quiso saber su hija.

La madre se echó a reír.

—De modales. No, por suerte en Ohio tenemos un sistema distinto. ¡Ya estamos aquí! —exclamó entonces señalando una residencia majestuosa.

Sammy abrió la boca de par en par ante la impresionante fachada de ladrillo y sus gigantescas columnas blancas. Aquella era la vivienda más colosal que había visto en su vida y su expresión no dejaba lugar a dudas al respecto.

—¡Vaya! Y yo que pensaba que la casa de la abuela Wainwright era grande…

La puerta principal, pintada de reluciente color blanco, se abrió para dar paso a Mary, que salió corriendo a saludarlos.

—¡Lisbeth, cariño! —exclamó.

Sí, aquella mujer era la misma niña que había dejado atrás hacía ya una década, y sin embargo era tan distinta… Los siete embarazos le habían dejado el cabello surcado de canas y el brillo de sus ojos había quedado empañado por un atisbo de tristeza. Estaba tan delgada que daba la impresión de que la menor brisa bastaría para tumbarla, pero la recibió con tanta alegría que hizo que se disiparan de inmediato todos los temores que había albergado Lisbeth sobre aquel reencuentro.

Las dos se dieron un largo abrazo y el corazón de la recién llegada se ensanchó más aún cuando Mary hizo otro tanto con Sadie y con Sammy.

—¡Entrad! —pidió a los tres viajeros—, que he hecho preparar el té en el jardín. Mis niños están deseando conocer a mi mejor amiga de la infancia y a sus hijos. Podemos contemplar el río mientras ellos juegan.

—¿Voy por mi maleta? —preguntó Sammy a su madre sin alzar la voz.

—¡Ni se te ocurra! —respondió Mary—. Dejadlo todo, que yo me encargo de que lo bajen.

Al entrar al gran vestíbulo de la casa, Lisbeth miró atrás y vio a un criado de piel oscura que retiraba su vehículo. Mary entrelazó su brazo con el de su amiga y los llevó a todos al jardín que se extendía en la parte trasera del edificio. Sadie iba de la mano izquierda de Lisbeth y Sammy las seguía unos pasos por detrás.

—Mi hermano Robert vive con nosotros desde que acabó la guerra —susurró la anfitriona una vez llegados al amplio sendero de gravilla—. Se unirá a la merienda hasta que se canse. Por favor, no digas nada de su aspecto ni menciones el conflicto. Estamos haciendo todo lo que podemos por levantarle el ánimo.

Lisbeth asintió con la cabeza, agradecida por la advertencia. Se llenó los pulmones con aquel aire húmedo que conocía tan bien mientras caminaban en silencio hacia el río. Contempló los árboles y la hierba y sintió un escalofrío cuando asomaron ante ellos las aguas lentas del río James. Aquel era su hogar y no había advertido cuánto lo había echado de menos hasta ese instante.

Robert estaba sentado a una mesita situada en la orilla. Lisbeth había visto a muchos jóvenes supervivientes del campo de batalla, pero a ninguno lo había conocido de niño, y enseguida pudo comprobar hasta qué extremo había transformado la guerra a aquel joven travieso que siempre había hecho reír a los demás. Estaba tan encorvado que los hombros le llegaban a las orejas. Movió los ojos de inmediato hacia un lado al verlas llegar, pero al instante volvió a clavarlos en el suelo cuando se acercaron.

—Mis hijos —anunció Mary con aire alegre—: Danny, Harry, Rose, Hannah y Freddy, el bebé.

Todos formaron una hilera para dar la mano a los recién llegados, incluida Hannah, que no debía de haber cumplido los dos años.

—¡Mary, son preciosos! —exclamó Lisbeth—. ¿Puedo? —añadió señalando al más pequeño, que estaba en brazos de una criada.

—Claro que sí. —Mary lo tomó y se lo tendió.

Lisbeth acurrucó a Freddy y disfrutó de la sensación que le producía el calor de la criatura y el tacto de su cabecita contra el pecho.

—¿Puedo tocarlo? —preguntó Sadie.

—Solo los deditos de los pies —le indicó Lisbeth.

—¡Qué tontería! —la corrigió Mary—. ¿No ves que, siendo el menor de cinco hermanos, no puede esperar esas delicadezas? Si quieres, lo puedes tomar en brazos.

—¿De verdad? —exclamó la pequeña con gesto entusiasta.

—Pero ten mucho cuidado —advirtió su madre—, que no es un juguete.

—Lo tendré. ¡Lo prometo!

La anfitriona señaló una manta extendida a pocos pasos.

—Ve allí, que Louisa te enseñará a sostenerlo. A decir verdad, mis hijos están tan a gusto con ella como conmigo. Ha sido su aya desde que nació el primero.

—Igual que me pasaba a mí con Mattie —aseveró Lisbeth.

Su amiga de la infancia asintió con una sonrisa leve.

Lisbeth entregó el bebé a aquella mujer alta de piel canela y la observó mientras reunía a los niños de Mary y los llevaba hasta las mantas. Como con Emily, no le chocó tanto verla de criada como ver que el final de la esclavitud no hubiese afectado de forma más marcada al servicio de sus familias. Se preguntó si Louisa recibiría un salario o trabajaría a cambio de manutención y alojamiento como Emily en la casa de sus padres.

—Vosotros también —dijo Mary a Sadie y Sammy—. Si necesitáis algo, vuestra madre estará aquí mismo. ¡Venga!

Lisbeth hizo un gesto de asentimiento y sus hijos corrieron a unirse al resto de niños a jugar al pilla pilla.

—Louisa es un encanto. Mi vida sería un infierno sin ella. ¿Tú has venido sin tu aya?

—Es que no tenemos.

Mary abrió los ojos azules de par en par y, a continuación, pestañeó para sobreponerse a la sorpresa.

—¡Pues sí que es diferente la vida en Ohio! ¡Cuéntamelo todo!

—No tanto. Tenemos una casa muy bonita con su granja. Desde que acabó la guerra, hemos cultivado lino, ahora hay mucha demanda, y también avena en rotación. —No bien había pronunciado la palabra *guerra*, Lisbeth se arrepintió de haber mencionado el conflicto. No dudó en seguir hablando con la esperanza de que la misma pasara inadvertida—. Como te dije por carta, Sadie empezó en otoño el primer curso, así que la casa está muy tranquila durante el día. En Oberlin tenemos un sistema de escuela pública dividido en cursos. Los domingos vamos a la iglesia en familia.

Robert alzó la mirada de pronto. Había guardado un silencio sepulcral desde su llegada y casi se había olvidado de él. La miró de hito en hito y Lisbeth pudo contemplar su rostro. Tenía la mirada asustada, furiosa y confundida que había visto en tantos veteranos. Una vez más, sintió el coste terrible de aquel enfrentamiento bélico.

—Pero ¿hubo guerra allí? ¿Habéis conocido la guerra en Ohio? —preguntó desafiante.

—Cerca de casa no se combatió —respondió ella con dulzura—, pero había tantos hombres ausentes que sí sentimos los efectos de la guerra.

—Que sentisteis los efectos de la guerra... —susurró él—. Sentisteis... los... efectos —prosiguió lentamente antes de mover la cabeza hacia arriba y hacia abajo—. Yo también. ¿Y tu marido fue a la guerra? —Clavó sus ojos en los de Lisbeth como si su vida dependiese de la respuesta.

Lisbeth asintió en silencio.

—¿Con los azules o con los grises? —quiso saber él con la voz cargada de emoción.

A Lisbeth le dio un vuelco el corazón al verse atrapada entre el mal de una mentira y el dolor que provocaría la verdad. En Ohio, haber sido de la Unión se consideraba algo honorable. Nunca habría imaginado que llegaría a sentir rubor por la participación de Matthew en la guerra, pero allí, en las márgenes del río James, revelar la verdad a Robert planteaba serios problemas.

Miró a su amiga de la infancia para que le leyera los labios mientras decía:

—Lo siento.

Mary se encogió de hombros con discreción.

—¿Con los azules o con los grises? —insistió Robert con gesto feroz.

Por suerte, en ese momento, intervino la anfitriona para que su invitada no tuviera que elegir qué senda tomar.

—Robert, creo que ya conoces la respuesta a esa pregunta. —Acto seguido, le dio una palmadita en la mano—. Ya se ha acabado, cariño.

—¿Sí? —preguntó él con la mirada perdida en la distancia, fija en algo que solo él podía ver. Entonces agitó la cabeza antes de volverla lentamente hacia su hermana—. Para ti, puede ser. Pero, para mí, no. Para mí no acabará nunca.

Dicho esto, se puso en pie para sumarse a los niños que jugaban sobre las mantas.

—No sabes cuánto lo siento, Mary.

—La verdad, hoy tiene un día muy bueno. A veces está tan alterado que hasta asusta a los niños y otras veces no dice una palabra.

—¿Cuánto tiempo lleva así? —preguntó su amiga en tono suave.

Mary la miró. Sus dedos retorcían la servilleta de tela blanca que tenía en el regazo como si luchase consigo misma.

—Puedes desahogarte conmigo si lo deseas —le dijo Lisbeth— o podemos cambiar de tema. Lo que prefieras.

Mary respiró hondo antes de explicar en voz baja:

—Robert fue testigo de la muerte de nuestro hermano Albert. Aunque nunca ha revelado los detalles, sospecho que no fue precisamente rápida ni indolora.

A Lisbeth se le hizo un nudo en el estómago. Tomó la mano de su amiga. Mary le había escrito para comunicarle la muerte de Albert, pero no había dicho nada de las circunstancias en que se había producido. Albert y Robert habían sido poco menos que gemelos: costaba imaginar a dos hermanos más unidos.

Mary clavó la mirada en el río mientras proseguía:

—A Robert lo mandaron a casa a recobrarse, pero su estado no hizo sino empeorar después de que las tropas unionistas apostadas en nuestras tierras quemasen todos nuestros graneros y nuestros cultivos. —La miró a los ojos—. Puede que la guerra haya acabado, pero yo me temo que vivirá para siempre en su interior.

En ese momento llegó corriendo Sammy e interrumpió la conversación.

—¿Me das las cartas?

Lisbeth las sacó del bolso.

—¿Con quién vas a jugar?

—El tío Robert y yo vamos a enseñar a Danny y a Harry a jugar a ¡Pesca!

Lisbeth sonrió a su hijo, le tendió la baraja y lo observó mientras volvía corriendo a la manta. En aquel contexto le recordaba a Jack de niño. Si hubiera recibido más afecto, quizá su hermano habría sido tan atento con los demás como su querido Sammy.

—Me resulta todo tan familiar, tan fácil, que me cuesta creer que lleve diez años sin ver el río James y sin verte a ti.

—No sabes lo desolada que me quedé cuando te fuiste —recordó Mary—. Temí que estuvieras arruinándote la vida, pero ahora creo que Matthew y tú hicisteis muy bien en marcharos.

Lisbeth, sorprendida, aunque curiosa y deseosa de hablar con franqueza, respondió:

—Pero tu casa y tus hijos son una maravilla.

—Nuestra vida puede parecer envidiable, pero la verdad es que Daniel no duerme casi por culpa de las preocupaciones. No tenemos semillas suficientes para plantar todas nuestras tierras y ya no podemos pedir más préstamos para comprar más. Además, aunque las tuviésemos, no nos quedan peones. Algunos han sido fieles a la familia, pero la mayoría nos ha abandonado. Sin ellos vamos directos a la ruina. Mi marido teme que lo perdamos todo en cuanto aparezca el primer oportunista.

Lisbeth no cabía en sí de asombro. Su madre le había dado a entender que Daniel Bartley había sacado provecho del conflicto. No descartó que la hubiese engañado deliberadamente.

—En fin, basta de lamentos —dijo Mary—. Te tengo preparada una sorpresa. ¡Mañana visitaremos Fair Oaks! Alice y Alfie Richards, los propietarios, están encantados de invitarnos a cenar.

A Lisbeth le palpitó el corazón. El regreso al hogar de su infancia le supondría una sensación agridulce y difícil de explicar a Sammy y Sadie. Los había criado para que entendiesen que la esclavitud era algo execrable y la vergüenza que sentía por la relación de su familia con aquella farsa le había impedido ser del todo sincera con sus hijos. Sus pequeños no se cansaban de pedirle que les contara cosas de su infancia y, aunque habían oído historias sobre el sauce, sobre la búsqueda de flores de azafrán amarillo y sobre meriendas campestres en la ribera del río, no podían hacerse una idea real del que había sido su hogar en aquella época.

Capítulo ocho

Plantación de Fair Oaks (Virginia)

Mattie, Sarah y Jordan se apretujaron en la única cama de la cabaña, más estrecha que el carro. Además, la paja del jergón había atravesado el cutí en diversos puntos, lo que hizo de aquella una noche larga e incómoda. Jordan agradeció que su madre se acostara en medio. Durmió a ratos, pues no dejaba de preocuparse por Samuel, que aguardaba solo en el bosque, mientras trataba de discurrir cómo podían dar con Ella y Sophia. La única información que tenía Sarah era que las habían llevado a la plantación Ojalá de Carolina del Norte, lo que no era gran cosa.

Cuando se despertó, estaba sola con su madre. Sarah había salido ya a trabajar en el campo tras dejarles dicho que no dejaran la choza si no era porque tuviesen necesidad de usar las instalaciones. Quería demostrar al capataz que no suponían ninguna amenaza ni tardarían en irse. De hecho, las visitantes pretendían despedirse de ella tras la cena para volver con Samuel y ponerse a buscar a sus dos hijas. Jordan, sin embargo, no tenía la menor idea de por dónde empezar.

A la luz del día, aquel lugar resultaba aún más deprimente. Apenas parecía adecuado no ya para personas, sino aun para animales. Por las grietas de las paredes entraban haces de luz que hacían resaltar el polvo que bailaba en el aire.

—¡Si ni siquiera hay suelo! —señaló la joven—. ¿De verdad vivíais aquí papá y tú?

—Sabes que tu padre estaba en otra plantación —la corrigió Mattie—. Aquí solo vivíamos mi abuelo, Samuel y yo, hasta que me llevaron a la casa grande para que cuidara a Lisbeth.

Aunque Jordan llevaba toda su vida oyendo aquellas historias, lo cierto es que adquirieron un significado totalmente distinto después de conocer el lugar en que habían ocurrido.

—Y tú —le recordó su madre con gesto inflexible—. Tú también viviste aquí, aunque no mucho tiempo. Nos fuimos antes de que cumplieses un año. ¡Eso también lo sabes!

—Ya, mamá, sé que me lo has contado, pero… pero ya veo que no tenía ni idea de cómo era en realidad. No sé qué decir, aparte de gracias. Muchas gracias por sacarme de aquí.

Su madre repuso con una sonrisa:

—Es lo más duro y lo mejor que he hecho en toda mi vida. Tuve que vagar por el bosque contigo a la espalda. —Sacudió la cabeza al hacer memoria—. Estuviste a punto de morir. Ese fue el peor momento de mi vida, cuando pensé que te había perdido.

Los recuerdos le habían llenado los ojos de lágrimas y Jordan, abrumada por una sensación de ternura y sobrecogimiento, la miró con un respeto renovado.

—¿Estuviste mucho tiempo planeándolo? —preguntó la hija, interesada de pronto en todos los destalles.

—Ajá —confirmó Mattie—. Pasé meses ahorrando solo para conseguir papel. Tenemos que agradecer a Sarah que escribiera el salvoconducto que nos liberó.

—Lisbeth enseñó a leer y escribir a Samuel y Samuel, luego, enseñó a Sarah. ¿Sabía Lisbeth lo que estaba haciendo?

—No —dijo la madre negando con la cabeza—. La criaturita solo quería alegrarme. Siempre nos metíamos debajo del sauce a dormir la siesta y a leer. Creo que ni siquiera se paró a pensar lo que suponía que viniera Samuel con nosotras. —Se detuvo con los ojos fijos en algún lugar distante y a continuación señaló—: Yo no era mucho mayor que tú cuando me llevaron para que fuese su aya.

—Yo pensaba que tener veinte años era ser ya mayor —aseveró Jordan—, pero tú aún eras casi una niña.

—Aquí se crece muy rápido —coincidió Mattie.

Jordan buscó bajo la cama el pañuelo con que se cubría la cabeza, que se había caído durante la noche. Levantó el jergón y quedó petrificada por lo que vio en la pared.

—¡Mira! —exclamó apuntando al tablón de madera sin cepillar.

—Mmm… —dijo maravillada la madre—. Hasta yo sé leer eso: pone *Samuel.* Supongo que quería dejar una señal propia, recordar a Dios su existencia. No tenía ni idea de que hubiera escrito nada.

La joven recorrió con los dedos el nombre de su hermano, grabado en la madera y oculto tras la cama en la que había nacido ella.

—¿Dónde están el sauce y la ventana desde la que veías a Samuel saludarte agitando el brazo y levantando los dedos de la mano?

Mattie frunció el ceño.

—Es mejor que no nos dejemos ver cerca de la casa grande. Tampoco hace falta que anunciemos que estamos aquí.

—Solo asomarnos —rogó Jordan.

—De acuerdo. —La madre abrió la puerta y escudriñó la distancia antes de señalar con expresión nostálgica—: Allí está el cementerio. Desde aquí no se ve, pero desde más arriba sí. Allí es donde están los postes que marcan la tumba de mi madre y de mi abuela. Siento que no puedas verlo, pero eso sería llamar mucho la atención. —Volvió a apuntar—. Y allí, en aquella loma, está el sauce.

Jordan contuvo el aliento. Era precioso. La copa de color verde claro se recortaba contra un hermoso cielo azul y caía hasta el suelo. El río James resplandecía a lo lejos y en las ramas se veían pájaros que llegaban y partían volando.

—¿Este era todo tu mundo, mamá?

—¿Qué quieres decir?

—Esta cabaña, aquel árbol, los campos. ¿No conocías nada más?

Mattie arrugó los labios y se mordió el de abajo mientras pensaba.

—Tenía también las historias de la Biblia, uno o dos bailes al año y, al final, la casa grande, pero nada como cuanto has conocido tú. —Volvió a dejar perdida la mirada.

—¿Qué?

—Nada. Estaba acordándome de que ni siquiera sabía lo que era un espejo hasta que me llevaron a la casa —aseveró con una mueca burlona.

—¿Un espejo? —La joven pensó en la choza de Sarah y entendió que, por supuesto, su madre no podía haber visto nunca nada semejante.

—¡Qué susto me di al ver mi propio reflejo! —exclamó su madre con una carcajada—. ¡Di un respingo…!

Jordan sonrió ante la anécdota, aunque también sintió una gran tristeza.

—¿Dónde está la ventana de la habitación que compartías con Lisbeth?

—Es aquella, la de la esquina. Diez años pasé enjaulada en aquel cuartito, cuidándola y lavando la ropa de la casa grande.

Jordan miró el edificio. El sol se reflejaba en la ventana que le había señalado. Volvió la vista hacia su madre con el rostro contraído por la pena.

—No hay dolor más horroroso —dijo esta— que el de verte separada de tu propio hijo. Mirar por aquel cristal me ayudaba un poco. Samuel sabía que me asomaba dos veces al día para verlo, pero no es lo mismo que abrazarlo y estar con él a todas horas.

Después de hablar con Sarah aquella noche, Jordan entendía la angustia de su madre de un modo totalmente nuevo. Las historias de su infancia tenían un final feliz en el que los cuatro volvían a encontrarse juntos. Sus padres siempre les recordaban que tenían que aferrarse a las alegrías y no a las penas. Sin embargo, su madre había tenido que soportar años de soledad, separada de su padre y de Samuel. Jamás Jordan demostraría tanta fortaleza como mostró su madre y jamás viviría pérdidas de las que Jordan solo tenía noticia por sus lecturas. La rodeó con el brazo. Aquel gesto reconfortante, apenas nada, era lo único que podía hacer por la persona que había tenido la valentía de darle tantas cosas.

Capítulo nueve

Plantación de Fair Oaks (Virginia)

—¿Aquí vivías tú? ¿Con la abuela Wainwright y el tío Jack? —preguntó Sadie cuando el cochero detuvo el vehículo ante la fachada blanca de altas columnas blancas.

—Con razón están tan enfadados —declaró Sammy—. Si perdieron esto…

—El dinero es muchísimo menos importante que la bondad humana —recordó a sus hijos Lisbeth, incómoda ante su actitud. No quería que idealizasen su infancia, pero tampoco lo contrario.

Los dos asintieron con movimientos rápidos de cabeza, pero sin despegar los ojos del edificio. Lisbeth estudió la fachada en busca de cambios. Los árboles eran los mismos, aunque más grandes. La pintura de la puerta principal tenía otro tono, azul marino, y habían echado grava en el sendero para que no se embarrara tanto.

Nerviosa y entusiasmada ante los recuerdos y las preguntas que suscitaría aquella casa, siguió a Mary hasta la entrada que tanto conocía. Su amiga llamó y esperó. Resultaba extraño verse como invitada en su primer hogar. Su instinto le pedía que se limitara a entrar como había hecho siempre.

Una mujer negra a la que no había visto nunca y que llevaba el pelo recogido en un moño apretado les dio la bienvenida y los llevó ante la familia Richards, que aguardaba en la sala de estar. El lugar le pareció enseguida conocido y extraño a un tiempo. Los cortinajes y las paredes eran los mismos, pero los muebles eran distintos, parecían demasiado modernos para aquel lugar. Los daguerrotipos que descansaban sobre la repisa de la chimenea mostraban rostros de personas ajenas a ella.

—Elizabeth —la llamó Mary, interrumpiendo sus pensamientos—, te presento al señor Alfie Richards y su esposa. Señores Richards, les presento a Elizabeth Johnson y a sus hijos, Sadie y Sammy.

—Gracias por abrirnos las puertas de su hogar —dijo Lisbeth—. Son muy amables al dejarme volver a Fair Oaks.

—¡Qué tontería! —repuso el señor Richards—. Somos nosotros quienes estamos encantados de conocerla. Nuestra cocinera habla de usted con mucho cariño.

—¿Todavía está aquí? —Lisbeth recordaba a aquella mujer alta de piel oscura con una mezcla de miedo y admiración. Durante su infancia, había sido una pieza más de la casa. Siempre le había dado la impresión de no responder ante nadie más que ante sí misma, aunque, si se detenía a pensarlo, no tenía más remedio que reconocer que su situación debía de haber sido más complicada que eso.

—Por supuesto —contestó el anfitrión—. Vale un tesoro. ¿Cómo vamos a prescindir de ella? Por favor, siéntense. Pónganse cómodas.

Una vez que tomaron asiento, Sadie tiró de la mano de su madre y señaló una de las imágenes dispuestas sobre la chimenea. El señor Richards contestó a su gesto diciendo:

—Es nuestra hija, Cora, vestida de novia.

—Parece una princesa —dijo impresionada la chiquilla.

—Aquel día supuso un respiro muy de agradecer en medio de las dificultades. El sacrificio que tuvimos que hacer para cubrir los costes valió la pena de sobra. Espero que hayan tenido un viaje agradable.

—Desde luego. El carruaje de Mary es muy cómodo y los caminos han mejorado mucho desde que me marché de aquí.

—Odio a los invasores yanquis, pero agradezco que hayan pavimentado las carreteras que llegan hasta aquí —aseveró el señor Richards con una risita antes de decir sin pausa—: Veo que tiene usted buen gusto, jovencito.

Sammy llevaba un rato estudiando el bastón de su anfitrión.

—Toma, míralo de cerca. —El jovial dueño de la casa tendió al hijo de Lisbeth el objeto que tanto había llamado su atención—. Mi abuelo lo mandó hacer hace ya ochenta años, en 1788. ¿Sabes por qué es importante esa fecha?

El niño negó con la cabeza.

—Fue el año que se ratificó la Constitución —proclamó el hombre con orgullo—. El tatarabuelo de mi abuelo participó en el asentamiento original del fuerte de Jamestown. Sabes de lo que te hablo, ¿no?

El pequeño asintió.

—El año pasado estudiamos historia de los Estados Unidos.

—Me alegra oír que hasta en Ohio se enseña la fundación de este gran país nuestro. Mi abuelo sirvió de oficial durante la Guerra de Independencia y encargó este bastón para recordar los sacrificios que hay que hacer por la libertad. Supongo que sabes que el águila es el símbolo de nuestra gran nación. Mi padre lo heredó de él y yo, de mi padre. —El señor Richards, resuelto a ojos vistas a transmitirle aquellas sabias palabras, miró fijamente a Sammy—. Hijo mío, no olvides nunca que la libertad es uno de los dones más valiosos que nos ha concedido Dios. Nadie tiene derecho a arrebatártela, aunque muchos lo intentarán. Como escribieron nuestros hombres más ilustres en el documento más glorioso que haya conocido el mundo: «Sostenemos como evidentes en sí mismas estas verdades: que todos los hombres son creados iguales; que son dotados por su Creador de ciertos derechos inalienables; que entre estos están la vida, la libertad y la búsqueda de la felicidad». Sabes de dónde son estas palabras, ¿verdad?

—De la Declaración de Independencia, señor.

—¿Y estás de acuerdo con ellas? —preguntó el señor Richards de un modo que no daba lugar a oposición.

Sammy afirmó con la cabeza.

—¿Cuál es el don más valioso de cuantos nos ha dado Dios? —lo puso a prueba.

—La libertad, señor —repitió Sammy.

—Eso es, hijo mío —lo elogió el anfitrión.

Lisbeth tuvo que morderse la lengua para no preguntarle de quién era la libertad por cuya salvaguarda estaba tan dispuesto a combatir él. No le hacía ninguna gracia dejar pasar sin crítica alguna las ideas de aquel hombre delante de sus hijos, pero menos aún deseaba ser descortés discutiendo de política con quien le había abierto las puertas de su casa. Ya se encargaría de volver a sacar aquella conversación cuando estuviese a solas con sus hijos a fin de explicarles lo que opinaban Matthew y ella al respecto.

—Cuando vuelvas a Ohio —siguió diciendo el señor Richards— podrás contarles a tus amigos que has tenido en tus manos un pedazo de la historia de los Estados Unidos: ¡el bastón de un héroe de la Guerra de Independencia!

Dicho esto, tendió la mano para recuperarlo y Sammy se lo devolvió.

—¿Puedo sostenerlo? —preguntó Sadie.

Sorprendido, el señor Richards la miró frunciendo el ceño.

—Supongo que no tiene nada de malo.

La niña recorrió con los dedos las intrincadas plumas del águila.

—¿También es por mi libertad? —preguntó.

El señor Richards soltó una risotada y anunció mirando a Lisbeth:

—¡Tiene usted una verdadera fierecilla en casa! Cielo, tú no tienes necesidad alguna de libertad —repuso en ademán condescendiente—. Aunque ahora eres joven para comprenderlo, tu marido se encargará de ti cuando seas mayor. —Y con esto volvió a recuperar el bastón.

Lisbeth dio una palmadita a su hija en el brazo para ordenarle sin palabras que se comportara. No pudo menos de sentirse agradecida cuando la vio devolver el águila sin decir nada más. El señor de la casa se reclinó satisfecho en su asiento y cambió el tema de conversación.

—La cena estará lista en breve, pero hemos imaginado que le gustaría dar un paseo por la hacienda antes de que nos sentemos a comer.

Lisbeth sintió que un escalofrío le recorría la columna vertebral, y lo atribuyó a la emoción. Sonriendo, respondió:

—Me encantaría, si no es molestia.

—No es molestia en absoluto. Yo soy un sentimental y, si estuviera en su lugar, eso es lo que me gustaría hacer. Lucie les puede enseñar la casa mientras Mary y nosotros nos ponemos al día.

Sadie apretó la mano de su madre.

—¿Yo también puedo ir?

—Pues claro que sí —respondió el señor Richards—: tienes que aprender de tu historia. Pero, antes de eso… toma una golosina. —Abrió una cajita haciendo una floritura y reveló caramelos de vivos colores—. Hay de limón, menta y sasafrás —anunció.

Los niños miraron a Lisbeth, que les dio permiso inclinando la cabeza.

—¡Gracias! —exclamaron antes de elegir uno.

—Usted también, por favor —instó a Lisbeth el anfitrión.

Ella, sintiendo que no podía declinar, tomó uno de limón y expresó también su gratitud.

Desde la puerta, Lucie, la mujer negra y menuda que los había recibido, los invitó a acompañarla y los tres siguieron su falda gris escaleras arriba. A Lisbeth le palpitaba el pecho por la expectación.

—El señor Richards es muy amable —declaró Sadie.

—Sí, parece encantador —repuso la madre, aunque sabía muy bien que una fachada educada no siempre correspondían a un buen interior.

—La señora Richards es un poco tímida —opinó la pequeña—. No le gusta hablar con nosotros.

Su madre, que tampoco había pasado por alto que la anfitriona no les había dirigido la palabra, no tenía claro si la reserva de aquella mujer se debía a su propio temperamento o a la actitud de su marido. A Lisbeth también la habían criado entre hombres así, joviales y afables hasta que se les llevaba la contraria, y sabía que muchas esposas preferían guardar silencio a arriesgarse a desatar una verdadera tormenta con un comentario equivocado.

Al llegar a lo alto de la escalera, la criada preguntó:

—¿En qué habitación vivía usted?

Lisbeth señaló a la derecha y dijo:

—En la última.

Lucie asintió y empezó a caminar por el pasillo alfombrado, que a ella le pareció más angosto que el que guardaba en la memoria. Abrió la puerta y dejó que Lisbeth entrase en su infancia. Lisbeth miró a su alrededor y examinó lo que había cambiado y lo que continuaba igual que antaño. El espejo, las ventanas y el papel pintado estaban tal como los recordaba. Recorrió el interior y abrió la puerta de la trasalcoba de Mattie, poco más amplia que un armario empotrado. Dando media vuelta, atravesó la estancia para abrir la puerta que se encontraba en la pared opuesta y mirar abajo. Sus hijos metieron la cabeza por debajo de los brazos de Lisbeth para escudriñar la oscuridad.

—¿Qué hay ahí abajo? —quiso saber la niña.

—Esto son las escaleras de atrás, que dan afuera, a la cocina —explicó—. Por lo menos antes. ¿Sigue estando la cocina en un edificio aparte? —preguntó.

Lucie respondió con un gesto de asentimiento.

—¡Qué raro! —aseveró Sammy.

—Raro, no: diferente —corrigió su madre. Con esto, regresó a la pieza principal y señaló—: Mi cama estaba ahí y mi tocador, ahí, y todos los días, por la mañana y por la noche, me asomaba a esa ventana con mi aya.

—¿Para qué? —preguntó el crío.

Lisbeth recordó su ritual diario después de salir el sol y poco antes del anochecer, cuando los trabajadores salían de sus cabañas o regresaban de los campos. Mattie y ella buscaban a Samuel entre los braceros, convertidos en poco más que puntos en la distancia. Cuando lo veían acercarse, las dos se emocionaban. Cada noche levantaba un número distinto de dedos y a ella le gustaba tratar de adivinar cuántos serían cada vez. Los apuntaba un día tras otro en un papel para que Mattie pudiese repetirlos cuando iba a visitarlo los domingos.

Lo que de niña no le parecía más que un juego divertido se le presentaba como algo cruel hasta extremos inenarrables desde la perspectiva que había adquirido siendo adulta. Su aya debía de haber pasado los días presa de la preocupación por Samuel.

Lisbeth no había referido nunca a sus pequeños aquellos detalles de su pasado, pues la embargaban la vergüenza y la lástima de saber que Mattie se había visto obligada a separarse de su propio hijo por ella. Ahora como madre, apenas podía imaginar el calvario que había tenido que vivir durante diez años. Aunque Matthew y ella habían dejado siempre claro a Sammy y Sadie que eran contrarios a la esclavitud, Lisbeth no había querido revelarles detalles tan despreciables de su historia.

Respondió en voz alta la pregunta de Sammy.

—Veíamos muchas cosas: la puesta del sol, el alba, los braceros en el campo, la gente de las cabañas...

—Ahí era donde vivían los esclavos, ¿no? —quiso saber el niño, interesadísimo de pronto.

Lisbeth asintió. Sadie y Sammy caminaron hasta el cristal y miraron al exterior.

—No parece un lugar muy agradable —dijo él.

—En algún lado tendrían que vivir los peones —justificó Lisbeth sin pensarlo y, a renglón seguido, reflexionó y convino—: No, no era muy agradable.

—Tú tenías muchos esclavos, ¿verdad, mamá? —preguntó Sammy con una honda expresión de desengaño.

Lisbeth se llenó de aire los pulmones antes de mover la cabeza con gesto afirmativo.

—¿Y cómo fuiste capaz? ¿No sabías que estaba mal? —añadió él con voz dolorida.

—No lo elegí yo. Eran de los abuelos, no míos —respondió su madre más a la defensiva de lo que hubiera deseado.

—¡Mamá, mira! ¡Es la señorita Jordan! —exclamó entonces Sadie.

—¿Perdona?

—Que estoy viendo a la señorita Jordan. Está ahí fuera.

—Sadie, eso es imposible. Habrás visto a alguien que se parece a tu maestra —le explicó Lisbeth—. La señorita Jordan está en Ohio, no en Virginia.

—Ven a verlo. De verdad que es la señorita Jordan. ¡Te lo prometo! —exclamó ella señalando al cristal.

Los pequeños se separaron para hacerle un hueco y su madre siguió el dedo de Sadie. No cabía duda: de pie en la puerta de la antigua cabaña de Mattie estaba la señorita Jordan, con la vista levantada hacia ellos. Y a su lado se hallaba su madre. El corazón se le encogió como ocurría siempre que veía a su antigua aya.

—¿Puedo ir a verla? —preguntó Sadie entusiasmada.

A Lisbeth le daba vueltas la cabeza. Parecía irreal encontrarse en su dormitorio de infancia viendo a Mattie abajo, en las cabañas. El tiempo adoptó una condición peculiar y la hizo sentirse al mismo tiempo una niña y una mujer adulta. ¿Qué extraña circunstancia podía haber hecho que ambas volvieran a coincidir en Fair Oaks después de todos aquellos años? Se sentía desgarrada. Quería dejar que Sadie bajase corriendo por las escaleras traseras para ir a saludarlas, pero su cabeza le decía que tal cosa sería poco prudente… para todos ellos.

—¿Mamá? —La niña interrumpió sus reflexiones—. ¿Puedo ir?

Lisbeth miró a Lucie y vio su joven rostro horrorizado ante la idea. Entonces sacudió la cabeza y se recompuso.

—No, Sadie. Sería de muy mala educación presentarse en las cabañas sin una invitación.

La pequeña tiró de la mano de su madre.

—Por favooor…

Lisbeth le lanzó una mirada severa y la niña calló enseguida.

—Vamos a comer. Ya hemos visto suficiente —sentenció su madre.

En el momento de sentarse a la mesa, Lisbeth reparó en que tenía que haber hecho un aparte con Sammy y Sadie para advertirles que no mencionaran que habían visto a Mattie y a Jordan. Como ya era tarde para ello, trató de transmitirles el mensaje con una mirada.

—¿Esta es la mesa del puré de patatas, mamá? —preguntó la niña.

—¿Qué estás diciendo, que nuestra mesa está hecha de puré de patatas? —bromeó el señor Richards fingiéndose indignado.

Sadie se echó a reír.

—¡No! Es que mi madre derramó agua en el puré da patatas cuando era niña, pero la culpa se la llevó su hermano y ella siempre dice que, si no dices la verdad, quizá te arrepientas el resto de tu vida.

Mary dijo entonces:

—Ya no me acordaba de aquella anécdota, pero sí, yo estaba cenando aquí aquella noche. Fue cuando me enseñaste aquel juego de dar palmadas. ¡El de Sally Walker!

—Eso pasó en este salón, pero no en esta mesa —respondió Lisbeth—. Esa mesa está en Richmond, en casa de los abuelos Wainwright.

—Se llevaron muchas de sus pertenencias. Solo dejaron lo que no les cabía en su casa nueva. A nosotros nos pareció muy bien —aseveró el señor Richards—. ¿Verdad, mamá?

A Lisbeth le resultó desconcertante oír a un hombre hecho y derecho llamar así a su esposa. La señora Richards asintió sin palabras. En ese momento, preguntó Mary de improviso:

—¿Conocéis las reglas del béisbol?

—Sammy es un experto —proclamó su hermana.

—Pues nos las tienes que explicar, por favor. Todos los soldados volvieron entusiasmados con ese juego y mis hijos me han preguntado cómo se juega, pero no tengo ni idea y quiero seguirles el ritmo.

El niño se sumergió en una descripción detallada que hizo que, por una vez, el señor Richards se dedicara más a escuchar que a hablar, cosa que solo hizo para formular alguna que otra pregunta. Por suerte, se las compusieron para dedicar el resto de la comida a aquel tema sin que los chiquillos hicieran ningún comentario incómodo.

Mientras Sammy hablaba, Lisbeth pensó en Mattie y en Jordan y en lo cerca que se encontraban en aquel instante. Temió que el haber coincidido con ellas pudiera suponerles algún peligro. Aunque no había nada malo en que se conocieran de Oberlin, dudaba que al señor Richards le pareciese una feliz coincidencia que hubieran ido a la vez a visitar su hacienda.

Cuando acabó la cena, el señor Richards los acompañó al exterior para visitar la cocina. Al llegar, el anciano gritó desde la puerta:

—¡Cocinera! Han venido a verte.

—¡Señorita Elizabeth! —exclamó la mujer—. ¡Si está hecha toda una mujer! —Avanzó hacia Lisbeth y la envolvió en un enorme abrazo antes de separarse de ella y preguntar—: ¿Son sus hijos?

Lisbeth asintió sin palabras, demasiado emocionada como para articularlas. No se había dado cuenta de lo que significaba la cocinera para ella, pero se alegraba muchísimo de verla. De niña se había sentido intimidada por aquella mujer, que dominaba firmemente su propio territorio. Las rodillas siempre le habían temblado un poco las raras veces que había tenido que hablar con ella.

—¡Si es clavadita a usted! ¡Es usted como una Elizabeth chiquita! —dijo a Sadie antes de volverse hacia Sammy—. Y usted tiene los ojos de su padre. Su mamá era una niña preciosa, siempre más pendiente de los demás que de ella. De verdad, pero seguro que es muy modesta para decírselo a sus hijos.

Lisbeth se aclaró la garganta, sonrió y dijo:

—Gracias por la cena. Estaba todo delicioso, pero sobre todo he disfrutado de la sopa de ostras y los brotes tiernos que me hacías de pequeña. En Ohio no tenemos ostras.

—Ha sido un placer. ¡Un auténtico placer! Me acuerdo de lo que le gustaban esos brotes de mostaza —declaró la cocinera con una sonrisa—. ¿Ha ido a dar una vuelta por ahí fuera?

Lisbeth negó con la cabeza.

—Pues debería. ¿No cree, amo?

Aquella palabra fue como una bofetada en la mejilla. La cocinera parecía muy feliz y, aunque Lisbeth quería pensar que habría sido igual de amable con ella en ausencia del señor Richards, lo cierto es que no había manera de saber cómo se habría conducido en caso de no estar él delante.

—Por favor, dé un paseo hasta el río y disfrute de las vistas. Yo tengo correspondencia que atender, conque tómese todo el tiempo que quiera —dijo el anfitrión.

Mary se sumó a la excursión. Lisbeth los llevó al río James y se alejó cuanto pudo de las cabañas por evitar la ocasión de toparse con Mattie, no fuese a suscitar una tensión inoportuna o algún otro conflicto. Confiaba en que sus hijos hubieran olvidado que habían visto a la señorita Jordan.

Caminaron hasta el banco de la ribera. Lisbeth observó las aguas de color barro que corrían con prisa hacia el este y se vio inmersa una vez más en el sentimentalismo. A su mente acudió todo un aluvión de recuerdos felices, en su mayor parte relacionados con Mattie: la búsqueda de la primera flor de azafrán amarillo de la primavera, las meriendas campestres junto al agua en otoño…

—¿Dónde nace este río? ¿Te acuerdas? —preguntó a Sammy.

—¿En los Apalaches? —dijo respondiendo con otra pregunta.

Su madre asintió.

—¿Y dónde desemboca?

—¿En Jamestown, en el Atlántico? —imaginó.

—Casi —repuso ella sonriente—: va a parar a la bahía de Chesapeake, que está unida al océano Atlántico.

—¿Podemos ir a ver el mar? —quiso saber la pequeña.

—Lo siento, Sadie, pero está muy lejos. —Lisbeth sacudió la cabeza—. Ni yo lo he visto en mi vida.

—Este es el mismo río que pasa por Richmond, ¿verdad? —preguntó Sammy.

—Sí, las gabarras que vemos allí pasan por aquí de camino al Atlántico para llevar su carga al resto de nuestra nación y del mundo.

—Si nos quedamos aquí un rato, ¿veremos alguna? —dijo Sadie.

Mary se echó a reír.

—¡Por Dios bendito! ¡Sí que son curiosos tus hijos! Los míos no preguntan tanto. Por suerte, porque no sabría qué responderles la mitad de las veces.

—Mira, mamá. —La pequeña señaló al suelo.

Su madre observó el lugar al que estaba apuntando, pero no vio nada digno de atención. Entonces la miró con aire perplejo. Sadie le indicó con un gesto que se acercara más sin dejar de señalar con el índice.

Sammy soltó entonces una carcajada triunfal.

—¡Flores de azafrán!

Lisbeth no las vio hasta que, de pronto, saltó casi a sus ojos un conjunto de briznas delgadas con una lista blanca que asomaban lacias sobre la tierra visible entre la hierba. Sonrió a sus hijos asintiendo sin palabras.

—¿De qué color será? —dijo Sammy.

—¡Amarillo, seguro! —aseveró Sadie—. Me lo dicen los huesos.

Su madre sonrió ante la fe de su hija en la magia del mundo y ante su propia certidumbre.

—¿Es ese tu árbol, mamá? —preguntó el niño señalando un sauce enorme situado sobre una loma.

Lisbeth miró aquel ser majestuoso que se alzaba a lo lejos y sintió el colosal impacto de otra oleada de nostalgia.

—Sí —dijo en voz baja.

—¿El árbol en el que dormías la siesta de pequeña y estudiabas siendo un poco mayor? —preguntó Sadie.

—Ese mismo.

«Y donde enseñé a leer a Samuel, el hijo de Mattie», pensó. En aquellos tiempos no tenía la menor idea de que estaba cometiendo un acto de rebeldía. A menudo se había preguntado si lo habría hecho de haber sabido que estaba traicionando a sus padres… e infringiendo la ley, pero le gustaba pensar que sí habría tenido la valentía necesaria para tomar aquella decisión. Cuando entendió todas las implicaciones de aquello, no había albergado otro deseo que el de mantenerlo en secreto.

—¿Podemos meternos debajo? —imploró la niña.

Lisbeth miró a su amiga, que se mostró de acuerdo.

—Llévanos tú —pidió entonces a su hija.

Retirar las largas ramas verdes fue como dar un paso más hacia su infancia. El olor, la sombra y la sensación del aire la transportaron a las numerosas tardes que había pasado bajo aquel árbol. Allí se sentía segura y en paz. Caminó con pasos decididos hacia el centro y sintió bajo los pies la tierra húmeda que le hablaba de la primavera. Frotó con la palma de la mano el tronco robusto y, apoyando la mejilla en la basta corteza, dio un abrazo al sauce.

—La misma sentimental de siempre —apuntó Mary.

—He echado de menos este lugar. La próxima vez no dejaré que pase tanto tiempo.

—Yo, desde luego, estaré encantada de disfrutar de tu compañía cuando quieras —dijo la otra con entusiasmo—. Por carta no es lo mismo.

—Tienes mucha razón. —Tomó la mano de su querida amiga, la estrechó y sonrió. Resultaba tranquilizador confirmar que la situación política del momento no interferiría con el cariño que se tenían.

Lisbeth se volvió al oír risas. Sammy y Sadie estaban jugando a perseguirse alrededor del tronco, desapareciendo bajo las ramas y volviendo a emerger mientras corrían en círculo bajo la amplia bóveda verde. Al verlos disfrutar del santuario que tanto había significado para ella, tuvo una sensación agridulce. Si hubiese adoptado una decisión diferente, sus hijos habrían crecido también jugando bajo aquel mismo árbol, pero no habrían sido Sadie y Sammy, aquellas criaturas a las que tanto amaba.

La pequeña se agachó para colarse bajo las ramas mientras huía de su hermano. Los ojos de Lisbeth siguieron su trayectoria a fin de figurarse por dónde reaparecería. Sadie, sin embargo, no acababa de asomar. Su hermano dejó de correr, miró a su madre y se encogió de hombros.

Lisbeth caminó hasta el punto en el que había dejado de verla. Separó las ramas y salió de la copa. Ni rastro de Sadie. Con el pulso acelerado, giró sobre sí misma buscando a su hija. No estaba. Volvió a mirar bajo las ramas y tampoco la encontró. Entonces escrutó frenética el horizonte y la vio corriendo pendiente abajo en dirección a las cabañas para encontrarse con Jordan y con Mattie.

Capítulo diez

JORDAN

Plantación de Fair Oaks (Virginia)

—¡Señorita Jordan! —exclamó una voz aguda.

La joven giró sobre sus talones. A su cabeza y su corazón no les resultó nada fácil reconciliar lo que vieron sus ojos. Sadie Johnson corría hacia ella dando saltitos con una sonrisa de oreja a oreja. Antes de que pudiera entender plenamente la situación, tenía los bracitos de la niña envolviéndole la cintura con el mismo abrazo dulce con el que la saludaba en la escuela.

Sadie alzó la vista para mirarla con gesto feliz.

—¡No me puedo creer que esté usted aquí, donde vivía mi mamá!

La joven levantó la mirada y, en efecto, vio a Lisbeth Johnson caminar hacia ellas con otra mujer blanca. El bebé por el que habían llevado a su madre a la casa grande para que lo amamantase y lo cuidara había ido también a visitar Fair Oaks en aquel preciso instante. Aquel giro tan improbable de los acontecimientos la dejó aturdida.

—¡Mamá! ¿Ves como tenía razón? Son la señorita Jordan y la señora Freedman —dijo Sadie explicando lo que resultaba obvio.

El rostro de Mattie tenía aquella mirada agridulce que adoptaba siempre cuando veía a Lisbeth Johnson, alegre y triste a la vez, aunque en aquel momento también estaba teñida de miedo.

—Hola. —Lisbeth se limitó a saludarlas inclinando la cabeza, a todas luces nerviosa también ante su presencia.

—¿Conoces a esta gente? —preguntó con aire desdeñoso una mujer blanca menuda.

—Señora Bartley, le presento a mi maestra, la señorita Jordan —anunció la niña con tanta inocencia como entusiasmo, ajena a la tensión que existía entre las adultas.

El desasosiego de su madre se hizo más visible.

—¡Vaya! —exclamó Mary—. Una diferencia más entre Virginia y Ohio.

—Es mi maestra favorita. —La niña hizo hincapié en esto último.

Jordan miró sonriente a aquella criatura de seis años.

—Gracias, Sadie. Que sepas que tú eres también una de mis alumnas preferidas.

La mujer bajita puso gesto perplejo y dijo:

—¿Jordan? —Entonces miró a la otra mujer y, al reparar en quién era, añadió lentamente—: ¡Mattie! ¡Oh, Dios! ¡Menuda coincidencia! —Agitó la cabeza como si quisiera despejarla.

—Sí, señora —repuso Mattie bajando la barbilla—. Encantada de conocerla, señora.

Ella, cuyo tono había cambiado por completo, respondió:

—Mattie, por Dios, tutéame, que te conozco desde que era niña. Soy Mary.

Sus ojos, hasta entonces sumisos, se abrieron de par en par con gesto maravillado.

—¡Santo cielo! —exclamó—. ¿Cómo iba a olvidar yo a la niña más educada que he conocido en mi vida? ¡Mírate ahora! ¡Si eres toda una mujer!

—Gracias, Mattie. Sí, soy toda una mujer con hijos —dijo como quien habla con un menor—. Te veo muy bien. ¿Qué te ha traído a Fair Oaks?

Jordan no pudo menos de indignarse de parte de su madre ante aquella transformación repentina del desprecio a la condescendencia.

—Hemos venido a ver a un familiar. Una visita rápida. Mi hijo, Samuel, ¿lo recuerdas?, ha venido a hacer un trabajo en Richmond —mintió— y he aprovechado para visitar a los familiares que tenemos todavía por aquí.

—Entonces, mejor no os robamos más tiempo —intervino Lisbeth—. Sadie, di adiós a la señorita Jordan, que la verás de aquí a poco.

La maestra de la pequeña sabía que debía permanecer en silencio, pero no pudo evitar desafiar la actitud de aquella mujer blanca diciendo:

—Adiós, Sadie. Nos vemos en la escuela. Acuérdate de practicar bien tu caligrafía.

—Sí, lo prometo.

—Y tú también, Sammy —añadió alzando la voz.

—Sí, señorita —repuso él.

La joven se alegró al hacer que aquella mujer blanca oyese al hijo de su amiga llamarla *señorita*. Eso le recordó que lo que pudiese pensar aquella tal Mary no afectaba a sus logros. Su madre observó alejarse a aquellas personas blancas y, al verlas desaparecer, exhaló un hondo suspiro.

—Esto no es bueno para Sarah. Solo le traerá problemas. ¿Por qué has tenido que restregarle que eres su maestra?

—¿Te preocupa Lisbeth?

—Ella no, porque es lista y discreta, pero las blanquitas no saben cerrar el pico y esa tal Mary siempre ha sido muy legalista.
—Mattie soltó el aire de los pulmones.

Jordan sintió que se le apretaba el nudo que se le había hecho en el estómago. No entendía muy bien por qué, pero su madre creía que había puesto a Sarah en una situación complicada. Rezó por que se equivocara, aunque temía que no sería así.

Las dos cocieron verduras con judías en un cazo puesto al fuego y, cuando Sarah volvió de los campos, tenían ya lista la cena. Aunque, a diferencia de la que habían tomado la noche anterior, estaba recién hecha, resultaba un tanto insulsa por la falta de sal o de carne con que darle sabor. Jordan, con el alma en vilo, aguardaba el momento en que su madre referiría a Sarah su encuentro con Lisbeth Johnson.

—Parece que ya no vive mucha gente en las cabañas —observó Mattie—. ¿Por eso estás tú sola en esta?

Sarah asintió diciendo:

—Traen peones para plantar y cuando llega la época de la cosecha. Hay muy pocos que pasen aquí todo el año.

—¿Desde cuándo?

La otra se encogió de hombros.

—Desde hace unos años.

—No suena muy bien —aseveró Mattie.

—Cosas de la guerra. Los hombres se van y ya no vuelven ni de visita. No es como antes.

—¿Y adónde van?

De pronto se abrió con violencia la puerta de la choza y las tres dieron un brinco. En el umbral se recortó la figura de un hombre blanco grande con un bastón con puño de plata.

—He oído que había intrusas en mi casa —gritó— y he venido a verlo con mis propios ojos.

Jordan, con el corazón agitado, hizo ademán de ponerse en pie para presentarse.

—Hol…

Su madre la calló con un violento puntapié por debajo de la mesa. Entonces se levantó con Sarah manteniendo la mirada baja y ella las imitó con todo el cuerpo invadido por la adrenalina.

—Buenas noches, amo Richards —dijo Sarah.

—¿Y, vosotras, quiénes sois y qué estáis haciendo en *mis* tierras? —espetó a las otras dos—. ¡Y no me vengáis con cuentos de que venís de Shirley!

—Solo hemos venido a ver a Sarah, señor —aseveró Mattie—. Mi hijo, señor, tenía que ir a Washington y hemos aprovechado el viaje.

El hombre se acercó a Jordan, tanto que le cubrió la cara con su aliento caliente. La joven sintió que se le secaba la boca y se le humedecían las palmas de las manos. Aterrada, tuvo que contenerse con todas sus fuerzas para no dar un paso atrás. Sintió la mirada del hombre recorriendo su cuerpo de arriba abajo. Había apartado la vista y la fijó en el bastón que llevaba en la mano, rematado con la figura de un águila, aunque no dejó de mirar de soslayo cada uno de sus movimientos.

—¿Dónde vivís? —masculló.

Jordan dio un respingo al notar en la mejilla gotas de saliva salidas de aquella boca. Sin alzar la vista, miró de reojo a su madre con la esperanza de que la rescatase. Temía empeorar aún más la situación si hablaba.

—¡No la mires y responde! —gritó él.

—De Ohio —repuso con voz temblorosa antes de recordar que debía añadir—: señor.

—Así que *señor*, ¿no? Se ve que te cuesta decirlo.

Poseído por la ira, tensó todo su cuerpo y la asustó aún más con su actitud. Dio varios golpes con el bastón en el suelo mientras asfixiaba con la mano el águila de metal de la empuñadura. Jordan observó el pico afilado de aquel animal, consciente de que tuvo que ser una vara como aquella, si no aquella misma, la que había golpeado y matado a Rebecca, la hermana de su madre.

—Que sepáis que no sois bienvenidas aquí. ¡Habéis venido a perturbar nuestro modo de vida! —dijo sin dejar de cernerse amenazante sobre la más joven—. Sarah, ¿cómo se te ocurre invitar a esta gente a mi casa? Pensaba que serías más inteligente.

—Perdón, señor. Yo no les he pedido que vinieran. Se presentaron sin avisar.

—¿Eres feliz aquí, Sarah? —exigió saber él sin apartar la vista de Jordan.

—¡Claro que sí, señor! Muy feliz.

—¿Te gustaría quedarte?

—Claro, señor. Nunca he querido vivir en ningún otro sitio, señor.

—¿Te tratamos bien, Sarah? ¿Somos justos?

—Sí, sí, señor —respondió ella con tono entusiasta, aunque Jordan percibió el miedo en el que se apoyaban sus palabras.

Él se inclinó más aún sobre Jordan y dijo entre dientes:

—Volved a Ohio y decidles a todos que aquí es feliz *todo el mundo* y que ya pueden dejar de meter las narices en nuestras libertades.

Jordan asintió con gesto rápido, la boca seca y el corazón a punto de estallarle en el pecho.

—Sí, señor —dijo su madre.

El hombre clavó la mirada con más intensidad en la joven. El corazón de Jordan palpitaba con tanta fuerza que lo oía batir en la cabeza y las piernas le temblaban tanto que temía caer al suelo. Estaba petrificada, con los ojos puestos en el bastón y esperando recibir una señal de su madre.

—¡Ya! —rugió él y ella dio un respingo.

—¿Perdone, señor? —preguntó Mattie.

—¡Que os vayáis ya! —ordenó él.

Jordan sintió a su madre dar un brinco para responder:

—Sí, señor.

Con esto, recogió la bolsa de tejido de alfombra con la que viajaban y se dirigió a la puerta. De su mano cayó entonces un grano de mostaza que, al dar en el suelo, sacó a Jordan de su inmovilidad y le infundió un ápice de valor. Al ver que el hombre seguía estorbándole el paso con firmeza, se apartó poco a poco hacia la izquierda, consciente en todo momento de la presencia del bastón. Él no se movió. Jordan lo rebasó corriendo para salir a la noche oscura y abandonó a Sarah ante el depravado que había matado a la tía Rebecca.

Capítulo once

LISBETH

Condado de Charles City (Virginia)

—Mamá, ¿qué es un *scalawag*? —preguntó Sammy.

Estaban los tres solos, en el viaje de vuelta a Richmond, donde pasarían dos noches en casa de sus abuelos paternos, los padres de Matthew. Lisbeth sintió el insulto como un puñetazo en el estómago.

—¿Dónde has oído esa palabra?

—Johnny dice que los abuelos son un par de *scalawags*.

—En nuestra familia no usamos ese lenguaje —le recriminó—. Para los sureños que apoyan la causa de la Unión, esa palabra es muy irrespetuosa.

—¿Y lo son? ¿Son *scal...*? —Se mordió la lengua—. ¿Están de nuestro lado?

—Sí, y no ha sido fácil ni para ellos ni para vuestros tíos. Algunos de sus vecinos los tratan mal.

—¿Qué les hacen?

—Cuando vuestro tío Mitch se alistó en el ejército unionista metieron en la cárcel al tío Michael.

—¡Eso no es justo!

—La gente no es justa ni amable, durante la guerra. Una de las tácticas de la Unión consistía en quemar los campos. Los unionistas respetaron los cultivos del abuelo, pero otros los incendiaron después de que se retirasen los soldados del norte.

Sammy apoyó la cabeza en las manos y reflexionó unos segundos antes de decir:

—Nunca había pensado en cómo tuvo que pasarlo nuestra familia de aquí.

—Cuando hay un conflicto resulta difícil pensar demasiado en los del otro bando, es más fácil no sentir compasión por su sufrimiento.

—¿Por eso se mudaron a California el tío Michael y su familia?

—Sí, estaban convencidos de que aquí no tendrían futuro.

—¿Y por qué se quedaron los abuelos?

Su madre eligió con cuidado las palabras con que transmitirle lo que le habían dicho ellos mismos.

—Este es su hogar, el único lugar en el que han vivido y en el que tienen también a sus hermanos. Se sienten orgullosos de ser virginianos y de formar parte de los Estados Unidos. Como nosotros, tienen la esperanza de que dejemos atrás este conflicto y sigamos avanzando juntos como una nación.

—No dejas de decir que ganamos la guerra, pero no lo parece —observó el niño.

—¿Por qué lo dices?

—La señora Bartley fue muy grosera con la señora Freedman hasta que se dio cuenta de que era tu querida Mattie. Entonces, hizo como que se alegraba de verla, pero se notaba mucho que no era verdad. Además, el señor Richards se puso furioso cuando Sadie le dijo que había visto a la señorita Jordan. Quieres hacernos ver que la gente negra es libre cuando no lo es.

—Sammy… —Lisbeth miró a su hijo y se sintió orgullosa de su capacidad de observación y su perspicacia, aunque angustiada por no saber cómo explicarle algo que no había dejado de desconcertarla a ella misma.

—Salió de la sala de estar —siguió diciendo él—, pero lo oímos hablar a gritos de los... —pensó en un sinónimo con el que sustituir la palabra prohibida— los agitadores que se habían propuesto destruir su estilo de vida. Me asusté tanto que ni siquiera quise verlo.

—A mí me pasó lo mismo —coincidió Sadie—. Quiere parecer amable, pero es muy malo.

A Lisbeth se le hizo un nudo en el estómago. No había reparado en que su hija había oído el ataque de cólera del señor Richards ni, de hecho, en que estuviera escuchando la conversación que mantenía con Sammy en ese instante.

—La visita a Fair Oaks ha sido desconcertante y un poco estremecedora. Estábamos tan entusiasmados con la idea de ir a ver la casa en la que me crie... Además, el señor Richards ha sido muy amable... con nosotros. —Se afanó en buscar las palabras más adecuadas—. Ahora entenderéis mejor por qué papá y yo decidimos ir a vivir a Ohio, donde hacemos lo posible por respetar a todo el mundo. Aquí se enseña a los niños a ser atentos y respetuosos con ciertas personas y con otras no.

—Con la gente de color, quieres decir —repuso Sammy.

—¿Cuándo vamos a volver a casa? —preguntó la niña—. Echo de menos a papá.

—Yo también —convino Lisbeth—, pero vinimos a Virginia a cuidar al abuelo en sus últimos días y es imposible saber cuánto tiempo nos necesitan aquí. La muerte viene cuando viene. Después de ir a ver a los abuelos, volveremos a Richmond y ya no tendremos que volver a visitar ninguna otra plantación.

Lisbeth no pudo menos de entristecerse al comprobar la huella que habían dejado los años y la guerra en la vivienda de los Johnson. Si el coste del conflicto bélico era evidente en cada rincón de Virginia, el hogar de la infancia de su marido había empeorado especialmente. La propiedad, antaño impecable, tenía descascarillada la pintura verde de la puerta principal y había dicho adiós de manera definitiva a las caléndulas que rodeaban en otra época unos rosales ya marchitos. En los campos de los alrededores crecía maíz, cultivo de subsistencia, en lugar de tabaco, que habría supuesto unos ingresos más sustanciosos.

No bien detuvo Lisbeth el caballo, se abrió la deslucida puerta de la casa y salieron a recibirlos los abuelos. Aunque hacía ya más de un año que aquel matrimonio anciano había visitado Ohio, Sammy y Sadie no dudaron en correr a abrazarlos.

—¡Habéis crecido los dos casi dos palmos desde la última vez que os vimos! —exageró mamá Johnson.

—¡Aquí hay un abuelo falto de cariño! —Johnson padre se inclinó para que Sadie le pudiera besar la mejilla.

Lisbeth sonrió ante aquella escena. Después de la tensión vivida en Fair Oaks y Richmond, pasar ahí unos días parecía una buenísima idea. Su familia política volvería a ser su refugio sagrado.

—Os presento a vuestro tío Mitch —dijo Johnson padre para presentarles al hermano de Matthew.

Lisbeth llevaba años sin verlo y nunca había tenido demasiado trato con él. Con todo, el parecido que guardaba con su esposo había hecho que le reservase un lugar especial en su corazón. Mitch estrechó la mano a Sammy y dio a Sadie un abrazo tierno, aunque torpe, de medio lado.

—Me alegro de verte, hermana —dijo a Lisbeth. Cuando se inclinó para besarla en la mejilla, le pisó la punta del zapato y, ruborizándose, se disculpó en voz quizá demasiado alta.

—¡Qué bien que los niños hayan tenido ocasión de conocerte! Seguimos esperando que vengas a visitarnos pronto —contestó Lisbeth sonriendo a su cuñado.

Tras saludarla e interesarse por la salud de su padre, su familia política subió con ella las escaleras de madera desvencijadas del porche para entrar en la casa. En la entrada de la sala de estar recordó el instante que había cambiado para siempre su vida. A los veintiún años, cuando apenas había salido de una infancia regalada, supo que, en conciencia, no podía casarse con Edward después de comprender qué clase de persona era. Dio al traste con la tradición y con todo lo que habían planeado sus padres cuando propuso matrimonio a Matthew en aquella misma casa, sumida en un estado tal de nerviosismo que hasta temió desmayarse. Él aceptó su valiente proposición y juntos comenzaron una vida nueva en Ohio. Al recordarlo, se estremeció pensando lo cerca que había estado de convertirse en esposa de Edward Cunningham. En tal caso, no habría tenido a Matthew, ni tampoco a Sammy ni a Sadie. Aquello habría sido una verdadera tragedia.

Capítulo doce

Plantación de Fair Oaks (Virginia)

—Mamá, no irá a matar a Sarah, ¿verdad? ¿Volvemos? —Jordan apretó el paso para mantenerse al lado de su madre mientras volvían con premura al bosque para reunirse con Samuel.

—Yo diría que estará a salvo mientras nosotras nos mantengamos alejadas de aquí y eso es precisamente lo que vamos a hacer hasta que encontremos a Ella y a Sophia. Cuando lo consigamos, se vendrá con nosotras —repuso su madre sin disminuir el ritmo.

—¿Y cómo daremos con ellas?

—Todavía no han suprimido la Agencia de Libertos, ¿verdad? —Mattie volvió la cabeza para hacerse oír mientras caminaba.

Su hija le indicó con un movimiento de cabeza que estaba en lo cierto.

—Pues así las encontraremos. Iremos a Richmond a pedir a la agencia de allí que pregunten a las demás agencias hasta que averigüemos qué ha pasado con esas niñas. Tu hermano pondrá en práctica sus estudios de Derecho —declaró la madre.

—¡Claro que sí! ¿Cómo no se me había ocurrido? —La joven la contempló con admiración—. Por eso querías venir ahora, antes de que la disolvieran.

—Jordan, Samuel y tú sabéis más de libros que la mayoría de la gente, pero eso no quiere decir que sepáis más de la vida que los demás. No lo olvides nunca.

—¡Tienes razón, mamá!

En ese momento oyó amartillar un arma entre los matorrales y se quedó paralizada. El corazón se le iba a salir del pecho y la boca se le llenó de un sabor metálico.

—¡Samuel! —gritó su madre—. Somos nosotras.

Se dirigió hacia el lugar del que provenía el sonido y Jordan la siguió con cautela. Al abrirse paso entre la maleza vio a su hermano solo, de pie y sosteniendo una escopeta con manos temblorosas.

—¡Gracias a Dios! —exclamó él echando atrás la cabeza y soltando un suspiro sonoro. La voz le temblaba de emoción—. Ha sido la espera más horrible de mi vida. ¡Pensaba que no podía haber nada tan angustioso como la noche que nació Otis, pero me equivocaba!

Abrazó con fuerza a las recién llegadas un buen rato.

—¿Tenías en la mano los granos de mostaza? —preguntó su madre a continuación.

Samuel sonrió.

—Sí, mamá.

—¿Y te han dado un poquito más de fe?

Samuel se encogió de hombros mientras hacía un gesto afirmativo con un movimiento de cabeza y torcía la sonrisa.

—Sí. No sé cómo ni por qué, pero sí.

—Es que no hay que saber cómo ni por qué funciona la fe. Lo único que necesitas es asegurarte de que no te falta cuando te sientas perdido.

Los dos hermanos se miraron con la expresión que usaban para significar que ambos sabían que todo aquello eran supersticiones de su madre, a la que, sin embargo, querían con toda el alma. Mattie se inclinó hacia ellos para susurrar como si hubiera alguien por allí resuelto a escuchar lo que decían:

—He dejado un grano en la cabaña para darle a Sarah parte de mi fe cuando pierda la suya.

Aquella mañana, temprano, partieron hacia Richmond, a medio día de viaje. Pese a los deseos de Jordan de ponerse en marcha enseguida, Mattie había insistido en que era más seguro viajar de día. La joven, tan tensa como su madre, hizo el trayecto mirando hacia atrás a fin de avisar en caso necesario. A mitad de camino se alarmó cuando el carro se detuvo sin motivo aparente. Se dio la vuelta enseguida a fin de saber cuál había sido la causa y no vio nada que les estorbara el paso. Miró a su madre y luego a Samuel. Su hermano tenía la cabeza gacha. Empezó a preocuparse, pero a continuación oyó un leve ronquido que salía de sus labios.

Se había quedado dormido con las riendas en la mano. La falta de sueño de aquellas noches había hecho mella en él. Su madre lo despertó y aunque él, avergonzado, insistió en que podía seguir adelante, acabó por avenirse a echar una siesta tumbado en la caja del carro. Mattie se pasó al lado del conductor, su hija se sentó con ella delante y reemprendieron la marcha hacia Richmond.

Poco antes de llegar al puesto de peaje de Mánchester, situado en las afueras de la ciudad, despertaron a Samuel, pues, según su madre, él llamaría menos la atención que una anciana negra manejando el carro. Jordan respiró hondo para mantener la calma mientras esperaban para pagar, pero los dejaron pasar en cuanto Samuel dio el dinero.

Richmond no era tan grande como Cincinnati, sino más bien como Cleveland, pero todo estaba muy apiñado. Samuel había leído que en el último censo, llevado a cabo en 1860, se habían contado casi treinta y ocho mil personas, un tercio de las cuales eran de color. Como la mayoría de las ciudades, había crecido de forma significativa durante la guerra, sobre todo gracias a la población liberta.

La carretera era un camino de gravilla amplio y llano que no se parecía en nada a cuanto habían conocido hasta entonces. Aunque hizo falta persuadirlos con mimos, los caballos aceptaron al fin que podían avanzar con la misma rapidez que el resto de vehículos. Jordan estaba demasiado distraída con el trajín que los rodeaba como para sentirse preocupada. A bordo de los vapores y las barcazas que surcaban el James hacia el sur, trabajaban hombres negros y blancos. De la ciudad entraban y salían carros llenos de mercancías. Algunos llevaban cargamentos tan voluminosos que Samuel tenía que hacerse a un lado y parar la marcha para dejarlos pasar. En uno y otro sentido pasaban jinetes solitarios al galope.

—¡No tenía ni idea de que esto estaría tan concurrido! —exclamó.

—¿Cómo vamos a encontrar la oficina de la Agencia de Libertos? —preguntó la hermana—. ¿Dónde vamos a dormir?

—Acuérdate: hay que encontrar esta iglesia —dijo la madre tendiéndole el papel del pastor Duhart—. El reverendo dice que nos ayudarán en todo cuanto necesitemos.

—Está en el cruce de Clay con Adams —leyó Jordan antes de mirar a su alrededor y ver que no había nada que indicase el nombre de las distintas vías—. ¿Cómo vamos a saber qué calle es Clay y cuál es Adams?

—Cuando dejemos la carretera de peaje, podremos preguntar a la primera persona de color que parezca amable —respondió Samuel.

—La bondad de los extranjeros —razonó Mattie— suele ser un gran aliado.

—¡Ay, Dios! —exclamó Jordan cuando, de pronto, se encontraron en medio de ruinas carbonizadas.

A un lado y otro de la calzada se veían edificios incendiados a cuyo alrededor yacían dispersos los escombros. El fuego que había causado estragos en aquellas viviendas debía de haber sido colosal para alcanzar tantas manzanas. La construcción de columnas blancas que brillaba reluciente al sol en la colina que se alzaba a su derecha ofrecía un marcado contraste. La joven sintió un escalofrío al darse cuenta de que se trataba del capitolio de la Confederación. Jefferson Davis había trabajado entre sus muros y a escasa distancia se encontraba su Casa Blanca. Estaban en el corazón mismo del bando enemigo. Al sur asomaban de las agitadas aguas del James vestigios de pilares de piedra que marcaban el lugar en que había habido un puente. Aunque en algunos de los edificios en ruinas había trabajadores retirando cascotes o haciendo reparaciones, los restos se hallaban desiertos y en silencio como un fantasmagórico recordatorio de la devastación que había vivido la ciudad a finales de la guerra.

Jordan quedó prendada de la hospedería de la señorita Grace. Nell, la esposa del reverendo, los había llevado hasta aquella calle de casas recién construidas. Las viviendas estaban tan cerca unas de otras que compartían pared. La joven no había visto una sola cara blanca desde que habían llegado a aquel barrio, Jackson Ward. La señorita Grace, que había nacido libre en Richmond, alquilaba tres dormitorios bien amueblados a gentes de color que se encontraban de paso en la ciudad o se alojaban allí hasta que daban con un domicilio definitivo. Aunque había imaginado que le costaría sentirse a gusto en la casa de una extraña, su anfitriona hizo que se sintieran como en la suya propia.

Después de varias semanas dependiendo de una bolsa de viaje, fue todo un alivio poder deshacer el equipaje y colocar la ropa en un armario. Mattie y Jordan se ocuparon de convertir aquel cuarto en un hogar. Su madre metió la mano bajo la camisola y sacó un fajo grueso de billetes. Jordan lanzó un grito apenas ahogado y la vio levantar el brazo para colocarlos en la parte trasera de la balda del armario. Su madre, al ver su gesto de indignación, explicó:

—Habrá que cubrir los gastos, ¿no?

—¿De dónde lo has sacado? —preguntó Jordan tratando de contenerse.

—He estado ahorrando —fue la poco satisfactoria respuesta de Mattie.

Su hija se dirigió al anaquel y alargó la mano para hacerse con el dinero. Daba por sentado que su madre protestaría, pero la mujer se limitó a mirarla mientras contaba. ¡Sesenta dólares! Debía de haber estado ahorrando varios años para reunir semejante cantidad.

—¿Teníais todo esto cuando tanta falta me hizo para pagarme la matrícula? —Jordan fue consciente del acaloramiento que hacía patente su voz.

—Sabíamos que conseguirías tú sola el dinero necesario para ello y así fue.

Jordan la traspasó con la mirada, expresando en silencio su dolor y su confusión.

—No todos tienen la suerte de que les regalen una vida porque sí —dijo su madre.

La joven sintió que la rabia le revolvía las entrañas. Durante su infancia, sus padres no habían dejado de reprocharle que no valoraba todo lo que habían hecho para que pudiese vivir en libertad. Nada de lo que pudiera lograr superaría jamás la hazaña de escapar de la esclavitud con un bebé atado a la espalda.

—Yo he trabajado mucho, muchísimo, para ser una alumna excelente —declaró Jordan haciendo lo posible por no alzar la voz—. No tenéis ni idea de lo que supone ser una de las pocas estudiantes negras, y mujer además, de la universidad. No había un solo día que no tuviese que demostrar que era como los demás alumnos de Oberlin. Encima, me vi obligada a pordiosear para conseguir el dinero de la matrícula.

—Los feligreses de nuestra iglesia te ayudaron a mucha honra con una colecta. Además, recibiste una beca muy generosa de la

Universidad de Oberlin. Papá y yo teníamos fe en que te las ingeniarías y lo hiciste, ¿verdad?

La joven no dudó en contraatacar:

—Papá y tú podríais haberme ahorrado mucha vergüenza y mucha humillación. ¿Y por qué no lo hicisteis? ¿Por «parientes de otro estado»?

Mattie no cedió.

—Para mí no son «parientes de otro estado». ¿O es que tú te olvidarás de nosotros cuando vivas en Nueva York? Si Otis necesita algo de aquí a veinte años, ¿no le harás caso?

Jordan aspiró sobresaltada y sintió que se diluía su indignación. ¿Cómo había sabido su madre que tenía intenciones de mudarse a Nueva York? La miró fijamente sin saber muy bien qué decir.

—No soy tonta: sé que has hecho planes para dejarnos e irte a la ciudad —dijo Mattie.

La joven sintió el corazón desbocado y las manos sudorosas. No era así como habría deseado mantener aquella conversación. Al final, relajó la mirada y dijo:

—Supongo que las dos hemos tenido nuestros secretos.

—Me quedaba la esperanza de que cambiaras de opinión después de este viaje. —Los ojos de su madre se enternecieron también—. De que vieras que aquí seguíamos teniendo mucho por lo que luchar.

Oyéndola hablar, Jordan la sintió pequeña y vulnerable. A pesar de su enfado, sintió lástima por ella. Toda aquella excursión podría haber sido una estratagema para tenerla a su lado. Su madre era capaz de tamaña manipulación. No quería entender que su hija tenía una existencia propia que vivir, que tenía que ser libre a su manera, independiente de sus padres.

—Mamá, para mí, el derecho al voto constituye una causa por la que luchar. ¿No te das cuenta de que mis libertades también importan? —preguntó implorante.

Entonces llamaron a la puerta y entró Samuel para comunicarles que la señorita Grace y la señora Washington los esperaban para charlar en el porche principal. Jordan siguió a su hermano y a su madre a la planta baja sin dejar de dar vueltas a la conversación que acababan de interrumpir. Se preguntaba si Samuel estaría también al tanto de su proyecto. ¿Y su padre? ¿No se habrían propuesto todos hacer que se ocupara más del sufrimiento de los libertos que de la causa del sufragio femenino? Aunque enfadada con su madre por haber averiguado cuáles eran sus propósitos, había sentido cierto alivio al saber que no era ya ningún secreto y que no tendría que pasar el trago de dar la noticia a su familia.

—La señora Washington dice que están buscando ustedes a unas niñas que vendieron a una plantación del Sur —dijo la señorita Grace por romper el hielo.

Jordan asintió.

—A una de Carolina del Norte, creemos.

—¿De dónde venían?

—De Fair Oaks, en Charles City —respondió Mattie.

—¿De Fair Oaks? —La señorita Grace echó hacia atrás la cabeza con gesto pensativo antes de mirar a la señora Washington y preguntar—: ¿No era de allí Emily?

—¿Quién? —dijo la señora Washington.

La señorita Grace se explicó:

—William, el hijo de Ari y Winnie Smith, se casó con una tal Emily que creo que era de Fair Oaks.

La señora Washington asintió con la cabeza.

—Me suena.

—¿Emily la Flacucha? —preguntó Mattie—. ¿Una alta y café con leche, de unos cuarenta años?

—Sí —repuso la hospedera—. La familia de su marido vive en la Segunda, a la vuelta de la esquina.

—Vaya, vaya, vaya. ¡Qué pequeño es el mundo! Primero nos encontramos a la señora Lisbeth y ahora recibo noticias de Emily la Flacucha.

—¿Quién es Emily la Flacucha?

—Cuando a mí me sacaron de la casa, ella fue la doncella de Lisbeth. No creo que ahora esté tan flaca —añadió con una carcajada antes de adoptar un gesto triste con la mirada—. Nunca fuimos muy amables con ella.

—Ya me acuerdo —terció Samuel—. Todas la evitabais como si fuese un fantasma y yo no llegué a entender nunca por qué os sacaba de quicio.

Su hermana le preguntó sorprendida:

—¿Tú también la conoces?

—No. Emily vivía en la casa y mamá era la única que cruzaba la frontera entre esos dos mundos. Mamá y Lisbeth.

—¿No entraste nunca?

—Nunca, pero todos la teníamos siempre muy presente. —Tras perderse unos instantes en sus pensamientos, Samuel sacudió la cabeza—. Tengo aquella vida en la memoria como un sueño o, más bien, una pesadilla.

—Emily era hija del amo —reveló Mattie sin aspavientos— y la llevaron a la casa cuando murió su madre, por eso no la trataba nadie muy bien.

A Jordan se le encogió el corazón. Sintió de nuevo que la cruda realidad de la esclavitud la afectaba como un golpe físico, como una coz en el estómago. Nunca había visto a su madre ser cruel con nadie. ¡Si hasta rezaba por la gente a la que no soportaba! ¿Cómo era posible que tratase con desdén a una huérfana?

—Se mudó aquí con ellos —anunció la señora Washington.

—¿Con quién? —preguntó la joven temiendo la respuesta.

—Con la familia de su amo —contestó la señorita Grace.

Jordan sintió repugnancia ante la palabra amo y ante la idea de que aquel hombre hubiera engendrado a esa tal Emily y la hubiese obligado luego a vivir con él.

—¿Cómo pueden contar una cosa así como si nada? ¡Es horrible! —Sintió, rabiosa, que se le saltaban las lágrimas.

Su madre ladeó la cabeza.

—No hace falta que me digas que es horrible, Jordan: yo lo he vivido.

—Lo siento, mamá, es solo que... —Al verse sin palabras, optó por respirar hondo—. La maldad tiene muchas caras. Demasiadas para que pueda entenderlas.

—Tienes razón —convino Mattie y todos afirmaron con la cabeza para decir que también estaban de acuerdo.

—Hay unas cuantas formas de encontrar a esas niñas —aseveró la señora Washington tendiéndole un periódico—. Pueden ustedes publicar un anuncio como estos en el diario a color de Carolina del Norte.

Mattie entregó el documento a su hijo y Samuel lo leyó para todos:

Evans Green desea encontrar a su madre, la señora Phillis Green, a la que dejó en Virginia hace unos años. Pertenecía al difunto señor Cook, de Winchester, cuyo hijo siguió sus pasos en la abogacía. Se agradecerá cualquier información al respecto que puedan remitir al diario.

De este anuncio, pasó al siguiente para transmitir el contenido con voz temblorosa:

Busco información sobre mis hijos, Lewis, Lizzie y Kate Mason, a los que vi por última vez en Owensboro (Kentucky), siendo las niñas «propiedad» de David y John Hart y el niño de Thomas Pointer. Su afligida madre, Catherine Mason, agradecerá toda información que puedan hacer llegar al número 1.818 de la calle Hancock de Filadelfia, entre Master y Thompson.

Jordan sintió que se mareaba. Imaginó rostros de niños. Miró el periódico que leía su hermano y vio que la página estaba llena de aquellos anuncios.

—¿Y funciona? —preguntó.

La señorita Grace se encogió de hombros.

—Por lo menos sirve para que la gente tenga la sensación de estar haciendo algo por encontrar a los suyos.

—¿Cuánto cuesta poner un anuncio así? —quiso saber Samuel.

—Dos dólares y medio por tenerlo un mes en el periódico.

Su hermana, su madre y él ahogaron un grito al unísono ante semejante cantidad de dinero, excesiva incluso para ellos.

—Una apuesta muy cara —apuntó el joven.

—En el *Christian Recorder* sale más barato: cincuenta centavos por mes —dijo la señora Washington antes de facilitarle a Samuel algunos números—. Los domingos los leen los reverendos ante su parroquia. Varias familias de nuestra parroquia han logrado reunirse.

Samuel pasó las hojas en silencio antes de compartir los diarios con Jordan.

—Leédmelos, por favor —pidió su madre.

La joven se aclaró la garganta y se centró en el que encabezaba la página:

Busco información sobre mi madre, Virginia Sheperd, y sobre mis hermanas, Mary, Louisa, Mandy y Caroline Sheperd; mi hermano, William H. Sheperd; mi tío Paten Sheperd, y mi tía Dibsy Madison, propiedad todos ellos de Ben Sheperd, así como sobre mi tía Martha Young, propiedad de Henry Young.

Todos vivían en el condado de Prince Edward de Virginia. Mi madre y sus cuatro hijos fueron vendidos en el tribunal del condado de Prince Edward a un tratante llamado Sam Jenkins. Martha Sheperd agradecerá cualquier información relativa a las susodichas personas. Dirección: Martha Paris, Lebanon (condado de Saint Clair, Illinois). Por favor, señores ministros de Dios, lean este anuncio a sus congregaciones.

Tras ojear las cuatro planas llenas de avisos semejantes, quedó con el corazón dolorido y al borde del llanto. Miró a su madre y resumió:

—Todos dicen lo mismo en esencia: cambian los nombres y los lugares, pero todos son de gente que busca a sus familiares. ¿Los leen —preguntó entonces a las dos mujeres— en voz alta en el culto?

—Todas las semanas —confirmó la señora Washington—. Es un momento sagrado, porque el templo entero espera que se dé alguna coincidencia. Todos afinamos el oído y escuchamos muy atentamente. Solo ha pasado dos veces, pero, ¡ay, Dios!, ¡qué alegría más grande, oír a alguien gritar en la iglesia porque conoce a la persona que ha puesto el anuncio! —Su rostro parecía lleno del júbilo que emana el Espíritu Santo.

Jordan volvió a quedarse estupefacta. La esperanza y la resistencia con que aquellas personas hacían frente a un dolor y una pérdida abrumadores le resultaban sorprendentes... y la conmovían. Respiró hondo y se reclinó en su asiento.

—¿Y la Agencia de Libertos? —preguntó su madre.

La señora Washington levantó los hombros a la vez que asentía con una extraña combinación de gestos.

—En realidad —dijo la señorita Grace—, no tenemos mucha fe en esos avisos, pero lo cierto es que a veces sí consiguen algo. Como es gratis, no tienen nada que perder por acudir a ellos con los nombres de las personas que están buscando. Daño no les va a hacer y podría serles de ayuda.

—Y el orfanato —añadió la señora Washington—. También tendrían que ir a visitarlo, porque esas criaturitas podrían haber acabado en la calle. Una vez encontramos allí a un chiquillo al que estaban buscando, gracias a Dios.

Pensando que a Mattie y a Emily les gustaría ponerse al día después de tantos años, la señorita Grace invitó a Jordan, a Samuel y a su madre a ir de visita a la casa de los padres de William. Mattie, por más que hubiera dejado claro que nunca tuvieron una relación estrecha, sí aceptó con entusiasmo.

—Hola, Mattie —dijo la mujer de piel canela con una sonrisa tímida tras hacerlos entrar—. ¡No me digas que es Samuel! ¿Y Jordan? —Meneó la cabeza con aire incrédulo mientras les tendía la mano.

—¡Cuéntame! ¿Cómo te va todo? —dijo la recién llegada cuando todos se hubieron sentado—. ¡Toda una mujer, una señora casada y con un retoño! ¡Y libre!

Emily soltó un bufido.

—Yo diría que la señora Ann no opina lo mismo.

Mattie dejó escapar una risita.

—¿Cómo les va a los Wainwright? ¿Sigue el amo Jack tan desagradable como siempre?

—Pues acaban de nombrarlo juez de paz. Trata de ser poderoso.

Mattie chasqueó la lengua y meneó la cabeza ante tal noticia. Jordan no entendió bien del todo lo que estaba ocurriendo, pero no quería interrumpir la conversación con una pregunta. Aun cuando le costara avenirse a oírla llamar *amo* a un hombre blanco, resultaba encantador ver a su madre convertida casi en una colegiala chismeando con una compañera.

—El señor Wainwright no tardará en pasar a mejor vida y por esa razón la señora Lisbeth ha venido de visita para cuidarlo.

Mattie miró a su hija.

—Lo que explica que la viésemos.

—¿Os habéis cruzado con ella por la calle?

—No, en Fair Oaks. Fuimos a ver a Sarah.

Emily arrugó el entrecejo.

—Espero que no os viera el señor Richards. Dicen que se ha tomado el fin de la guerra peor que nadie. Hay hacendados que se han adaptado a la nueva situación, pero otros… siguen peleando por la causa perdida.

—¡Nos echó de allí! No he pasado más miedo en mi vida.

En ese momento entró corriendo un crío blanco seguido de un hombre alto de color. El niño llegó agitando un guante de béisbol y exclamando:

—¡Mamá, Sammy dice que me lo quede!

—Willie, no seas maleducado. —Emily señaló con un gesto a sus invitados antes de presentarles a su hijo y su marido.

Jordan se dio cuenta entonces de que el pequeño no era blanco, sino que lo parecía, lo que no le sorprendió, dado que tanto su madre como William tenían la piel bastante clara. Los hombres se estrecharon la mano.

—Ese guante… ¿no te lo habrá dado Sammy Johnson? —preguntó la joven.

Willie asintió con gesto perplejo.

—Sammy es todo un fanático del béisbol y, además, está como loco con su guante —siguió diciendo Jordan—. Tienes que haberle caído muy bien.

—¿Conoce usted a Sammy? —preguntó él con voz maravillada.

—Es uno de mis alumnos.

El chiquillo la miró boquiabierto y con una expresión a medias entre la incomprensión y el recelo.

—Trabajo de maestra en Oberlin —le explicó ella—, la mayor parte del tiempo les doy clase a los más pequeños.

—No sabía que hubiese señoritas negras —repuso Willie.

—Pues ya lo sabes —dijo ella con una sonrisa.

—¿Usted también es maestro? —preguntó el niño mirando a Samuel.

Samuel negó con la cabeza.

—Yo estudié Derecho, no Magisterio, y además hago muebles con mi padre.

William reaccionó enseguida ante aquella información.

—¿Ha oído hablar de la nueva enmienda, la Decimocuarta?

—Claro que sí.

—¿Y es verdad que dice que puedo votar?

—Eso pensamos —repuso Samuel antes de añadir—: No hay nada que garantice que los estados vayan a respetar esa intención, pero la Unión no readmitirá a Virginia hasta que se apruebe una nueva Constitución estatal, lo que exige la concesión del derecho al voto para todos. Sin embargo, hay senadores que defienden la necesidad de una Decimoquinta Enmienda que conceda de manera explícita a los negros el derecho al sufragio.

—A los negros varones —corrigió Emily.

Jordan la miró con un respeto que no le había profesado hasta entonces, sintiendo que tal vez tenía un alma gemela en aquella Emily la Flacucha.

Su marido, en cambio, hizo caso omiso de aquel comentario y preguntó a Samuel:

—¿Es verdad que dice que los oficiales confederados no podrán votar?

—No, eso es un rumor falso —aclaró el jurista—. Pueden votar, pero quienes hayan cometido actos de insurrección o rebelión contra los Estados Unidos no podrán ocupar ningún cargo estatal ni federal ni recibirán pensión alguna por haber participado en la guerra.

—¿Y qué pasa con los salarios? ¿Exige esa enmienda que se pague lo mismo a las distintas razas?

—En mi opinión, sí. La igualdad debería darse también en las retribuciones laborales, aunque me temo que el Gobierno Federal no la hará cumplir a menos que cuente con una amplia mayoría republicana. ¿Tiene usted trabajo?

—Sí, en la Tredegar.

—¿La fábrica de municiones?

William asintió con un movimiento de cabeza.

—De manera que abasteció de armas a los confederados —señaló Samuel con la misma incredulidad que se había apoderado de Jordan. ¿Cómo podía apoyar un hombre de color la campaña bélica de los sudistas?

—Sí. Intenté no pensar demasiado en el uso que les darían. Siempre trataba de provocar alguna tara para que no funcionasen bien: una unión mal hecha para que les saliese el tiro por la culata y cosas así.

Mattie preguntó entonces:

—¿No la han cerrado ahora que ya no hay guerra?

El hombre soltó una carcajada mientras negaba con un gesto.

—Ahora fabricamos materiales para el ferrocarril. Estamos trabajando más que nunca. Estoy contento de tener trabajo, pero no me hace ninguna gracia que a los blancos les paguen mucho más por hacer lo mismo y menos si son inmigrantes.

Jordan seguía con interés la conversación, pero no tenía mucho que añadir. El tal William parecía un buen hombre, pero no acababa de entender por qué seguían Emily y él en un lugar que ofrecía un número tan reducido de oportunidades a su familia.

En lugar de las oficinas amplias y bien equipadas que había esperado, Jordan descubrió que la Agencia de Libertos no era más que una sala deslucida sin mucho más mobiliario que un escritorio. Se encontraba a la sombra del Capitolio virginiano, el edificio que había ejercido hacía no mucho de sede de la Confederación.

Caminando hacia aquel lugar ominoso, Jordan se tuvo que recordar que los Estados Unidos habían ganado la guerra.

Cuando entraron, alzó la vista de sus papeles un hombre blanco. En la sala no había nadie más. Una de las paredes del despacho estaba cubierta con comunicaciones que exponían el derecho recién concedido a todos los estadounidenses o, al menos, a todos los estadounidenses varones.

—¿En qué puedo ayudarlos? —preguntó.

Samuel caminó hacia él con la mano tendida.

—Soy Samuel Freedman.

El hombre se puso en pie y se la estrechó.

—James Brooke. Encantado.

—Estamos tratando de localizar a un familiar y tenemos entendido que hay un registro en el que podría aparecer su nombre.

El señor Brooke lo invitó a tomar asiento, rebuscó entre sus cajones y sacó un volumen. En todo momento actuó como si estuvieran solos Samuel y él, agraviando así a Jordan y a su madre. La más joven se recordó que aquel no era el momento más indicado para exigir respeto.

—En fin, señor…

—Freedman, «liberto». No debería ser difícil de recordar —bromeó él.

El señor Brooke frunció el ceño y soltó una risotada al entender el chiste.

—¡Ah, claro! En fin, señor Freedman, haré lo que pueda por reunirlo con su familiar antes del cierre de la agencia, pero debo advertirle que no debería esperar gran cosa de este despacho.

Samuel asintió sin palabras.

—Nos han notificado que cerramos de aquí a dos meses. Según el Gobierno Federal, hemos «concluido nuestra labor». ¿Sabe cuántos empleados tiene en Virginia la Agencia de Libertos? —preguntó el funcionario con voz cargada de emoción mientras miraba expectante a su interlocutor.

Samuel negó con la cabeza. Su madre y su hermana hicieron otro tanto, aunque él no les estaba prestando la menor atención.

—Son 143 —manifestó—. ¿Sabe cuál es la población de Virginia? —Y sin esperar respuesta, contestó—: Pues sepa que en este hermoso estado residen poco menos de ciento cincuenta mil almas. Una tercera parte está conformada por libertos y la mayoría del resto, por confederados resueltos a mantener la situación por la que combatieron en la guerra. —El hombre exhaló un suspiro—. Hemos aportado nuestro granito de arena, pero la mayor parte del tiempo no parece que eso sea gran cosa. —Tomó la pluma y preguntó—: ¿Nombre?

—Samuel Freedman —respondió el otro, frustrado a todas luces por la falta de atención del señor Brooke.

—El suyo no, el de su familiar.

—En realidad son dos: Sophia y Ella.

—¿Apellido? —añadió el otro sin levantar la cabeza.

—Tenemos motivos para creer que pueden estar usando el de Brown.

—¿Última residencia conocida?

—Carolina del Norte.

—¿Puede ser más concreto?

—Ojalá.

—¿Ojalá pudiera ser más concreto?

—No, señor —se explicó Samuel—. Vivían en Fair Oaks, cerca de Charles City, cuando las vendieron a la plantación Ojalá, de Carolina del Norte. El propietario era entonces el senador Stone.

—¿Edad?

—Nueve y doce años.

El hombre volvió a soltar un suspiro.

—¿Ahora o entonces?

—Ahora.

—¿Cuándo las vendieron?

—En 1864.

El hombre levantó la vista del documento arrugando los labios con gesto preocupado y, vaciando de nuevo los pulmones, dijo:

—Después de la emancipación. —Meneó lentamente la cabeza—. Yo vine aquí para contribuir a un fin noble, pero me temo que es nuestra causa la que está perdida. —Dejó la mirada extraviada en el espacio antes de preguntar—: ¿De dónde son ustedes?

—De Ohio.

—¡No me diga! —exclamó con una sonrisa irónica—. Yo también. Serví en la 16ª división.

—Entonces participó en la batalla de Shiloh. —Lo de Samuel fue más un aserto que una pregunta.

—Sí, y fue tan terrible como se cuenta. ¿Y usted?

—En el 5º regimiento de las tropas de color de los Estados Unidos.

—Entonces ya conocía Virginia —dijo el otro. Todo apuntaba a que debía de llevar la cuenta de los lugares en que habían combatido las distintas unidades.

—Sí —respondió Samuel.

Jordan no pasó por alto que había preferido omitir que había nacido allí y lo entendió, pues la gente no solía tratar del mismo modo a quienes habían sido esclavos y él, por lo tanto, no lo revelaba sin un motivo de peso, sobre todo ante blancos.

El señor Brooke intensificó su mirada y dijo:

—Tras la guerra quise asegurarme de que nuestra lucha, y con ella nuestros muertos, no había sido en vano y por eso me inscribí en la agencia. No vayan a cometer el mismo error que yo pensando que es posible mejorar de veras la situación desde aquí. No hay nada que podamos hacer para garantizar los derechos de los libertos, conque vuélvanse a Ohio. Yo, cuando cierren esto, pienso volver con los míos para ayudarlos. Mi madre ya se ha sacrificado bastante. Mi hermano perdió una pierna y mi padre tiene los nervios destrozados. Me necesitan. —Clavó la mirada en Samuel en espera de una respuesta.

—Lo entiendo, señor. Tendré en cuenta su consejo, pero, en este momento, mientras todavía estamos aquí usted y yo, le agradeceríamos muchísimo cuanto pudiese hacer por reunirnos con nuestras sobrinas.

—Descripción —siguió diciendo el otro.

Samuel respondió tan bien como le fue posible. La información de que disponían era tan exigua que Jordan apenas abrigaba esperanzas de que fuera posible dar con Sophia y Ella.

—¿No tiene una lista que pueda mirar para ver si ya cuentan con algún dato de ellas? —preguntó su madre.

El señor Brooke la miró como sorprendido de que supiese siquiera hablar y chasqueó la lengua antes de sacar una hoja de papel impreso.

—¿Debo suponer que no saben leer...? —dijo.

—Mi hermana y yo hemos recibido una buena formación académica —respondió Samuel—. Ella es maestra y yo soy abogado.

—Mmm... —gruñó el señor Brooke antes de dar la vuelta al documento para que pudiera consultarlo—. En ese caso, miren a ver si están aquí.

Así lo hicieron, pero no dieron con nada que pudiera llevarlos a Ella ni a Sophia. Antes de salir del despacho, aquel hombre entregó a Mattie un cuadernillo titulado «Consejos sencillos para libertos», escrito por Clinton B. Fisk, subcomisario de la agencia. Mattie se lo tendió a Jordan, que lo ojeó de camino a casa de la señorita Grace. Aún no había acabado cuando se acomodaron en el salón de la hospedería. A medida que avanzaba en su lectura, iba aumentando su indignación, hasta que al final estalló:

—¡Escuchad esto!

Dejen que les diga algo acerca de su antiguo amo. Puede que fuese un amo excelente o que no lo fuera tanto como era su obligación, pero todo eso es agua pasada: él ya no es su amo y debo recomendarles encarecidamente que se avengan con él.

Él también ha sufrido, igual que ustedes, en la guerra. Ha visto que su riqueza se disolvía como se derrite la cera puesta al fuego. Ha visto a parientes cercanos, en muchos casos sus propios hijos, morir en el campo de batalla o quedar lisiados de por vida sin que el Gobierno vaya a otorgarles pensión alguna por el hecho de no haber combatido bajo su bandera. Ustedes han recibido la libertad en contra de la voluntad de él y todo el dinero que había pagado para adquirirlos sirve de tanto como si lo hubiera arrojado al mar.

La joven alzó la mirada del panfleto y se preguntó:

—¿Qué esperan, que los libertos se compadezcan de sus antiguos propietarios porque han perdido parte de su dinero?

Agitó la cabeza y siguió leyendo:

Es totalmente normal que se sienta resentido, que llore su pérdida, que necesite tiempo para adaptarse al nuevo orden de cosas y que tarde unos años en renunciar a sus modales de amo, como a ustedes les resultará difícil desprenderse de sus hábitos de esclavos.

También es natural que se muestre severo con ustedes. Es cierto que ustedes, en su servidumbre, no han hecho nada por agitar la situación, no se mezclaron en política, no eran republicanos ni demócratas y no propiciaron la guerra, y él reconoce que durante todo el conflicto se condujeron con corrección. Sin embargo, cada vez que los ve, le resulta imposible pensar en el gran cambio que se ha producido sin culparlos por ello, a pesar de que su entendimiento le diga que debería elogiarlos en lugar de censurarlos.

Deben pensar en estas cosas y mirar con clemencia a su antiguo amo. Puede ser que hayan crecido con él en la misma plantación. No se malquisten ahora: si pueden, aúnen intereses para vivir y morir juntos.

Mattie chasqueó la lengua varias veces.

—¡«Aúnen intereses»! Este hombre no tiene ni idea de lo que está diciendo.

Ustedes desean su dinero, o sus tierras, y él quiere su mano de obra. Sin ustedes no puede seguir adelante y, en la mayoría de los casos, verán que se trata de un hombre tan amable, honrado y liberal como el que más. De hecho, les profesa algo semejante al afecto que se tiene por un familiar y, pese al rencor, he podido comprobar que les desea un futuro próspero. Sean francos, pues, con él y trátenlo con respeto.

No piensen que, para ser libres, tienen que indisponerse con su antiguo amo, hacer las maletas y mudarse a una ciudad extraña. Es un gran error. Como norma general, por el momento, pueden ser igual de libres y de felices en su antiguo hogar que en cualquier otra parte del mundo.

Jordan alzó la vista del texto con expresión incrédula.

—¡Y esto lo dice la Agencia de Libertos! ¿Cómo pueden animar a los antiguos esclavos a ser clementes con sus amos y «vivir y morir» con ellos?

La señorita Grace se echó a reír.

—¡Ay, estos norteños! Creen que saben algo y no tienen la menor idea. Fingen que el conflicto se ha acabado para poder salir de aquí con la conciencia tranquila. Puede que los hacendados se hayan rendido al Gobierno de los Estados Unidos, pero ¡ni en sueños nos respetarán ni compartirán con ninguno de nosotros sus riquezas! Para eso todavía queda mucho por luchar...

Capítulo trece

Condado de Charles City (Virginia)

Lisbeth y mamá Johnson estaban preparando el almuerzo mientras Sammy y Sadie atendían a los animales con el tío Mitch y el abuelo. La cocina de aquella vieja granja estaba tan anticuada que Lisbeth valoró su propia hornilla y sus cacharros. No se había detenido a pensar en lo que echaba de menos el sencillo placer de cocinar.

—¿A qué hora llega nuestra invitada? —preguntó.

—A mediodía, más o menos. No sabes lo que te agradezco que no tengas inconveniente en que recibamos a la señorita Thorpe mientras estáis de visita. Si es raro que tengamos un invitado, ¡imagínate dos! No, desde luego, vosotros no sois una visita. ¡Menuda sorpresa, cuando nos pidió el reverendo que la acogiéramos a nuestra mesa durante sus viajes!

—Creo que me parecerá interesante —respondió su nuera—. Tengo curiosidad por saber más sobre las escuelas de libertos. Además, estoy convencida de que a Sammy le vendrá bien ver que hay gente blanca ayudando a los esclavos emancipados.

—¿Cómo te ha ido con tus padres?

La anciana se sorprendió al ver que su nuera se desmoronaba ante aquella pregunta. Lisbeth miró a su suegra y dijo:

—Ha sido… —buscó la definición correcta— todo un desafío. Me honra cuidar de mi padre en sus últimos días, pero resulta todo tan poco prometedor… La actitud de mi madre no deja de confundirme. Un día es amable conmigo y al siguiente se muestra hostil. No ha demostrado ningún interés en conocer a mis hijos y eso me duele. Julianne y Jack se han encariñado con Sadie, pero temo que su influencia interfiera en los valores que les estamos inculcando. —Le falló la voz—. Y, por si fuera poco, tengo la impresión de que Sammy se siente defraudado después de conocer mis orígenes.

Su anfitriona le dio unas palmaditas en la mano.

—Me las estoy arreglando, pero echo de menos a Matthew y no sé cuánto tiempo más tendré que estar lejos de él. En fin, ya está bien de hablar de mí. ¿Tiene noticias de Michael o de Maggie? ¿Cómo les va en California?

—Por lo que cuentan en la carta de esta semana, han tenido una cosecha magnífica de albaricoques que ha alcanzado un precio excelente en San Francisco. Al parecer, el clima de Oakland es estupendo para todos los frutales que están cultivando. Dicen que su comunidad ha cambiado mucho desde que llegaron allí, hace ya dos años. En breve la población será de diez mil personas.

—Debe de echarlos de menos.

—Aurelia y Emma han crecido mucho. Sus cartas son una bendición, pero no es lo mismo que estar con ellos.

—Siento mucho que todos sus nietos vivan lejos —dijo Lisbeth, que imaginaba lo que debía de ser verse separada de sus propios hijos.

—A Ohio podemos viajar, pero… —la voz se le tensó— me temo que a Aurelia y a Emma no las volveremos a ver nunca.

A su nuera se le hizo un nudo en el estómago ante tal aseveración.

Los ojos de mamá Johnson se llenaron de lágrimas.

—California está lejísimos. Nos han animado a que nos mudemos allí, pero no nos hacemos a la idea de dejar este hogar, a nuestros hermanos, a Mitch, las visitas que os hacemos a vosotros...

—Los cambios que se están dando en nuestra nación están desgarrando a las familias.

Su suegra asintió sin palabras antes de ponerse a mezclar la masa del bizcocho con gesto apesadumbrado.

Cuando mamá Johnson dio gracias al Señor por los alimentos y por los comensales reunidos en torno a ellos, Lisbeth sintió con intensidad la mezcla de dicha y pena de aquel momento. Estar con aquella parte de la familia era un placer del que no podía disfrutar a menudo. Quería saborearlo por ella y por sus hijos, pero era muy consciente de que aquella sería una visita demasiado breve.

Sadie la había tomado de la mano izquierda y Sammy de la derecha. Frente a ella tenía un montón enorme de maíz hervido y una fuente de galletas de suero de mantequilla flanqueados por dos pollos asados. Los anfitriones estaban sentados a los dos extremos de la mesa. Mitch y Margaret Newbold Thorpe, la maestra de la escuela de libertos de Williamsburg, se encontraban frente a ella y sus hijos. Lisbeth no veía la hora de conocer de boca de la señorita Thorpe su propia experiencia. La conversación, sin embargo, pronto se tornó difícil.

—Estoy orgullosa del trabajo que desempeño aquí —dijo la invitada—. Considero mi deber de cristiana educar a los negros tanto como sea posible. Aunque desde el punto de vista intelectual no serán nunca iguales que los blancos, sus ganas de trabajar y su actitud alegre los convierten en alumnos muy comprometidos. Hay que agradecer que no estén en posición de verse desmoralizados por la comparación con los niños blancos, ya que sus logros jamás estarán a la par de los que puedan alcanzar los niños de nuestra raza.

Sammy miró a su madre con gesto indignado.

—Parece que tienes algo que decir al respecto, Sammy —dijo Johnson padre.

El niño confirmó la impresión de su abuelo con un movimiento rápido de cabeza.

—Pues adelante —lo instó—. En esta mesa se agradecen todas las opiniones, hasta las de los niños.

El pequeño, alentado por sus palabras, declaró entonces:

—Henry es el mejor de mi clase y es negro puro.

—Te habrás equivocado —replicó la maestra—. Muchas veces, los mulatos parecen negros. Seguro que tu compañero tiene sangre blanca.

Sadie intervino entonces sin vacilar.

—La señorita Jordan es negra y es tan lista que estudió en la Universidad de Oberlin.

—Siento que me hayáis interpretado mal. Valoro vuestra opinión y el apoyo entusiasta que ofrecéis a la raza negra —se explicó la señorita Thorpe—. Yo también llegué al cargo que ocupo con la misma inocencia infantil.

Lisbeth no pudo sino crisparse por defender a sus hijos y sentirse obligada a participar en la discusión con aquella mujer condescendiente.

—¿Cree usted en el sufragio negro? —preguntó.

La invitada movió lentamente la cabeza en señal de negación.

—Ya no. Mi experiencia docente en la escuela de libertos me ha hecho entender con claridad las capacidades de los negros y abandonar el idealismo ciego que me nublaba la razón. Mis convicciones se fundan en la verdad de la experiencia, que me permite aseverar que los negros no nacen con el entendimiento necesario para penetrar las complejidades de nuestro sistema electoral.

»Es una crueldad animarlos a perseguir oportunidades que no están al alcance de sus competencias naturales. Las vacas no vuelan ni las águilas dan leche —proclamó.

—¿Y los mulatos? —quiso saber Mitch.

—Como esta es una conversación entre amigos y puedo hablar con franqueza, diré que, en mi opinión, lo mejor que pueden hacer es crear su propia nación donde alcanzar sus propias cotas de prosperidad sin el estorbo de los negros. Algo parecido a Liberia, aunque quizá en el Caribe más que en África.

—Pues mi madre piensa que tendría que poder votar todo el mundo, hasta las mujeres —aseveró Sadie.

Todos miraron entonces a Lisbeth, que sintió que se le aceleraba el pulso ante el temor de granjearse el desdén de los demás comensales. Se llenó de aire los pulmones con la esperanza de sonar así calmada.

—Tanto Matthew como yo abogamos por el sufragio universal.

—¿Y también estáis a favor de la igualdad de los sexos? —preguntó su cuñado—. Tú te encargas de la granja mientras Matthew tiene hijos.

Toda la mesa prorrumpió en una sonora carcajada.

—Es que yo trabajo en la granja y Matthew ayuda con los niños. Tenemos funciones diferentes, pero complementarias. Mi deseo y mi derecho de poder votar no me harán menos mujer ni a él menos hombre.

—Era broma, hermana. No te pongas tan seria —repuso Mitch—. A lo mejor no somos tan radicales como Matthew y tú, pero somos republicanos leales.

—El juez Underwood comparte vuestro pensamiento, y yo también —declaró mamá Johnson—. Él ha defendido con vehemencia tanto el sufragio femenino como el sufragio negro.

—¿Quién? —preguntó Sammy.

—John Underwood, el magistrado federal que presidió la Convención Constitucional de Virginia este mismo año —explicó Johnson padre.

—De todos modos —apuntó su tío—, en las próximas elecciones presidenciales no votarán los virginianos, sean hombres, mujeres, blancos o negros.

—¿Por qué no? —quiso saber el niño.

—Porque vuestro Congreso no nos dejará volver a la Unión hasta que Virginia tenga una nueva Constitución —dijo mamá Johnson—. Esta primavera se redactó un borrador en la Convención Constitucional, pero todavía no lo han ratificado. El texto, la Constitución Underwood, como la llamamos nosotros, concede el derecho a los negros, pero no a las mujeres.

—¿Se teme que no se ratifique? —preguntó Lisbeth.

—Hay controversia, por supuesto. Parece que no podemos dejar de pelearnos. —Mitch meneó la cabeza—. Los reconstruccionistas más radicales quieren educación pública y derecho al voto para todos los mayores de veintiún años, incluidas mujeres, excepto para quienes combatieron en el bando confederado, pero los veteranos sudistas no renunciarán tan fácilmente a sus facultades.

—El borrador intenta alcanzar un término medio —señaló el padre—. Incluye el derecho a la educación pública y al sufragio universal masculino, del que excluye solo a los oficiales confederados.

—No sabes lo defraudada que me sentí cuando supe que era mi derecho al voto a lo que estaban renunciando para sacarlo adelante —aseveró la señora Johnson.

—Entonces, abuela, han estado a punto de dejarte que votes —comentó Sadie, pese a que Lisbeth había pensado que estaba sumida en su mundo y ajena a la conversación.

—¿Quién es quien decide? —preguntó Sammy.

—¿Quien decide qué? —dijo su tío.

—Cómo será la Constitución.

—De aquí a poco lo votaremos.

—¿Y las mujeres votarán que no van a votar?

Los adultos se echaron a reír y el niño se mostró ofendido. Lisbeth reparó en que estaba planteando un argumento válido. No había sido ajena a las noticias relativas al lento regreso de los estados confederados a la Unión. El proceso, confuso, era reflejo de las limitaciones de la Constitución estadounidense.

—Sammy, te has dado cuenta de una paradoja desconcertante de nuestra democracia —aseveró poniéndose de parte de su hijo—. Te preguntas quién tiene derecho a votar sobre quién tiene derecho a votar.

—Sí. ¿Por qué no dejan que voten todos? —preguntó perplejo el niño.

Johnson padre dijo entonces:

—En el Sur muchos piensan que debe decidirlo cada estado.

El pequeño conocía el argumento en la teoría, aunque en Oberlin no había oído nunca a nadie abogar directamente por la primacía de los derechos estatales frente a los federales.

—Me parece, Sammy, que lo que estás proponiendo es que la Constitución federal se aplique a todos los residentes en los Estados Unidos, pero no todo el mundo está de acuerdo con eso —le explicó Mitch—. Muchos defienden que cada estado tenga el poder de decir quién puede considerarse ciudadano.

—¿Qué? —preguntó su sobrino.

Su abuela le respondió:

—No te preocupes si te sientes desorientado, Sammy. Piensa que los hombres de nuestra nación están tan confundidos por estas cuestiones que hasta hemos tenido que vivir una guerra para intentar resolverlas.

—Que sepas —dijo el cabeza de familia en tono tranquilizador— que nosotros creemos, como tú, que habría que darles el derecho de ciudadanía a todos los adultos. Lo que pasa es que por esta región estamos en minoría.

El niño se sintió aliviado por la declaración de su abuelo, aunque seguía perplejo con la conversación. Sadie daba la impresión de haber dejado de prestar atención hacía un rato y se había puesto a tararear una canción para sí, en voz tan baja que solo la oía Lisbeth.

—Este año he topado con una porción muy irrespetuosa e iracunda de esta comunidad. —La señorita Thorpe volvió a atraer hacia sí la atención. Cuando tenía puesta en ella la mirada de todos, prosiguió—: Uno de mis compañeros recibió la visita del Ku Klux Klan.

—¿Está segura de que eran ellos? —preguntó Mitch.

—Llevaban las sábanas esas que tanto les gustan y dijeron ser el verdadero Ku Klux Klan. Al principio pensamos que no harían daño a nadie, que solo querían divertirse y asustar a los negros para que no votasen el programa republicano, pero pudimos comprobar que no era así.

Lisbeth miró a sus hijos y se alegró de que Sadie siguiera sumida en sus pensamientos. Sammy, sin embargo, estaba pendiente de cada palabra. Como había leído un artículo sobre aquel KKK, explicó al pequeño:

—Se trata de una organización nueva de hombres blancos que se han propuesto acabar con los derechos de los negros y parece ser que no dudan en usar la violencia para alcanzar sus propósitos.

—¡Yo he visto sus tácticas con mis propios ojos! —exclamó la señorita Thorpe—. Sacaron a un pobre misionero de la cama en pijama y le dieron una paliza. Su mujer estuvo con él en todo momento y lo trajo después medio muerto. Yo fui una de las mujeres que lo cuidaron, así que puedo dar fe de ello.

El gesto aterrado de Sammy se clavó como una saeta en el corazón de su madre. Aquel viaje lo estaba exponiendo antes de tiempo a los aspectos más brutales de la vida. Miró a Sadie y comprobó

que su inocencia, en cambio, seguía inalterada. Entonces volvió a
centrar la atención en el niño para darle unas palmaditas en el brazo
mientras le susurraba al oído:

—Tranquilo, que a nosotros ese Ku Klux Klan no nos hará
nada.

—¿Y a la señorita Jordan y la señora Freedman? —repuso con
expresión implorante y ojos de pánico—. ¿No les harán nada?

—Yo creo que están a salvo, Sammy. —Lisbeth trató de calmar
al chiquillo cuando, en realidad, le angustiaba pensar en las probabilidades de que el KKK fuese a complicar aún más la situación de
Mattie y de su hija.

Capítulo catorce

Jordan

Richmond (Virginia)

—Es mejor que no se hagan ilusiones —les advirtió sin rodeos la señora Avery, metodista blanca al cargo del orfanato—. De todos quienes vienen aquí deseosos de encontrar a sus familiares, que no son pocos, la mayoría se va desengañada.

—Pero ¿hay alguna probabilidad de que las encontremos? —preguntó Samuel.

—Claro que sí. Hay familias que han vuelto a reunirse, al menos en parte. Yo todavía no conozco a ninguna que haya encontrado a todos sus miembros, pero supongo que deben de existir. A nosotros nos da una alegría tremenda conseguir que los confiscados, tengan la edad que tengan, acaben encontrando un hogar permanente.

—«Confiscados» —repitió Jordan indignada—. ¡Qué forma tan cruel de hablar de chiquillos!

La señora Avery asintió con una sonrisa apretada y triste.

—No es ningún halago, ¿verdad? Primero los llaman esclavos y, luego, confiscados.

—Pero ¿cómo pueden considerarlos un botín de guerra?

Samuel respondió:

—Estos niños trabajaban como mulos y el Gobierno de los Estados Unidos no quiso que su energía pudiese ser de ayuda a la causa de los confederados, de modo que los animaron a venir aquí.

—Ojalá de aquí a poco seamos todos gente nada más —dijo Mattie.

—Dios te oiga, mamá —repuso Jordan.

La señora Avery anunció de camino al patio trasero:

—Voy a reunir a todas las niñas para que puedan hablar con ellas.

—Tienen nueve y doce años, así que nos bastará con ver a las niñas de esa edad —aseveró Jordan.

Su madre negó con la cabeza.

—Estos niños no saben qué edad tienen —sentenció.

—¿De verdad? —preguntó la joven.

—No han tenido a nadie que fuera llevándoles la cuenta. En los campos no hay calendarios. Puede que les digan que ha llegado un nuevo año, pero no qué año es.

Aunque la situación cobró sentido una vez explicada, resultaba muy triste imaginar que aquellas criaturas no supiesen siquiera la edad que habían cumplido.

—Creo que lo mejor será dejar que sea mamá la que hable con ellas —dijo Samuel.

—De acuerdo —convino Jordan, más por pensar que aquel detalle no tenía gran importancia que por entender la postura de su hermano.

El patio no podía calificarse de deprimente, pero tampoco era nada agradable. El suelo de tierra apisonada estaba sembrado de charcos y de barro, rodeado de algún que otro banco y exento por completo de vegetación. Los niños daban patadas a un balón o hacían girar una cuerda para que sus compañeros saltaran al ritmo mientras cantaban. Jordan sonrió al ver a los que jugaban a dar palmadas. Los críos encontraban algo con lo que divertirse hasta en las circunstancias más desmoralizadoras.

Aunque algunos daban la impresión de haber dejado hacía poco el pañal, la señora Avery los informó de que la desnutrición había hecho mella en el crecimiento de más de uno de aquellos pequeños, que podían tener nueve años y aparentar cinco, por lo que era imposible determinar la edad de ninguno de ellos por el aspecto o por cómo hablaba.

Todos dejaron de jugar para arracimarse en torno a la señora Avery sin dejar de mirar boquiabiertos a los recién llegados. Estaban escuálidos, pero parecían encontrarse en buen estado de salud. Las niñas tenían el pelo cortado a distintas alturas y con estilos diferentes: algunas lucían trenzas gruesas, otras llevaban el cabello recogido hacia atrás y las había también que lo tenían suelto como un halo alrededor de la cabeza.

—La señora Mattie está buscando a su familia —les explicó la señora Avery—. Tenéis que responder con sinceridad. Si no sabéis algo con seguridad, podéis decirlo. Que respondan solo las niñas.

—¿A alguna de vosotras la llamaban Sophia o Ella de pequeña? —preguntó Mattie.

Siete de ellas levantaron la mano. Una dijo:

—Yo creo que era Sophia, señora.

Mattie pidió a todas ellas que formaran un grupito a la derecha del resto.

—¿Alguien tiene una mamá que se llama Sarah? —preguntó a las que quedaban del conjunto original.

Entonces se levantaron algunas manos más.

—Yo —se oyó decir al unísono.

Les pidió que se unieran a las que había elegido antes y, a continuación, hizo algunas preguntas más para dirigirse después al grupito nuevo y estrechar las probabilidades. Una de las que habían quedado al margen de este segundo interrogatorio tiró de la falda de Jordan con su brazo flacucho para anunciarle:

—Si me elegís, no os arrepentiréis. Soy más rápida que nadie recogiendo y sé limpiar.

A la joven, la confianza que rebosaba aquella cría le resultó divertida y triste, a un tiempo, la rapidez con que se había ofrecido para trabajar.

—No estamos buscando peones —le explicó—, sino a nuestras sobrinas.

—Hablas como una señora blanca —declaró la niña.

Jordan se echó a reír.

—Puede ser. Donde yo vivo, hay mucha gente de color que habla así.

—¡Tú no eres de color! Tú eres una negrata, como yo —dictaminó la chiquilla.

A Jordan le resultó descorazonador oír usar aquel término con tanta soltura, sobre todo en boca de una niña negra. Aprovechó la ocasión para ilustrarla al respecto.

—Además, donde yo vivo no usamos esa palabra —le explicó con firmeza.

Haciendo caso omiso de la reprimenda, la niña preguntó:

—¿Y cómo es que hablas así?

—Porque he ido a la escuela.

La pequeña abrió los ojos de par en par y se llevó una de sus manos magulladas a la boca para tapársela.

—Los negros no pueden aprender. ¡Es pecado! Jesús te mandará al infierno.

—Eso es mentira —corrigió Jordan con la esperanza de que los que estaban a su alrededor la estuvieran escuchando también—. Dios quiere vernos florecer a todos para dar el máximo de nosotros mismos. Quien te haya contado eso solo quería oprimirte en su propio provecho. Ten por seguro que no estaba persiguiendo ningún fin divino.

La niña entornó los ojos y preguntó:

—¿Sabes leer y escribir?

Jordan asintió sin palabras.

—¡A ver, demuéstramelo! —exclamó la pequeña.

Jordan se echó a reír. Buscó a su alrededor un palo con el que hacer trazos en la tierra.

—Normalmente escribo con tiza en la pizarra o con pluma en un papel, pero con esto me las arreglaré. ¿Cómo te llamas?

—Tessie —proclamó orgullosa la pequeña—, como mi bisabuela.

—Pues mira, Tessie: así queda tu nombre escrito —anunció antes de grabar las letras en mayúscula en el suelo.

—¿Y cómo sé que no te lo estás inventando? —la retó la niña.

Jordan sonrió al entender que estaba ante una personita muy inteligente. Señaló a Samuel y repuso:

—Pídele a mi hermano que te lo lea, y verás cómo lee tu nombre.

Tessie puso gesto receloso y Jordan levantó las cejas e hizo un enérgico movimiento de afirmación con la cabeza.

—Se llama Samuel y es muy amable. Ve a preguntarle.

—¡Oye, Samuel! ¿Qué dice aquí?

El joven se acercó y leyó en voz alta:

—«Tessie.»

La cría lanzó un chillido y se puso a dar saltos. Entonces se echó a dar vueltas sobre sí misma agitando los brazos mientras decía a las niñas que la rodeaban:

—¿Lo habéis oído? ¡Ha dicho mi nombre!

Sus compañeros sonrieron y asintieron con la cabeza. Cuando recobró la compostura, pidió:

—¡Otra vez!

Jordan se avino a hacer lo que le pedía.

—Está bien, pero, ahora, dile a Samuel lo que quieres que escriba y yo lo leeré.

La joven se apartó unos pasos y observó a su madre, quien, agachada, hablaba con un grupito de niñas mirando fijamente a los ojos de color castaño oscuro de una niña muy pequeña que movía la cabeza con gesto afirmativo ante una pregunta que no alcanzó a distinguir.

Tessie le tiró entonces del brazo para recuperar su atención. El grupo de niñas que se había congregado alrededor de Samuel dejó un hueco para las dos. Cuando Jordan leyó para sí las palabras que había escritas en la tierra, el corazón le dio un vuelco y las lágrimas empujaron para brotarle. Se aclaró la garganta y dijo:

—«Llévame contigo.»

—¡Eso es! —exclamó ella con la voz llena de emoción—. ¡Eso es lo que le he susurrado al oído!

—Yo sé hacer una de esas —aseveró una de las niñas sin alzar la voz.

—¡Mentirosa! —le espetó otra.

Jordan la miró con detenimiento. Llevaba la misma bata de muselina parda que el resto y tenía el cabello recogido en una sola trenza desaliñada de cuyos lados escapaban mechones de pelo.

—Mamá —dijo para hacerse oír al otro lado del patio y, al ver que Mattie no respondía, repitió en voz más alta—: ¡Mamá!

Su madre alzó la vista y ella agitó el brazo para indicarle que se acercara. Cuando la tuvo al lado, Jordan señaló a la niña y dijo:

—Mira el collar que lleva.

Mattie se acercó a la criatura. Tenía los ojos oscuros y redondos y la piel del mismo tono que ella. Era tan pequeña que parecía imposible que tuviese nueve años y, menos aún, doce.

—¿Sabes de dónde has sacado esa concha marina que llevas al cuello?

La chiquilla tomó el colgante con su mano manchada de tierra y movió la cabeza hacia arriba y hacia abajo, haciendo botar la trenza.

—Es mía. Se lo juro. No se la he quitado a nadie. —Los ojos se le llenaron de lágrimas.

Mattie metió una mano debajo de su camisola y sacó una concha idéntica a la suya.

—Mira —dijo con dulzura—, yo también tengo una.

La pequeña abrió dos ojos como platos. Jordan sintió que la invadía una oleada de emoción. ¿Podía tratarse de Ella o de Sophia?

—La mía me la dio mi madre —anunció Mattie con voz tranquila, aunque Jordan supuso que debía de estar tan entusiasmada como ella—. ¿La tuya te la dio también tu mamá?

La niña se encogió de hombros antes de bajar la barbilla y decir:

—A lo mejor.

Jordan se agachó para preguntarle:

—¿Cómo te llamas, cielo?

La cría volvió a levantar los hombros.

—¿No tienes nombre? —Jordan sonrió. Aunque transmitía calma, ardía en deseos de oír la respuesta.

—Sallie. Los soldados me llaman Sallie —dijo ella, en voz tan baja que Jordan tuvo que inclinarse aún más hacia ella para oírla—, pero antes de que llegaran los soldados me llamaba May.

—¿Te acuerdas de cómo te llamaba tu mamá? —preguntó Mattie.

La pequeña meneó la cabeza de un lado a otro con suavidad.

—¿Y sabes escribir? —preguntó la joven dulcemente, haciendo lo posible por alentar a la chiquilla sin asustarla.

—Sé una —repuso Sallie o May.

—¿Una palabra? —la animó Jordan.

La niña se encogió de hombros.

—Enséñamela —pidió Jordan sonriente.

Samuel le tendió el palo y la cría lo asió por arriba. Cuando lo apretó contra el suelo, se partió por la mitad. La pequeña quedó petrificada y abrió los ojos de par en par con gesto alarmado.

—No pasa nada —la tranquilizó la joven—. Usa solo ese trocito. Así es más fácil.

Sin prisa, la cría trazó una línea de arriba abajo y, a continuación, le unió sendas horizontales en la parte alta, el centro y el extremo inferior. Jordan sintió un escalofrío por la espalda.

—¿Eso es una *E*? —quiso saber Mattie—. ¿Una *E* de Emmanuel?

—Sí —repuso Samuel—, y también de Ella.

—Me lo enseñó mi mamá —dijo la niña—. Eso sí lo recuerdo de antes.

—¿Tienes una hermana? —preguntó Mattie sin poder disimular cierta emoción en la voz—. ¿Y una abuela?

La pequeña asintió. El patio se había sumido en el silencio. Todos se habían arremolinado a su alrededor y escuchaban con atención sin atreverse a pronunciar palabra.

—¿Y os separasteis las dos a la vez de vuestra madre? —preguntó Samuel.

Su respuesta volvió a ser afirmativa.

—¿Tu hermana era mayor que tú?

—¿Quiere decir que si era más grande? Sí.

—¿Te acuerdas de un río? —quiso saber Mattie.

La niña negó con la cabeza.

—No, señora.

Mattie la miró fijamente. A Jordan le pareció que Sallie o May guardaba cierta semejanza con Sarah, pero, al estar la prima tan avejentada, era imposible afirmarlo con seguridad. Estudió a su madre para tratar de averiguar lo que estaba pensando, pero no resultaba fácil leer su rostro.

—Había un sauce —añadió la cría—. De eso sí me acuerdo.

Mattie dejó caer los hombros aliviada y dibujó una sonrisa agridulce con los labios mientras asentía con la cabeza. Había tomado una decisión.

—Yo también me acuerdo del sauce. —Abrió los brazos, dispuesta a envolver a la pequeñina, pero esta no hizo ademán de querer aceptar aquella muestra de cariño. Entonces frotó los brazos de la niña, agarrotados a los costados, y dijo:

—Creo que tú eres mi sobrina nieta. Vamos a ayudarte a encontrar a tu mamá.

Sallie o May o Ella abrió mucho los ojos y dijo:

—Gracias, señora.

—¿Está tu hermana aquí también? —quiso saber Jordan.

Sallie o May o Ella levantó los hombros.

—Yo puedo ser su hermana —declaró Tessie.

Entonces intervino la señora Avery.

—A Sallie nos la trajeron de Carolina del Norte y a Tessie, de Tennessee.

—¡De Carolina del Norte! —repitió Mattie.

Samuel asintió antes de decir:

—Señora Avery, eso confirma nuestras sospechas, porque nuestra sobrina vivía en Carolina del Norte.

—¿Os la vais a llevar a ella en vez de a mí? —los desafió Tessie.

A Jordan se le hizo un nudo en el estómago. Se había centrado tanto en Sallie o May o Ella que se había olvidado por completo de Tessie.

—Lo siento mucho, de verdad, pero creemos que es familia nuestra.

—Si me lleváis a mí también con vosotros, seré buena. ¡Lo prometo! —dijo ella suplicando tanto con la mirada como con las palabras.

La joven se sintió enfermar. Aquella niña precoz y entusiasta, a la que le bastaría disfrutar de los cuidados necesarios para florecer, estaba condenada a marchitarse sin ellos. Miró a su madre con la esperanza de que tuviese una respuesta apropiada.

—Tu familia te encontrará, seguro —aseveró Mattie.

Tessie negó con la cabeza.

—Están todos muertos —explicó y, de pronto, adoptó una expresión alegre para añadir en un tono desenfadado, casi desafiante—: No os preocupéis. Aquí me quieren mucho. ¿Verdad que sí, señora Avery? Dice usted que soy la que más ayuda.

La señora Avery lo confirmó con una inclinación de cabeza y ofreció una sonrisa dulce a aquella superviviente antes de decir:

—Sí, señorita. No sé cómo me las ingeniaría sin ti. —Entonces miró a Mattie para comunicarle—: Pueden llevarse a Sallie. Lo único que necesito es una dirección de contacto y la promesa de que no la usarán como criada.

Jordan quedó anonadada.

—¿Con nuestra palabra les basta?

—No tenemos los medios necesarios para investigar a las familias —explicó la señora Avery—. Hay días que hasta nos maravilla tener suficiente comida para alimentar a todos estos críos.

Rellenaron un papel en el que consignaron sus direcciones, la provisional y la permanente, y pudieron irse.

—¿Tiene alguna pertenencia que debamos recoger antes de marchar? —preguntó Jordan.

—Pueden quedarse con la bata y los zapatos que lleva puestos —respondió la señora Avery.

—¿Eso es todo? —La joven miró a la mujer y a la niña.

Las dos asintieron sin palabras y a Jordan se le encogió el corazón. Nada más. ¿Cómo no iba a tener aquella chiquilla más posesión que la ropa que la cubría y un collar?

Miró a Sallie esperando verla emocionada al dejar el orfanato, pero el rostro de la niña no revelaba agitación alguna. Entonces, volvió la vista y vio a Tessie mirándolos desde una ventana con la nariz de color chocolate pegada con fuerza al cristal. A Jordan se le cayó el alma a los pies. Se prometió regresar con un obsequio para aquella niña antes de volver a casa, se prometió llevar algo a aquellos huérfanos que nada tenían.

—¿Cómo quieres que te llamemos? —preguntó a la niña mientras regresaban a la hospedería de la señorita Grace.

—Como prefieran —respondió ella.

Mattie intervino con gesto indignado.

—Tu nombre es una cosa importante. Es lo primero que conoce la gente de ti.

La niña se encogió de hombros, como abrumada ante aquel ofrecimiento, y Jordan pensó que lo mejor era planteárselo de la forma más sencilla posible.

—Yo creo que, de entrada, tienes tres opciones preciosas: Ella, May o Sallie.

—¿Dicen que mi madre me puso Ella? —preguntó.

—Eso creemos —repuso Samuel—. No estamos seguros de que nuestra prima sea tu madre, pero sí tenemos razones de peso para pensar que sí.

—Entonces, si no están convencidos del todo —dijo ella con nostalgia—, el nombre que escoja podría durarme muy poquito.

Jordan se sintió mal por la pequeña. Quería poder garantizarle que eran su familia, pero no tenían modo alguno de comprobarlo hasta que la viese Sarah. Ni se atrevía a pensar en lo que sería de la niña si resultaba que se habían equivocado. Llevarla de nuevo al hogar de acogida sería una crueldad espantosa. Apartó aquel pensamiento de su cabeza, convencida de que no tenía sentido reflexionar al respecto hasta que llegase la ocasión.

—Haz una cosa —propuso Mattie—: elige un nombre que te guste y podrá ser tuyo para siempre sin importar cómo te llamen los demás.

Estuvieron un rato andando en silencio. Jordan ofreció la mano a la chiquilla al ir a pasar de una acera a otra, pero ella la miró con gesto confundido.

—Cuando paseo con niños —se explicó la joven—, los tomo de la mano al cruzar la calle por su seguridad.

La pequeña le tendió la mano magullada y Jordan se la envolvió con los dedos. La niña, sin embargo, la dejó lacia mientras alzaba la mirada hacia la otra con una sonrisa dulce y discreta. Al llegar al lado opuesto, Jordan no la soltó ni la niña hizo nada por apartarla. Siguieron caminando, muy juntas y sin decir palabra.

—Ella —anunció de pronto la cría—. Aunque no sea quien creen que soy, me llamaré Ella, que es un nombre que puso una madre. Lo mismo no es la mía, pero lo eligió una madre para alguien.

—Eso suena muy bien, Ella —sentenció Mattie inclinando la cabeza con una sonrisa amable.

Jordan rezó para sus adentros: «Por favor, Dios mío, por el bien de las dos, que esta pequeñina sea la hija perdida de la prima Sarah».

En aquel momento pasó al trote un caballo castaño con un hombre blanco que sostenía las riendas mientras contemplaba la escena. A Jordan se le aceleró el corazón. Resultaba extraño ver a un blanco en aquella parte de la ciudad. No había tardado en comprender que había barrios para blancos, otros para gentes de color y otros, los menos, mixtos. Sabía que era mejor evitar los primeros durante su estancia allí. El jinete se detuvo de improviso unos pasos más adelante y, aunque el instinto la impulsó a dar media vuelta y apretar el paso en el sentido contrario, supo contenerse.

—Mamá, ¿nos volvemos? —susurró.

Antes de que pudiese responder Mattie, el hombre se dio la vuelta para mirarlos y, desde su montura, preguntó a voz en cuello:

—¡Eh, tú, chaval! ¿Qué haces, que no estás trabajando?

—Hemos venido a visitar a unos familiares, señor —repuso la madre—. Tenemos nuestro trabajo en casa.

El hombre se apeó del caballo y se acercó a pie hasta ellos sin apartar la mirada de Samuel. Jordan rodeó a Ella con un brazo protector y se acercó a Mattie.

El desconocido clavó entonces sus ojos azules en esta última.

—¿Estoy hablando contigo?

—No, señor —dijo ella humillando la cabeza—. Perdóneme, señor.

—A ver esas manos —ordenó a Samuel.

El joven miró a su madre con ojos temerosos y ella le indicó que obedeciera inclinando la cabeza y levantando las cejas. Jordan era consciente de la tensión que se había apoderado del cuerpo de Mattie. Su hermano tendió las manos con dedos temblorosos.

El hombre blanco soltó un bufido burlón antes de estudiarlas con detenimiento. A Jordan le temblaban las piernas y le costaba respirar. El hombre blanco dijo a Samuel:

—Voy a hacer que te encierren por vago y por ladrón.

—¿Qué? —exclamó la hermana sin pensar—. ¡No puede hacer eso!

El hombre blanco la miró.

—Claro que puedo.

—En ese caso, iremos al juez de paz —replicó ella.

—¡Chist! —la acalló su madre.

—Escucha a tu mami, ella sabe lo que es respetar la ley. —El hombre miró a Mattie de pies a cabeza sin prisa alguna y con una sonrisa desafiante en el rostro. A continuación, se inclinó hacia Jordan sin cambiar de gesto, aunque sumando a su expresión cierto aire satisfecho antes de agregar lentamente—: El juez de paz soy yo, así que no puedes impedírmelo.

La joven sintió que le latía el corazón en la garganta. El hombre blanco asió a Samuel y lo hizo girar sobre sus talones para ponerle los brazos a la espalda con fuerza. Jordan lo observó impotente y apretó el brazo de su madre hundiendo en él los dedos. Mientras el hombre blanco le ataba las muñecas sin miramientos, Samuel se inclinó hacia ella y le susurró al oído:

—Buscad a Lisbeth y contadle lo que me ha pasado.

Su hermana, confundida, pero consciente de que no debía hablar, se limitó a asentir con un gesto.

Samuel la miró con un gesto de desesperación impreso en sus ojos castaños y musitó:

—Diles a Nora y a Otis que los quiero. Que los querré siempre.

—Tranquilo, que se lo dirás tú —respondió Jordan.

—¡Calla —le espetó el juez de paz— si no quieres que te detenga a ti también! —Y la dejó sin aliento de un empellón súbito en el esternón.

La joven soltó un gruñido y cayó hacia atrás golpeando a su madre y a Ella, a quienes habría tirado al suelo si no hubiese recobrado antes el equilibrio. Mientras resollaba para recuperar la respiración, vio que Mattie metía una mano en el bolsillo, sacaba algo y lo posaba con fuerza en la palma de la mano de Samuel, que cerró el puño enseguida sin poder evitar, no obstante, que cayera al suelo uno de los granos de mostaza.

Jordan levantó la mirada y observó aterrada a aquel ser cruel tirar de la cuerda para llevarse atado a su hermano. Samuel se resistió, pero solo consiguió empeorar las cosas. El hombre blanco volvió a montar y ató la soga al pomo de la silla. Samuel se volvió para mirarlas con los ojos cargados de angustia y desesperación. Jordan reprimió un grito de protesta.

Samuel no dejó de mirarlas hasta que el movimiento del caballo lo obligó a darse la vuelta. Su hermana contempló su figura desmañada hacerse cada vez más pequeña hasta desaparecer de su vista al doblar una esquina.

Soltó aire y miró a su alrededor con gesto incrédulo. Acababa de hacerse realidad su peor pesadilla: habían apresado a Samuel. Confundida y desorientada, notó que empezaba a apoderarse de ella el pánico. Buscó la mirada de su madre, tan aterrada como ella. Habían perdido a Samuel. Así de sencillo. Y aquel horrible hombre blanco había dicho que no podrían hacer nada para recuperarlo.

Capítulo quince

Lisbeth

Richmond (Virginia)

—Mamá, ¿puedo cenar en la cocina? —imploró Sammy con los ojos color miel abiertos de par en par.

Lisbeth negó con la cabeza. Después de pasar medio día de carretera para regresar a Richmond, los pequeños estaban cansados. Lisbeth también habría preferido una comida más informal, pero su madre había dejado claro que cenarían en familia.

—¿Siempre tiene que decidir la abuela Wainwright cuándo comemos y dónde? —preguntó.

Su madre asintió con firmeza.

—Estamos en su casa y haremos lo que nos pida —dijo mirando a su hijo con aire severo—. Espero que sepas darle ejemplo a tu hermana.

Sammy cedió.

—Está bien.

—Guarda el guante y lávate las manos —ordenó su madre.

—No tengo el guante —repuso él cariacontecido.

Lisbeth soltó un suspiro y lo reprendió.

—¿Ya lo has perdido?

—No —contestó el niño moviendo lentamente la cabeza de un lado a otro antes de decir—: se lo he dado a Willie.

Miró a su madre esperando una reacción y Lisbeth respondió con una leve sonrisa.

—No te has enfadado, ¿verdad? —preguntó el crío.

—No. Has tenido un detalle muy bonito. Es tu guante y puedes hacer con él lo que quieras.

—Cuando me lo compré, el señor Evans me dijo que podía enseñarme a hacerlos si quería. Si le echo una mano, seguro que me deja trabajar con él a cambio de uno nuevo.

—Pues yo creo que tienes razón.

—No sabes la ilusión que le ha hecho a Willie, mamá —dijo Sammy sonriente—. ¡Si parecía que le hubiese dado cien dólares!

Lisbeth se sintió henchida de cariño por su hijo. ¡Qué hermoso verlo tan ilusionado ante la felicidad de un semejante! Le despeinó el cabello y le dio un achuchón de costado antes de concluir la conversación con un:

—¡Lávate, que nos están esperando!

Jack se presentó cuando habían servido ya la cena.

—Señorita Sadie —declaró—, está usted hermosísima esta noche.

—Gracias, tío Jack —repuso ella con una sonrisa de oreja a oreja.

—Llegas tarde —lo reconvino su madre.

—Hemos tenido un día complicado. Ha habido que arrestar a mucha gente en la Tredegar.

—¿Qué ha pasado? —quiso saber Sammy.

—Vagos.

—Cada vez hay más y dan más problemas —terció Julianne—. La semana pasada estuvimos hablando de ello en la Asociación de Damas en Memoria de los Combatientes.

—¿Vagos? —preguntó Lisbeth, preocupada por el cariz que estaba tomando la conversación. Había tenido la esperanza de poder disfrutar de una cena breve y sin enfrentamientos y una velada tranquila.

—Los que viven sin hacer nada o se niegan a trabajar por los salarios que se ofrecen —repuso Jack—. Siento decir que William estaba entre los negratas agitadores detenidos. Por más que pese a Emily, no puedo darle un trato preferente.

Lisbeth estuvo a punto de dejar escapar un grito de sorpresa. Metió las manos bajo la mesa para tomar las de sus hijos. Aquella cena no podía ser más desagradable.

—La ley es la ley —lo tranquilizó Julianne— y tú tienes que defenderla por doloroso que resulte.

—No lo entiendo —dijo el niño con voz afligida.

—Nuestras leyes son muy sencillas —respondió Jack—: Con independencia de su raza, los hombres que no trabajan para mantenerse y mantener a sus familias tienen que ser arrestados y arrendados al mejor precio que podamos conseguir. Mi deber es hacer cumplir la ley.

—Pero William tiene trabajo.

—Estaba haciendo campaña para que los suyos reciban la misma paga que los blancos. En la práctica, eso no es en absoluto posible y él lo sabe. No volvió a su puesto cuando se lo ordenaron y sabía cuáles serían las consecuencias de sus actos.

—¿Y tiene que ir a la cárcel? —preguntó Lisbeth, a quien preocupaba tanto la situación de Emily y Willie como la de William—. ¿Cuánto tiempo?

—Tres meses —contestó Jack.

No, no era tanto tiempo.

—Pero su familia lo necesita —declaró su sobrino.

—Lo pondremos en un destacamento de trabajo y su paga se hará llegar a su familia después de descontar los gastos de su manutención.

—Así es como nos ocupamos de los libertos que se creen con derecho a que los mantengan sin trabajar —explicó Julianne—. Cada vez son más y la situación no parece tener remedio. No ha dejado de empeorar desde que acabó el conflicto. Es terrible.

—Son una panda de indolentes que no respeta nada —agregó la madre—. Esas leyes los ayudan a cumplir con su cometido en la sociedad y contribuyen a su propio bienestar.

—Pero... —empezó a replicar Sammy.

—Ya está bien, Samuel —ordenó la abuela—. Se acabaron las preguntas. Julianne, por favor, háblanos de la reunión de tu asociación.

Lisbeth miró de manera subrepticia a su hijo y, al ver que se afanaba en contener las lágrimas, respiró hondo para reprimir la sensación de terror que se le empezaba a acumular en el estómago.

—Al final —expuso Julianne— hemos aprobado un proyecto común. Nos centraremos en Gettysburg. Nuestra campaña de recaudación será para dar nueva sepultura a nuestros héroes caídos en el cementerio de Hollywood y para erigir en la plaza pública un monumento en honor de su sacrificio.

Lisbeth apenas oía las palabras de su cuñada. Había deseado que sus hijos supieran algo más del mundo en que se había criado ella, pero no había contado con que Sammy acabaría por tomar cariño a un chiquillo al que afectaba de forma tan directa toda aquella maldad. No había imaginado que su estancia haría tanto daño a sus pequeños sin que ella pudiese hacer nada por protegerlos. Dio una palmadita en la pierna al niño con la intención de serle de consuelo, pero su hijo apartó el muslo y la miró con desdén y desengaño. Lisbeth sospechó que pretendía que su madre fuese de algún modo al rescate de William, pero lo cierto es que carecía del poder y la experiencia necesarios para hacer frente al sistema legal de Virginia. El permanecer allí hasta el final de la vida de su padre le suponía un reto monumental.

Aquella misma noche, estando ya los niños dormidos en su cama, se sorprendió al oír que llamaban discretamente a su puerta. La abrió y vio a Emily en el umbral. Saltaba a la vista que había estado llorando. Lisbeth la tomó de la mano y la metió en el cuarto.

—Emily, siento mucho lo de William —susurró.

—Gracias, señora —respondió la otra—. Ha sido un golpe durísimo y estamos rezando por él.

—Al menos, puedes consolarte pensando que será libre dentro de tres meses.

La criada la miró con gesto severo antes de cerrar los ojos y sacudir la cabeza.

—No quiero restarle importancia a vuestra situación, Emily, pero, en el fondo, siendo optimistas, tres meses no son tanto tiempo —dijo Lisbeth con calma y en tono tan alentador y amable como le fue posible.

—No vuelven nunca —susurró la otra con la garganta tensa.

La más joven, alarmada de inmediato por el tono de su voz, preguntó:

—¿Qué quieres decir con eso?

—Llevan casi dos años ya arrestando gente con esa ley. Casi a ninguno de los hombres castigados a trabajar en esas cuadrillas lo sueltan a los tres meses. Después de tenerlos plantando o cosechando por aquí, los llevan al sur para ponerlos a hacer carreteras… y nunca volvemos a saber nada más de ellos.

A Lisbeth la asaltó una oleada de ira.

—Pero, Emily, ¡eso no puede ser así! Tienes que hablar con un juez. Yo te ayudaré.

Emily negó con la cabeza.

—Señora Lisbeth, yo sé que sus intenciones son buenas, pero no tiene la menor idea de lo que está diciendo. Son los jueces los que dan la orden de mandarlos a trabajar al sur, por un «intento de fuga» o por cualquier otra razón que puedan inventarse.

Aunque las palabras de Emily llegaban a sus oídos, no conseguía encontrarles sentido. La miró tratando de formular una pregunta o una respuesta.

—No he venido aquí a pedirle ayuda para William —siguió diciendo la criada—, sino para Willie.

—¿Para Willie?

—¿Podría llevárselo con usted cuando vuelva a Ohio? —le pidió con voz aguda y tensa.

—Me encantaría que pudiera venirse con nosotros a visitar nuestra casa —repuso Lisbeth de corazón, convencida de que los dos pequeños estarían encantados—, pero no tengo intención de volver pronto aquí y, por tanto, no sé cómo lo haríamos para traerlo de nuevo.

Emily negó con un movimiento de cabeza.

—No, quiero decir... —Se aclaró la garganta y dijo con voz ronca—: para siempre.

—¿Qué? —exclamó ella.

—No me responda ahora —se apresuró a decir la otra—, pero piénselo, por favor. Mi Willie tiene la piel tan clara que podría pasar por blanco.

La sangre se le heló al reparar en lo que le estaba pidiendo Emily. ¿Cómo era posible que quisiera separarse para siempre de su pequeño? A Willie lo destrozaría perder todo lo que conocía.

Entonces se revolvió en la cama uno de sus hijos e hizo que apartase la atención de Emily. Observó a Sammy darse la vuelta bajo las colchas y esperó con la criada en silencio hasta que se estuvo quieto de nuevo. Solo entonces miró a Emily y se llenó los pulmones de aire.

—Por favor, piense en llevárselo con usted y criarlo con su familia —susurró la otra—. Es de su sangre, medio sobrino suyo. Puede ser que se haya acabado la esclavitud, pero mi niño tendrá una vida mejor en el mundo de los blancos.

—No puedes estar hablando en serio —dijo Lisbeth olvidándose de bajar la voz—. Lo quieres demasiado como para separarte de él.

—Lo quiero tanto que no pienso más que en su bien, por mucho que pueda dolerme —repuso Emily con los ojos húmedos.

A la más joven le daba vueltas la cabeza por las implicaciones de lo que le estaban pidiendo.

—Os vendréis los dos con nosotros —dispuso con un susurro feroz—, que ya nos arreglaremos para que os podáis asentar en Ohio.

Emily negó con la cabeza.

—Lo he pensado mucho. Si yo fuese con ustedes, él... —le falló la voz— seguiría siendo de color.

Lisbeth se sintió mareada. La garganta se le tensó y se le llenó de bilis acre y ardiente. Tragó saliva con fuerza.

—Es muy buen niño —suplicó la criada—, ya lo sabe, y Sammy sería un hermano mayor excelente para él.

—Emily, por Dios, yo... —Los ojos se le llenaron de lágrimas que amenazaban con desbordarlos. Pestañeó con fuerza, tratando de no dejarse llevar por la emoción más que la propia madre del muchacho, que la interrumpió para decir:

—No quiero que me responda ahora, solo que lo piense. Hemos ahorrado dinero y puedo dárselo todo con él... y seguir enviándole más adelante.

Con esto, se volvió sin más. A Lisbeth le daba vueltas todo. Se sentía atrapada. Le parecía tan inconcebible abandonar a Willie como llevarlo consigo. Hacían falta unas condiciones de veras pavorosas para obligarla a vivir separada de sus hijos y el que Emily estuviera dispuesta a hacerlo daba fe de lo desesperado de su situación.

La mujer se detuvo en el umbral antes de salir del cuarto.

—También se han llevado a Samuel.

Confundida, miró a Sammy, que seguía dormido.

—¿A mi hijo?

—No —dijo la otra meneando la cabeza—, al hijo de Mattie. También lo han detenido hoy.

Lisbeth sintió que las rodillas dejaban de sostenerla y se derrumbó sobre la cama. Al rostro de Emily asomó una sonrisa fugaz que no tenía nada de alegre.

—Como ya le he dicho, esto no se ha acabado —insistió—. Mattie ha venido esta tarde para pedirme que le diga que se reúna con ella en la iglesia baptista de Ebenezer, que está en la calle Leigh, entre Judah y Saint Peter. La está esperando allí ahora.

Y, dicho esto, desapareció. Lisbeth se quedó con la mirada fija en la puerta blanca, incapaz de moverse siquiera de tan abrumada que estaba. Los brazos y las piernas le pesaban demasiado, pero el corazón le latía con urgencia. Estaba desgarrada, dividida entre el deseo de ir a ver de inmediato a su antigua aya y el miedo. Si Jack llegaba a enterarse de que había ido a un templo de negros o de que seguía estando en contacto con Mattie, no dudaría en descargar su ira contra ella y hacer más tensa aún la situación en aquella casa, ni dudaría, quizá, en empeorar aún más la de Mattie.

Esta última, sin embargo, jamás le había pedido ayuda. Lisbeth se lo debía todo y sabía que podía servir de auxilio a Samuel.

—¿Mamá?

La voz soñolienta de Sammy interrumpió aquellos pensamientos confusos y aterrados. La madre emergió de la tempestad que había estallado en su interior y, acercándose a su hijo, se sentó en el borde de la cama.

—¿Sí, Sammy? —preguntó con la esperanza de que no hubiera oído la conversación que acababa de mantener con Emily.

—¿Vas a ayudar a la señora Freedman?

¡Estaba despierto! Lisbeth sintió que se le tensaba el pecho y la cabeza le amenazaba con estallar. Su pequeño le estaba pidiendo que actuase. Lo miró y vio las ansias que le cubrían el rostro. El deseo de hacer que se sintiera orgulloso de ella se apoderó entonces de su alma. Tenía ante sí la ocasión de enseñarle a llevar una vida recta con actos y no solo con palabras.

Asintió.

—Voy a ver si puedo hacer algo por ella, aunque no sé si seré de alguna ayuda. ¿Te encargas tú de Sadie si se despierta?

Sammy dijo que sí con un movimiento de cabeza.

—Si necesitáis algo, buscad a la señora Emily —le ordenó.

Después de repetir el gesto de asentimiento, el crío preguntó:

—¿Y Willie será mi hermano a partir de ahora?

Su madre sintió un escalofrío recorriéndole la columna vertebral. Tomó aire y lo exhaló lentamente antes de responder:

—No lo sé, Sammy. Tendremos que meditarlo con mucho detenimiento.

—La señora Emily dice que aquí no está a salvo. Tenemos que llevárnoslo —suplicó el niño.

Lisbeth se sintió dividida y abrumada.

—Es una decisión muy difícil que no estoy dispuesta a tomar a la ligera. Papá...

El niño la interrumpió.

—A papá le parecerá bien si tú dices que es lo correcto. Escríbele.

—Sammy, sé que quieres mucho a Willie. Yo también, pero ¿otro chiquillo en casa...? No es una decisión nada sencilla.

—Mamá, te prometo que lo cuidaré. Lo llevaré al colegio y lo ayudaré con las tareas de la casa y los deberes de clase.

—Sammy —lo atajó ella—, prometo pensarlo, pero hoy tengo que ir a hablar con la señora Freedman y tú tienes que volver a dormirte. Buenas noches.

—Buenas noches, mamá —repitió el niño, aunque no parecía tener intención alguna de volver a conciliar el sueño en un buen rato.

Capítulo dieciséis

JORDAN

Richmond (Virginia)

—¡Mamá, no podemos quedarnos de brazos cruzados mientras se llevan a Samuel! —gritó Jordan.

—¡Calla! —ordenó la madre—. Volveremos tranquilamente a casa de la señorita Grace para no empeorar las cosas más todavía.

Su hija tembló al inspirar y se afanó en calmar los latidos de su corazón. Miró a la pequeña que tenía a su lado y que se había quedado petrificada, con la mirada perdida y como indiferente a cuanto acababa de ocurrir. Jordan siguió a su madre calle arriba. La ira y la frustración que la invadían se iban agrandando a cada paso, pero no alzó la voz hasta que se encontraron en la hospedería.

En cuanto se cerró la puerta de la sala de estar, se deshizo en lágrimas exclamando:

—¿Qué vamos a hacer, mamá?

—Tú, quédate aquí con Ella —le ordenó Mattie—, que yo voy a buscar a la señorita Grace.

—No teníamos que haber venido —reprendió a su madre—. Todo este viaje ha sido un error. Sabías que podía pasarnos algo así ¡y ahora hemos perdido a Samuel!

La expresión de Mattie se endureció y sus ojos de color caramelo le indicaron con un gesto que debía moderarse delante de Ella. Jordan entendió el mensaje mudo de que tenía que actuar con calma y, cambiando de tono, dijo sin alterarse:

—Mamá, tengo mucho miedo.

—Yo también, pequeñina. —Y, frotando el brazo de su hija, salió a buscar ayuda.

Regresó a la sala de estar con la señorita Grace, que les explicó:

—Hoy han detenido a un montón de hombres. Es temporada de cosecha, así que necesitan braceros en los tabacales.

—Pero ¡si Samuel es abogado! No sabe trabajar los campos —señaló Jordan consumida por la indignación—. Terminará muerto.

Su madre volvió la cabeza y clavó en ella su mirada para declarar con aire incrédulo:

—Jordan, la situación es desesperada, pero tus gritos no harán nada por ayudar. Tu hermano trabajó en los campos siendo niño y, si sobrevivió por aquel entonces, lo superará también ahora. No tenemos que preocuparnos por unos cuantos días, sino por los años.

La hija se ruborizó al reparar en que había vuelto a olvidar la distancia que separaba su propia infancia de la de su hermano mayor. Su madre volvió a mirar a la señorita Grace.

—¿Dónde tienen a mi niño?

—Los retienen en la casa de subastas hasta el momento de arrendarlos —la informó la hospedera.

—¿En la casa de subastas? —preguntó Jordan perpleja.

—De subastas de esclavos —la ilustró la señorita Grace—. El lugar en que los encerraban antes de venderlos. Ahora la usan para retener a los presos mientras los arriendan. Da igual cómo lo llamen.

¿Casa de subastas? ¿Arrendarlos? La joven no podía creer lo que estaba oyendo.

—¿Cómo lo liberamos? —preguntó Mattie.

Liberarlo. Aquella idea quemó el alma de Jordan. ¡Si Samuel era libre! La guerra había acabado y la esclavitud también, pero a su hermano lo tenían retenido en una casa de subastas esperando a que lo arrendasen para trabajar en los campos de una plantación sudista.

La señorita Grace meneó la cabeza mientras chasqueaba la lengua y respondió:

—No hay muchas esperanzas de que lo suelten pronto. Tengo entendido que un hombre blanco puede hacer que suelten a alguien si dice que trabaja para él. La Agencia de Libertos debería tener poder para enmendar estos agravios, pero no es así. Hay demasiada gente haciendo cosas malas para que puedan con todo. Además, están haciendo las maletas para largarse, de manera que ya nadie los toma en serio.

—Tenemos que avisar a tu padre cuanto antes —dijo su madre a Jordan.

—¿También quieres poner en peligro a papá? —la provocó la hija.

La hospedera intervino haciendo caso omiso del arrebato de la joven:

—Envíele un telegrama. Son caros, pero así tendrá la seguridad de que lo recibirá mañana por la mañana.

Mattie asintió sin palabras.

—Cuantas menos palabras use, menos le costará —explicó la señorita Grace.

—¿Qué tal: «Samuel detenido. Ven ahora mismo»?

Jordan entendió el mensaje de que tenía que actuar con más madurez y respiró hondo para calmarse. En aquel momento, tocaba ayudar y no dejarse llevar por las emociones.

—Perfecto, mamá —dijo—. ¿Quieres que vaya yo a la oficina de telégrafos?

Su madre reflexionó unos instantes y repuso a continuación:

—Iremos juntas allí y, luego, a la Agencia de Libertos.

—De acuerdo.

—Después iremos a buscar a Lisbeth Johnson como ha dicho tu hermano —añadió la madre.

A la joven se le revolvió el estómago.

—¿Quieres que vayamos a la zona blanca de la ciudad?

Su madre asintió.

—¿Y qué va a hacer ella para ayudar a Samuel? —Jordan hizo lo posible por no perder la calma ni el respeto.

—Quien se lo ha llevado era su hermano.

Jordan aspiró con fuerza.

—¿Estás segura?

—En cuanto lo vi me di cuenta de que esos ojos los conocía yo de antes, pero hasta que tu hermano nos dijo que buscásemos a Lisbeth no recordé quién era.

—¿Y su hermano podrá liberar a Samuel? —preguntó Jordan sintiendo que se despertaba en su interior la esperanza.

—Si quiere, sí —contestó su madre inclinando la barbilla. Acto seguido, centró su atención en la otra mujer para anunciar—: Señorita Grace, creemos que hemos encontrado a una de las niñas que estábamos buscando. ¿Puede cuidar de ella mientras estamos fuera?

—Estaré encantada de tener la compañía de la pequeñina. En mi vida, no abundan los niños.

Jordan buscó a Ella, a la que habían olvidado por completo en medio de aquel caos. La niña estaba sentada en el suelo, hecha un ovillo entre el sofá y la pared. La pobre criatura parecía tener la mente perdida en otro mundo. La joven se acercó al extremo del asiento y le dio una palmadita en el hombro. La niña dio un respingo y levantó la vista. Jordan la tomó de la mano y, levantándola con suavidad, la llevó hacia el sofá. La pequeña, aunque recelosa, tomó asiento con cautela.

—¿Nunca te has sentado en un sofá? —le preguntó Jordan, consciente de nuevo del abismo que se abría entre su propia vida y las experiencias de aquella cría.

Ella negó con un movimiento de cabeza y frotó con sus manos secas el tejido de color verde oscuro. Una leve sonrisa tiró de las comisuras de sus labios.

—Esto es terciopelo, el tejido más bonito con que los tapizan. Hay quien se hace vestidos con esto —le explicó moviendo la cabeza de arriba abajo y abriendo bien los ojos para confirmar a la pequeña aquella noticia sorprendente.

»La tía abuela Mattie y yo vamos a salir —prosiguió—. Te presento a la señorita Grace, ella te cuidará muy bien hasta que regresemos.

La niña bajó la cabeza, hundió los hombros y declaró con aire derrotado:

—Van a dejarme aquí.

—Pero será solo un momento. Volveremos, te lo prometo.

—¿Pueden ir adonde quieran? —quiso saber Ella.

Jordan suspiró y meditó la pregunta, un recordatorio lacerante más de lo que separaba su existencia de la que podría haber conocido. Si antes de aquel viaje habría contestado que sí sin dudarlo, en ese momento repuso en cambio:

—No, pero sí a muchos sitios.

La pequeña hizo un gesto de asentimiento con la cabeza, pero frunció el ceño al mismo tiempo con aire dubitativo.

—Vamos a liberar al señor Samuel —le explicó Jordan.

La niña meneó la cabeza con la mirada perdida. Sus ojos parecían estar ausentes, como si su mente se hubiera marchado ya de aquella sala. A Jordan le pareció perturbador.

—Nos vemos de aquí a unas horas —dijo con dulzura, pero Ella no respondió.

Fueron primero a la oficina de correos y telégrafos. Mattie y su hija observaron de pie desde la ventanilla de madera al funcionario que trabajaba en su escritorio. Como no había nadie más aguardando, las estaba obviando deliberadamente. La rabia de Jordan fue creciendo a medida que les hacía perder el poco tiempo del que disponían. Clavó la mirada en aquel hombre blanco, inclinado sobre su mesa, con la esperanza de que pudiera sentir su energía.

Al final, se puso en pie y se acercó a la ventanilla sin mirarlas siquiera.

—Buenas tardes, señor —dijo la mayor con su voz más obsequiosa.

Jordan sintió que la bilis se revolvía en su interior. Aquel hombre merecía que le gritasen por su grosería, pero su madre se estaba dirigiendo a él como si fuese un rey.

El hombre respondió con un gruñido.

—Queríamos mandar una telegrafía, señor —dijo Mattie haciendo por parecer más iletrada que de costumbre—. Si no es molestia. Tengo aquí los dineros. —Sacó un fajito de billetes del Tesoro estadounidense.

La expresión del hombre cambió de manera sutil, pero siguió sin decirles nada. Entonces, sacando un libro que parecía de contabilidad, anunció:

—Serán veinte centavos por palabra. El mínimo son diez palabras.

—Lo'ntiendo, señor —repuso ella.

A Jordan se le subieron los colores al rostro de vergüenza ajena. Tuvo que recurrir a toda su fuerza de voluntad para abstenerse de reprenderlos a ambos.

—¿Puede decir: «Samuel detenido. Ven ahora mismo»?

La voz del funcionario rebosaba desdén cuando contestó:

—Eso son solo cinco palabras.

—Sí, señor. Vamos a pagar diez manque mandemos solo esas cinco.

La joven estuvo a punto de estallar y sintió deseos de salir a la calle antes de decir nada de lo que pudiera arrepentirse después, pero no permitiría que aquel hombre y sus modales la obligasen a apartarse de su madre. Se distanció ligeramente de la ventanilla y cerró los ojos. Entonces, respirando hondo para calmarse, recitó para sí parte de un versículo del Salmo 23: «Aunque caminase yo por la sombra de la muerte, no temeré ningún desastre, porque tú estás conmigo».

Abrió los ojos y vio al hombre tomar todo el dinero que tenía su madre en la mano. Se aclaró la garganta y él la miró de soslayo. Contó tres billetes y devolvió el resto a Mattie, quien sonrió con educación e inclinó la cabeza. A su hija se le iba a salir el corazón por la garganta. Debería haber hecho la vista gorda, pero estaba demasiado indignada como para dejar correr semejante fraude.

—Disculpe, señor —dijo Jordan con su pronunciación universitaria—. ¿Lo he entendido mal? ¿El precio no debería ser de dos dólares? —Y sonrió con recato.

El hombre dejó un billete sobre el mostrador con un gruñido. Desde el papel la miraba Salmon Chase, antiguo secretario del Tesoro. El hombre se dio la vuelta y volvió a su mesa, en tanto que Mattie hizo ademán de marcharse.

—Por favor, dirija el telegrama a Emmanuel Freedman, de Oberlin, Ohio —dijo Jordan con la esperanza de no delatar la agitación que sentía por dentro.

El hombre la miró de hito en hito con los ojos cargados de ira.

—¿Me estás diciendo cómo tengo que hacer mi trabajo?

Jordan tomó aire con un movimiento tembloroso.

—No, señor. Es que mi madre ha olvidado decirle adónde debía remitirlo —dijo antes de añadir—: No es lo bastante lista como para saber de algo tan complicado como un telegrama.

—¿Y tú, sí? —la desafió él.

—Claro que no, señor. Nunca podré saber tanto como usted, señor. —Apenas hacía unos días no se habría creído capaz de humillarse tanto, pero en ese momento había comprendido lo que estaba dispuesta a hacer por ayudar a liberar a Samuel.

El hombre volvió a gruñir y regresó a su mesa. Jordan habría querido quedarse hasta verlo enviar el telegrama, pero no tenía sentido permanecer allí. No había modo alguno de comprobar que hacía lo que le habían encargado. Acababan de desprenderse de un mes del salario de su padre y no sabían si lo habían hecho a cambio de nada.

El señor Brooke las reconoció de inmediato cuando entraron en la Agencia de Libertos, lo que hizo que Jordan sintiera cierta esperanza de que querría auxiliarlas. El despacho estaba tan desierto como cuando lo había visitado hacía un par de días.

—¿Dónde está el joven… mmm… señor Freedman? —preguntó, orgulloso de haber recordado el apellido.

Mattie miró a Jordan alentándola sin palabras a ser quien hablase.

—Mi hermano ha sido apresado erróneamente por el juez de paz sin haber infringido ninguna ley.

—¡Vaya, qué lástima! —dijo él cariacontecido—. Un hombre tan agradable… Paisano mío de Ohio, encima.

—¿Puede ofrecernos alguna ayuda para conseguir que lo liberen?

—Pues, la verdad, por más que me duela, hay poca cosa que pueda hacer yo.

Jordan, molesta ante la impotencia que proclamaba el señor Brooke, se limitó a clavarle la mirada.

—¿Sigue aún en Richmond? —preguntó él.

Vislumbrando cierta esperanza de que tuviese alguna jurisdicción, la joven explicó:

—Creemos que está en la casa de subastas.

—¡Qué vergüenza! —exclamó incrédulo—. En la casa de subastas. Como si no fuera ya bastante ofensiva la situación en la que lo han puesto.

Jordan siguió mirándolo en espera de que tomase alguna medida y, cuando vio que no hacía más que devolverle la mirada, preguntó:

—¿Puede hacer algo por librar a mi hermano de esta injusticia?

—Puedo solicitar una investigación por parte de un agente federal.

—¡Gracias! —exclamó ella con una mezcla de gratitud y enojo.

A no ser que hiciera algo, la indignación, amable aunque ineficaz, de aquel hombre no le sería de ayuda alguna a Samuel.

El señor Brooke sacó un cuaderno y añadió a Samuel Freedman al final de una larga lista de nombres. Jordan observó que recordaba también el nombre de pila de su hermano.

—¿De qué se lo acusa? —preguntó.

—De vagancia.

—¡Qué lástima! No le será fácil desmentirlo, ya que no tiene empleo alguno en el estado de Virginia, ¿no es verdad?

—No, señor: aquí no tiene empleo.

—Una verdadera lástima —repitió él con sincera aflicción.

Jordan sintió que la invadía la ira. Jamás se había sentido tan impotente y furiosa. En su interior iba cobrando fuerza algo que no había experimentado en la vida: el deseo imperioso de asestar un golpe a aquel hombre blanco. Cerró los puños con violencia y los agitó, pero su madre la asió del antebrazo y la apartó del señor Brooke.

—Le agradeceremos que haga lo que pueda por nuestro querido Samuel —dijo—. Volveremos mañana para ver qué ha averiguado.

Después de cruzar el umbral, la joven dijo:

—Mamá, no sé como puedes conservar la calma con hombres así.

—Es que tengo muchos años de práctica, Jordan. Muchos años.

Su hija soltó un suspiro pero lo que de veras deseaba era gritar.

—Reza, cielo —dijo su madre—. Cuéntale a Dios cómo te sientes, pero que ninguno de esos hombres se dé cuenta de que está consiguiendo irritarte.

Después de la tensión que habían sufrido en aquellas dos oficinas, la paz y la oscuridad que reinaban en la iglesia la convirtieron en un refugio impagable. Mattie se dirigió al último banco y se sentó a esperar a Lisbeth. Jordan, aunque no tenía tanta confianza como su madre en que se presentara la mujer blanca, la siguió sin rechistar. ¿Quién sabía si Emily había podido siquiera transmitirle el mensaje? Mattie oraba en silencio mientras ella miraba las paredes del templo haciendo lo posible por apaciguar su corazón. Intentó rezar también, pero no era capaz de tener los ojos cerrados.

—¿Mattie? —La voz que rompió el silencio sonaba vacilante. Ante ellas se encontraba, de pie, Lisbeth Johnson.

En el rostro de la mujer se extendió lentamente una sonrisa. Se puso en pie y abrazó con fuerza a la mujer blanca un buen rato.

—Gracias por venir, Lisbeth.

—¿Cómo no iba a venir, Mattie? —repuso ella, asustada y joven—. Me alegra que me hayas pedido ayuda.

—Ven y siéntate. —Señaló el banco y Jordan se hizo a un lado para dejarle espacio.

Lisbeth tomó la mano suave y fría de Jordan y le dijo:

—Siento mucho lo de Samuel.

A la joven le tembló la barbilla y sintió los ojos henchidos de lágrimas. No quería llorar y, para evitarlo, se mordió el labio. La recién llegada le hizo un gesto de asentimiento apretando los labios en una sonrisa, pero no dijo nada más. Se volvió hacia Mattie y se inclinó hasta quedar con los hombros junto a los de ella.

—Se lo ha llevado tu hermano —dijo Mattie con la voz aguda y tensa—. ¿Puedes hablar con él?

Lisbeth dejó caer los hombros y se mordió el labio. Jordan pensó que estaba aterrada, pero, al final, vio asentir a la mujer.

—Sí, Mattie, pero dudo mucho que quiera escucharme. —Corrió a buscar una excusa—. Sigue furioso conmigo por mi boda con Matthew, pero, por supuesto, hablaré con él. Apelaré a su vanidad. Puede que eso libre a Samuel de…

Se detuvo. Del rabillo del ojo se le escapó una lágrima. Jordan se sintió conmovida por cómo le había afectado su situación, aunque, como decía su madre, los sentimientos, por sinceros que fuesen, no serían de ninguna ayuda a Samuel. Sí estaba dispuesta a hablar con el juez de paz, pero no parecía nada segura de poder doblegar los designios de su propio hermano.

Mattie tendió las manos.

—Pidamos la bendición de nuestro señor.

Lisbeth ofreció su mano a Jordan, quien tomó las de ambas para completar el círculo. La de su madre era cálida y acogedora y la de Lisbeth, fría como la nieve.

—Dios mío —oró su madre—, somos tus humildes siervos. Gracias por escucharnos. Te pedimos que nos des fuerzas, que cuides de nuestro Samuel y que nos lo devuelvas. Haz que mi Emmanuel, que viene hacia aquí, tenga un buen viaje. Y, por favor, Dios mío, abre el corazón del señorito Jack a tu amor, porque sabemos que lo necesita.

El Espíritu Santo llegó al alma de Jordan como una centella a través de las manos de su madre y de Lisbeth. Durante un instante fugaz, se sintió llena de esperanza, de amor y de paz. No había vivido un segundo de tranquilidad desde que aquel hombre, el hermano de Lisbeth, detuviera su caballo. Desde entonces, había pasado una hora tras otra, minuto a minuto, reprimiendo el pánico. Aunque fue solo un momento, sintió la fe de la que hablaba siempre su madre y que ella no había llegado a vislumbrar salvo en contadas ocasiones. La sensación desapareció enseguida, pero el eco que le dejó le infundió coraje y fuerza. De un modo u otro, superarían juntas aquello.

Miró a su madre y luego a Lisbeth, que le sonrieron y asintieron sin palabras, tal vez por haber percibido asimismo el Espíritu Santo. Sus ojos brillaban también por las lágrimas que estaban conteniendo.

Capítulo diecisiete

LISBETH

Richmond (Virginia)

Lisbeth se pasó la noche dando vueltas en la cama ensayando lo que iba a decir a Jack por la mañana e imaginando la alegría que invadiría el rostro de Mattie si llegaba con buenas noticias. No quiso pensar demasiado en la probabilidad que había de decepcionarla. Sabía que, si quería obtener el objetivo deseado, tenía que abordar a su hermano de un modo que no resultara insultante ni acusador y que invocar a su vanidad sería el camino más seguro al éxito.

Durante el desayuno tanteó el humor de su hermano. Jack estaba leyendo el periódico, pero la había saludado con tanta jovialidad que decidió no dejar pasar la mañana. Después de verlo abandonar la mesa, aguardó quince minutos y fue a su despacho. Se armó de valor antes de llamar a la puerta.

—Adelante —dijo con su voz resonante.

Las piernas le temblaban cuando se acercó a su hermano, que se hallaba sentado tras el mismo escritorio que había usado su padre en Fair Oaks, una pieza que le produjo una mezcla de temor y de añoranza por su infancia.

—¿Cómo estás, Jack? —preguntó Lisbeth en un tono quizá demasiado suave.

—¿Qué quieres? —repuso él con energía.

Lisbeth usó su voz más halagüeña, dejando a un lado su orgullo por Mattie.

—Supongo que, como juez de paz, debes de tener mucha autoridad sobre los presos, ¿no?

—¿Cómo lo has sabido?

—Mamá me ha hablado de tu trabajo. Está muy orgullosa de lo que haces por Richmond —aseveró en tono adulador.

Él la miró impertérrito y ella le dedicó una sonrisa forzada.

—¿Qué quieres de mí, Elizabeth? —gruñó él.

—Esta semana han arrestado a uno de mis conocidos de Ohio.

Jack le sostuvo la mirada, desafiándola sin palabras a seguir. Lisbeth se aclaró la garganta.

—Y me preguntaba si tendrías el poder suficiente como para lograr que lo liberen.

—Claro que sí —repuso su hermano—. Tengo poder sobre todos los presos de Richmond.

Lisbeth asintió con un leve movimiento de cabeza y tragó saliva. El corazón parecía querer salírsele del pecho.

—Entiendo que es un favor muy grande…

Jack frunció el entrecejo.

—¿Y tú me vas a pedir a mí un favor?

—No lo haría si no fuese importante. —Lisbeth tenía la esperanza de estar dando impresión de tranquilidad.

—¡Importante para ti! —se burló—. Tú, que traicionaste a toda nuestra familia, que nos arruinaste la vida, ahora me pides que resuelva tus problemas.

—No tengo ningún derecho a esperar nada de ti, pero te lo suplico. —Se afanó en no alterar la voz—. Haré cuanto me pidas por ti. Por favor.

Al rostro de Jack asomó una fina sonrisa. Tanto le daba si se complacía en verla implorar: estaba dispuesta a mostrarse débil si con eso conseguía que soltaran a Samuel.

—¿A quién? —pidió su hermano.

—¿Cómo? —preguntó ella.

—¿A quién quieres que libere?

Lisbeth soltó un suspiro aliviado y sintió un hormigueo de esperanza en la piel.

—¡Gracias, Jack! —exclamó—. No sabes lo que agradezco tu generosidad.

—Escríbeme su nombre y estudiaré tu petición —gruñó él deslizando una hoja de papel por la superficie de la mesa—. No te prometo nada.

Feliz al advertir aquel cambio de actitud, escribió el nombre de Samuel Freedman y devolvió el papel a su hermano, que lo abrió lentamente y exhaló un bufido al leerlo.

—Sabía lo que querías de mí desde que has entrado por esa puerta —aseveró—. ¿Qué crees, que lo he arrestado accidentalmente? ¿Que soy idiota?

Los ojos de Jack ardían de furia y a Lisbeth el corazón le latía con fuerza.

—Sé perfectamente quién es y lo sé desde el momento en que llegó a Richmond. Si la fuga de Samuel no hubiese tenido éxito, a ti no se te hubiera pasado nunca por la cabeza la idea de abandonarnos sin más. Esa familia me arruinó la vida y yo ahora te lo estoy cobrando, Elizabeth. —Jack se regodeó en cada una de las palabras.

A Lisbeth se le tensó la garganta. La boca le sabía a hierro y empezó a sudar por todos los poros de su piel.

—Tú fuiste quien le enseñó a leer. —Jack clavó en ella sus ojos azules cargados de veneno—. Tardé en averiguarlo, pero, cuando al fin lo hice, todo cobró sentido para mí. Aquel fue el principio de nuestro fin. Y ahora se presenta aquí, en Richmond, diciendo que es un puñetero abogado. —Tenía el rostro encendido y escupió saliva al exclamar—: ¿Un negrata, abogado? ¡En mi ciudad, ni pensarlo!

A Lisbeth le zumbaban los oídos de la violencia con que le latía el corazón.

—Es hombre muerto —sentenció el hermano con calma— y no hay nada, nada en absoluto, que tú puedas hacer para salvarlo. Tendrás que vivir con eso el resto de tu vida.

—Jack, por favor —imploró Lisbeth con lágrimas en los ojos, sin importarle su aspecto lastimoso—. Fue culpa mía, no suya. Él no tuvo nada que ver, nada, en mi decisión de casarme con Matthew.

—Se han vuelto las tornas —dijo él entre dientes con una sonrisa de suficiencia—. Ahora soy yo quien tiene las riendas y puede tomar una decisión que va a afectarte a ti sin que tú puedas hacer nada por evitarlo.

Lisbeth se mordió el labio dispuesta a no llorar.

—¡Fuera! —gritó Jack—. ¡Sal de mi vista si no quieres que arreste también a tu querida Mattie! Ya lo habría hecho si no fuese porque no hay mercado para las viejas.

Antes de que llegase a la puerta, añadió con voz cargada de escarnio:

—Hermana, ¿quieres saber a quién se lo voy a arrendar?

Lisbeth se quedó petrificada. El corazón le latía con tanta fuerza que su sonido le llenaba los oídos y apenas le dejaba oír las palabras de su hermano.

—¡A Edward Cunningham! —Jack se refociló triunfal—. Dios me ha brindado la venganza más dulce que pudiera imaginar.

Lisbeth salió corriendo del despacho. Subió las escaleras con piernas temblorosas rezando por no cruzarse con nadie. Cerró enseguida la puerta de su dormitorio y echó el pestillo. La vergüenza le recorrió el cuerpo como si hubiesen derramado pez negra sobre ella.

¡Qué ingenua había sido! La situación de Samuel era mucho más lamentable de lo que había supuesto y ella era la única responsable de su suerte. Su arresto había sido intencionado.

Se hundió en la cama con el rostro surcado de lágrimas y el remordimiento cubriendo cada poro de su piel. Se sentía desesperada y sola. Anhelaba estar al lado de Matthew. El deseo apremiante de contar con el consejo y el consuelo de su marido se manifestó como una presión física. Imaginó su rostro, su abrazo reconfortante y se dijo que no tardarían en estar juntos.

Las lágrimas de frustración y de rabia acabaron por verse sustituidas por unas ansias imperiosas de liberar a Samuel. Se negó a rendirse ante Jack, tampoco estaba dispuesta a presentarse delante de Mattie sin una mínima esperanza. Se devanó los sesos en busca de ideas hasta que dio por fin con un posible plan. Antes, sin embargo, tenía que consultar con su marido.

> Amado Matthew:
>
> Como siempre, los niños y yo te echamos muchísimo de menos y nos morimos de ganas por volver a casa. No vemos la hora de estar todos juntos de nuevo.
>
> Tengo malas noticias que, de hecho, son el motivo que me ha llevado a escribirte para pedirte algo. Apenas puedo hacerme a la idea, pero han condenado a Samuel Freedman por un delito de vagancia ¡por orden de mi propio hermano! Le han impuesto una pena de tres meses de trabajos forzados, pero tememos que se incremente o que muera reventado, que es el trágico destino que sufren demasiados libertos en los tiempos que corren.

Mis empeños en convencer a Jack para que libere a Samuel no han servido de nada. La Agencia de Libertos no es capaz de prestarnos más ayuda que la de asegurarnos que estudiará la situación. He llegado a la conclusión de que carecen del personal necesario para resolver debidamente esta injusticia. No podré ni mirarme a la cara si me quedo de brazos cruzados.

No deseo poner en peligro a tu familia, pero me gustaría pedirle a tu hermano Mitch que intervenga en favor de Samuel. Por favor, dime cuanto antes si hago mal.

Tu esposa, que te quiere,

Lisbeth

Se secó las lágrimas y estudió su imagen combada en el espejo para determinar que no se notaba mucho que había estado llorando. Encontró a sus hijos jugando en el patio y los invitó a escribir unas líneas a su padre. La carta de Sadie era tan tierna como había esperado:

Papá:

Te echo mucho de menos y estoy deseando volver pronto a casa. Por favor, saluda de mi parte a todos los animales y sobre todo a Brownie. Dile que es mi vaca favorita (pero que no te oigan las demás, porque sería de mala educación).

Tu hija,

Sadie

Sammy escribió con decisión y, cuando hubo acabado, tendió su carta a Lisbeth y le preguntó:

—¿Está bien?

Su madre pudo sentir que se clavaba en ella la mirada de su hijo mientras la leía. Sus emociones volvieron a alzarse por las nubes.

Papá:

Estarías orgulloso de lo mucho que estoy ayudando a mamá. Cuido de Sadie cada vez que me lo pide y siempre estoy dispuesto a echarle una mano. A Johnny le ha encantado su guante. Por favor, no te enfades conmigo por haberle dado el mío a Willie, mi nuevo amigo. Mamá dice que puedo trabajar para conseguir uno nuevo. Él no tiene muchas cosas y se alegró mucho. A su padre lo han detenido por nada. No entiendo cómo pueden pasar estas cosas en los Estados Unidos. No es justo, pero aquí parece que no le importe a nadie más que a nosotros.

La madre de Willie quiere que nos lo llevemos a vivir con nosotros a Ohio para que pueda estar a salvo. A mamá y a mí nos parece buena idea. A ti también te gustará mucho Willie. Por favor, escribe pronto con tu respuesta.

Espero verte pronto.

Tu hijo,

Sammy

Cuando acabó de leer, miró a su hijo e inclinó la cabeza para indicarle que estaba bien. Tanto se había centrado en el calvario de Mattie y de Samuel que había olvidado el ruego de Emily. El pequeño, por supuesto, estaba preocupado sobre todo por Willie. Lisbeth añadió la siguiente posdata a su carta:

Emily me ha pedido que acojamos a Willie para siempre. Está convencida de que sus oportunidades se van a ver muy limitadas viviendo con ella. Tengo que tomar una decisión antes de volver. Por favor, dime qué opinas al respecto.

Metió las tres hojas en un sobre y lo cerró. No sería nada fácil aguardar a su respuesta, pero era lo único que podía hacer por el momento.

Capítulo dieciocho

JORDAN

Richmond (Virginia)

Jordan estaba extenuada, pero era incapaz de conciliar el sueño. Habían acostado a Ella entre ellas dos en la habitación de la planta alta, pero la pequeña no había logrado acomodarse hasta que había bajado de la cama y se había hecho un ovillo en el suelo sobre una simple manta. La joven no pudo menos de envidiarla al verla dormida. Cada vez que cerraba los ojos, se le aparecía el momento en que se habían llevado a Samuel y sentía que la invadía la desesperación, anegándola de rabia y de pena a partes iguales. Era imposible dormir con el corazón acelerado.

No dejaba de imaginar la mirada de terror que se adueñaría del rostro de su padre cuando recibiese el telegrama, ni las lágrimas de Nora cuando su suegro la informase de que habían apresado a su marido. Aunque le preocupaba pensar que su padre habría de hacer sin compañía alguna aquel viaje, era mayor aún el deseo de que no fuese tan insensato de hacerlo con Nora y con Otis.

Cuanto más pensaba en la familia que había dejado en Ohio, más se exasperaba. Al final, la tensión de su pecho fue tal que sintió que se ahogaba. Se incorporó aterrada. Su errática respiración le impedía tomar aire. Su madre se sentó a su lado. Al parecer, también estaba en vela. Le puso una mano en la espalda y asió con la otra una de las de Jordan.

—Inspira hondo lentamente, cariño.

Jordan lo intentó, pero sentía los pulmones contraídos.

—No hay prisa —la alentó su madre.

Su hija la miró. ¿Cómo podía estar tan tranquila?

—Concéntrate en tu respiración —la instó Mattie—. Eso es lo único que puedes hacer ahora mismo para ayudar a tu hermano.

Jordan cerró los ojos para centrarse en su propio cuerpo. Sintió la mano de su madre en la espalda. Relajó los hombros y, de pronto, sintió que se le ensanchaban los pulmones. Inhaló una porción modesta de aire y, al ver que cabía más, siguió inspirando y llenando lentamente los pulmones. Al exhalar se reclinó. Sintió que la recorría un hormigueo a medida que se le llenaba el cuerpo del oxígeno que tanto necesitaba.

—Así me gusta —la calmó la madre—. Lo estás consiguiendo.

Tras unas cuantas respiraciones, la hija abrió los párpados.

—Cuando veas crecer ese miedo en tu interior, tienes que dárselo a Dios, sobre todo si te pasa por la noche. Cuando no puedas, reza.

La joven asintió con un ligero movimiento de cabeza, agradecida por la actitud sosegada de su madre. Hacía años que no la necesitaba para que espantase sus temores, pero en aquel momento le resultó tan reconfortante como cuando era una niña.

—¿Quieres que recemos? —preguntó Mattie.

Como seguía sin poder hablar, se limitó a inclinar la cabeza. Tal vez el Espíritu Santo la llenaría otra vez de paz como había hecho cuando se habían reunido con Lisbeth en la iglesia.

—Dios mío, soy yo, Mattie. Jordan también está conmigo. Por favor, cuida a nuestro Samuel. Haz que no sufra daños permanentes en su cuerpo ni en su alma y guíanos para que podamos ayudarlo.

Por favor, Señor —continuó y la voz se le quebró en medio de la plegaria—, concédele otra vez la libertad. Amén.

—Amén —repitió la hija.

—¿No te sientes mejor?

Jordan asintió. Estaba más calmada, aunque su sosiego era más bien débil y el terror seguía rondando su corazón.

—Yo no dejo de pedirle a Dios que no le pase nada y que lo liberen. En ningún momento me quito de la cabeza esas dos súplicas y tú deberías hacer lo mismo —le pidió su madre—. Y acuérdate de hacer girar entre los dedos los granos de mostaza, así te sentirás mejor y ayudarás a tu hermano.

La joven hizo lo que le pedía mientras rogaba para sí: «Dios, cuida de Samuel y líbralo de la cárcel. Cuídalo. Libéralo. Por favor, cuídalo y libéralo». Exhaló un suspiro, inclinó la cabeza y sonrió a su madre. El miedo que la atenazaba se alejó un poco más y cedió de pronto ante el cansancio. La joven se acurrucó bajo las mantas y dejó que la tensión de su cuerpo se fundiera con el colchón. Se puso de costado y cerró los ojos. Su madre le frotó la espalda y se puso a cantar. A pesar de no haber cambiado nada, la plegaria callada que entonó por su hermano se mezcló con los versos de aquella nana de su infancia para consolarla hasta que se quedó dormida.

Por la mañana, Jordan estaba ansiosa por empezar la ronda por las oficinas que habían visitado la víspera, pero su madre insistió en que era demasiado pronto y en que, antes, debían hacer algún bien al mundo, empezando por Ella.

La señorita Grace sacó la tina que había en el lavadero. Jordan solo necesitó hervir un cazo de agua para poner el agua a una temperatura agradable. La niña observó los preparativos con una mezcla de miedo e interés en el rostro.

—Listo —anunció la joven.

La cría no movió un dedo.

—Ya puedes meterte —indicó Jordan.

La niña parecía confundida. ¿Era posible que no se hubiera dado nunca un baño? Jordan no creía que así fuera, su madre no dejaba de hablar maravillas de los baños de agua tibia en contraste con los gélidos de antaño.

—Es solo una tina con agua —le explicó— para lavarte. Te has bañado antes, ¿verdad?

Ella asintió. Acto seguido, se llevó un dedo al pecho y preguntó con voz maravillada:

—¿Yo primero?

—Sí. —Jordan sonrió, divertida por el gesto sorprendido de Ella—. ¿Es la primera vez que te bañas con agua limpia?

La niña se mordió un labio y asintió sin palabras.

—Entonces, hoy es un día especial para ti. Vamos, ¡adentro! —la alentó.

Ella meneó levemente la cabeza. El miedo era más poderoso que la fascinación.

—¿Qué pasa? —preguntó la joven.

La niña señaló el jabón.

—¿Te da miedo el jabón?

La chiquilla asintió tiritando delante de la tina.

—¿Por si te quema la piel?

—Sí, señora —respondió Ella.

Jordan tomó la pastilla y la frotó entre sus manos dentro del agua para restregarse después el líquido cremoso sobre su piel suave a la altura de la muñeca y aguardó unos instantes por ver si escocía.

—Este jabón no tiene sosa cáustica —anunció—. Si a mí no me hace daño, a ti tampoco.

—¿Seguro? —quiso saber la niña.

—Compruébalo tú misma —repuso Jordan poniéndole una pizca en el brazo—. De todos modos, si no te gusta, podemos usar una manopla solamente.

La niña se miró el brazo, pendiente de una quemazón que, al cabo, no se produjo. Entonces se metió en el agua, aferrándose con cuidado al borde de la tina mientras se sentaba. Dejó caer los hombros al verse rodeada de aquel líquido reconfortante. Una sonrisa discreta le levantó la comisura de los labios y Jordan disfrutó de su alegría.

—¿Te ha resultado grato el jabón? —le preguntó y, al ver la mirada confundida de Ella, lo aclaró diciendo—: ¿Te ha gustado como para usarlo?

Ella asintió, tomó la pastilla que sostenía Jordan y empezó a lavarse. A la joven se le cayó el alma a los pies al ver todos los cortes y las magulladuras que surcaban los brazos y las piernas de la cría. Algunos tenían costra aún y, de entre los que habían sanado, algunos daban la impresión de que dejarían marca de por vida.

—¿Qué trabajo hacías antes de que te trajesen aquí los soldados?

—Recogía algodón. No soy muy rápida, pero tampoco soy lenta.

Jordan movió la cabeza hacia delante, aunque tampoco fue capaz de responder. Deseaba asegurarle que sus días de cosechar algodón se habían terminado, pero no quería decirle nada que no fuese verdad. Por muy bien que atendiesen a aquella chiquilla, tenía que reconocer que su futuro era incierto.

La señorita Grace apareció entonces con un tarro en una mano y dijo:

—Cuando acabes de lavártelo, échate un poco en el pelo. Ya verás como te lo deja más suave y fácil de peinar.

—¿Qué es? —preguntó Jordan.

—El elixir mágico que vende la señora Jefferson, de nuestra parroquia. No quiere decirnos qué lleva, pero nos encanta a todas.

Ni Jordan ni Ella habían visto nunca nada igual. La primera molía con su madre semillas de lino para obtener aceite con el que suavizarse el cabello, pero nunca había visto una crema capilar a la venta.

—Y esto es un vestido para ti, Ella —anunció la hospedera refiriéndose a la percha que llevaba en la mano derecha.

De la emoción, al ver aquella prenda de rayas marrones con cuello alto y falda plisada, la pequeña abrió como platos sus ojos castaños.

—¡Es precioso, Ella! —dijo Jordan—. Cuando acabemos, parecerás una reina.

Después del baño, peinó el cabello de Ella haciéndole doce trencitas. Le ungieron la piel con aceite para dejarla suave y con un leve brillo. Jordan la puso delante del espejo que había en la planta alta para que contemplase el resultado de su transformación. De pie frente a su propio reflejo y con la joven a su espalda, Ella miró la imagen que tenía ante sí y, tras volver la mirada hacia Jordan, observó de nuevo el cristal.

—¿No habías visto nunca un espejo?

Ella se mordió el labio mientras negaba con la cabeza y Jordan le estrujó los brazos con suavidad. Eran tantos los pequeños placeres de la vida que ella consideraba cotidianos y que aquella criatura no había conocido aún…

—Pronto te acostumbrarás a todos estos cambios. —La joven la tranquilizó con una sonrisa, aunque apenas había pronunciado aquellas palabras, se arrepintió. Podía ser que aquella niña no fuese su prima y, en caso de que lo fuera, cabía también la posibilidad de que Sarah la llevase a vivir con ella a las cabañas de Fair Oaks. Y aquella choza no tenía un espejo de cuerpo entero ni crema para el cabello. El destino de la chiquilla era incierto y no estaba en sus manos. Tal vez fuese hasta cruel exponerla a aquellos lujos de la vida cuando podía perderlos en apenas unos días.

Cuando entraron en la sala de estar, su madre y la señorita Grace aplaudieron el cambio de imagen de Ella.

—Pareces una princesa —declaró la primera.

—¡Gracias, tía! —exclamó la pequeña con una sonrisa de oreja a oreja.

Parecía orgullosa y confiada, tanto que Jordan no pudo menos de pasmarse ante semejante transformación. ¡Qué felicidad poder demostrar a aquella chiquilla que merecía que la colmasen de halagos y la tratasen con respeto! Quizá fuera provisional, pero tenía la esperanza de que, al menos, diese a Ella algo a lo que aspirar para siempre.

—¿Quieres venir con nosotras hoy? —preguntó Jordan. Puso voz dulce, no quería que la congoja que sentía por Samuel empañase el día a la pequeña.

En primer lugar irían a la Agencia de Libertos para ver si el señor Brooke había hecho algún avance en el asunto de su hermano. Luego tratarían de llevar comida para Samuel a la casa de subastas. La señorita Grace les había dicho que los presos pasaban hambre, lo que no había hecho sino aumentar su preocupación.

Ella asintió ilusionada. Por más que la hospedera estuviese encantada de quedarse con la pequeña, a Mattie y Jordan no les pareció adecuado volver a dejarla allí y, por más que a veces pudiera resultarles incómodo, se dijeron que Ella debía empezar a conocer más mundo, aunque, en realidad, en su corta existencia, aquella niña había vivido mucha más crueldad e indiferencia que Jordan.

El señor Brooke les resultó tan poco útil como el día anterior. No tenía noticias ni había trazado plan alguno, pero seguía «sintiéndolo mucho». Para Jordan no tenía ningún sentido volver a aquella oficina, pero, cuando salieron, su madre se despidió hasta el día siguiente.

No tardaron ni diez minutos en salvar a pie los ochocientos metros que las separaban de la casa de subastas. A medida que se acercaban a aquel ominoso edificio, Jordan sintió la necesidad de proteger a Ella. Aunque se había preparado para hacer frente a una escena horrible, nada la había prevenido del espantoso olor que la asaltó al llegar. A unos metros de la entrada, el hedor a excrementos hacía difícil respirar. Sintió náuseas ante las terribles condiciones en las que tenían retenido a su hermano.

Su madre se colocó en la fila de mujeres que se había formado ante una ventana alta con barrotes y sin cristal. Jordan apenas alcanzó a ver una coronilla a través de la abertura y una mano morena que se asomaba por ella. La anciana que encabezaba la cola estiraba el brazo cuanto podía para tocar los dedos del prisionero. Tras unos minutos, los dos se apartaron de la ventana para que la siguiente mujer, flaca como un fideo y con un bebé apoyado en la cadera, diera un paso adelante y gritara un nombre al interior del edificio. Momentos después, se alejó con gesto imperturbable sin haber hablado con nadie.

—Deben de habérselo llevado —supuso sin dirigirse a nadie en particular la mujer que tenían ellas delante mientras meneaba la cabeza.

Tuvieron que esperar a que llegasen seis más al principio de la fila y gritaran un nombre a fin de disfrutar del consuelo de una breve visita o tener que irse desengañadas por donde habían venido.

—¡Dame uno de tus granos de mostaza, rápido! —instó Mattie a su hija.

Jordan se encogió de hombros.

—¿No los tienes? —preguntó su madre con aire decepcionado.

—Lo siento, mamá. Me los he dejado en casa de la señorita Grace.

Su madre puso una de las suyas en la mano de la joven.

—Pues dale a este granito un poco de tu amor y de tu fe. ¡Corre! Tu hermano los necesita para salir de esta.

Su hija obedeció. Con la semillita en la mano, inspiró amor y fe y los espiró sobre ella con la esperanza de que Samuel pudiera llevar consigo algo de la paz que había sentido ella en la iglesia.

Cuando llegó su turno ante la ventana, su madre gritó:

—Samuel Freedman.

Entonces levantó las manos por encima de su cabeza sosteniendo los granos entre el pulgar y el índice. A Jordan le latía con fuerza el corazón. «Por favor, que esté ahí dentro.» La espera fue interminable. Miró a su madre, que tenía la vista clavada frente a ella, el rostro tenso y los dedos justo por encima de la abertura. De pronto aparecieron los de Samuel, aquellos dedos que conocían tan bien, aunque llenos de suciedad. Su madre puso en su mano el modesto obsequio que le habían llevado.

—Gracias por venir, mamá —dijo él con voz abatida.

—También está conmigo Jordan. Y Ella.

Su hermana sintió el estómago revuelto. La frente brillante de Samuel se veía apenas sobre el repulsivo muro de ladrillos. Deseaba con desesperación poder ofrecerle algún consuelo, pero no tenía confianza alguna en que fuesen a lograr su liberación, de manera que, en lugar de falsas promesas, decidió saludarlo sin más.

—Hola, Samuel. —La voz le salió ronca—. Te vas a reír, pero he estado rezando por ti.

—Te hemos traído comida. —Su madre tomó el paquete con los víveres y lo estrujó entre los barrotes.

Habían metido más de lo que él iba a necesitar para que pudiera compartirlo, aunque Jordan no pudo sino preguntarse si aquello no le complicaría aún más la situación. La mujer que iba detrás de ellas en la cola no tardó en inquietarse e indicarles con señas que no se entretuvieran.

—Tenemos que irnos, Samuel —dijo la madre—, pero vendremos a verte a diario y haremos cuanto esté en nuestras manos por que te suelten.

—Está bien, mamá —fue su única respuesta—. Te quiero.

—Adiós —dijo Jordan antes de que se le quebrara la voz. No quiso decir nada más por miedo a echarse a llorar desconsoladamente por no saber si volvería a ver a su hermano. Se dominó hasta que se hubieron alejado de la fila de mujeres. ¿Era la única a la que le dolía tanto aquella situación?

Con las lágrimas corriéndole por las mejillas, miró a Ella, que volvía a dar la impresión de haberse ausentado del mundo, y a continuación a su madre. Por el brillo de sus ojos supo que la mujer también estaba triste, pero la mandíbula apretada le dijo que no tenía intención alguna de revelárselo al mundo. Como todas aquellas mujeres, se conducía con un estoicismo que Jordan no había aprendido aún.

Volvieron andando a la calle principal, cruzándose con gente que abordaba sus quehaceres cotidianos como si el mundo tuviese algún sentido. La joven se obligó a rezar su plegaria: «Dios, cuida de él. Haz que lo suelten». La repitió una y otra vez hasta que dejaron de correr las lágrimas. Entonces, se secó la cara y siguió caminando.

Unas manzanas más allá, su madre se detuvo en seco y declaró:

—Vamos a sembrar amor para recoger esperanza.

—Desde luego, un poco de esperanza no nos vendría mal, pero me cuesta soñar siquiera con ella.

—Ahora vamos a comprar unas cosas, después irás al orfanato a enseñar para el futuro. —Miró a su hija con gesto expectante.

Jordan no se sentía en condiciones de estar con niños después de una experiencia tan deprimente. En realidad, lo único que deseaba era echarse un rato a dormir. Su madre, sin embargo, tenía razón: necesitaba como el agua un poco de esperanza de inmediato. Entendió que su madre depositara su fe en pequeños actos. Estaban enfrentándose a algo tan grande y tan horrible que se sentía impotente. Sin embargo, toda aquella fealdad no iba a impedir que diera clases a un niño.

—Ella, ¿te gustaría aprender todas las letras de tu nombre?

La cría asintió con energía.

Siguieron caminando hasta que, superados los comercios, llegaron al barrio negro de la ciudad. En Clay, bastante cerca del orfanato, encontraron una tienda en la que tenían varias pizarras y tiza. La señora Avery las recibió con los brazos abiertos y las hizo pasar al patio trasero. Jordan encontró de inmediato a Tessie dirigiendo un corro de niños. La pequeña levantó los hombros y abrió los ojos de la sorpresa y la emoción al verla, pero a continuación adoptó un gesto indiferente y se dirigió a ella con andar afectado.

—Así que has vuelto.

—Sí —respondió Jordan.

—¿Te acuerdas de mí? —preguntó aquella cría larguirucha.

—Claro que sí.

—¿Y cómo me llamo?

—Tessie —repuso la joven—. Te, e, ese, ese, i, e. He traído pizarras y tiza para enseñaros las letras de vuestro nombre.

La pequeña la miró con desconfianza.

—¿Te ha dado permiso la señora Avery?

Jordan volvió a asentir.

—¿Y estás segura de que Jesús no va a mandarme al infierno por escribir mi nombre?

—«El sabio que escuchare estas parábolas se hará más sabio» —citó Jordan por todo argumento.

—¿Eso es de la Biblia?

—Sí, y cuando aprendas más, podrás leerla tú misma.

Tessie, convencida, echó a correr hacia el grupo de los niños para llevarlos adonde estaba Jordan y hacer que se sentaran en hileras en el suelo para su primera clase.

Jordan sonrió a su madre. Ya había empezado a sentirse mejor. Tomó a Ella de la mano y le buscó un lugar entre sus compañeros antes de ponerse de nuevo delante del grupo y empezó a enseñarles el alfabeto. Aunque no había ejercido nunca en un aula al aire libre, aceptó el reto con entusiasmo.

—Te, e, ese, ese, i, e —deletreó la niña—. ¡Tessie!
—Muy bien —respondió Jordan—. Eres una niña muy lista. ¡Te lo has aprendido en tu primera clase! Mañana veremos cómo escribir las letras de tu nombre.

Tessie asintió con un movimiento de cabeza y corrió a lavarse para la cena.

La señora Avery se acercó a ella para preguntarle:
—¿Tiene pensado volver mañana?

La joven lo había dicho sin pensarlo, dejándose llevar por la emoción del momento. Miró a su madre con gesto de interrogación.

Mattie dijo que sí con un movimiento de cabeza a la vez que explicaba:

—Me parece a mí que enseñar a estos niños es una buena forma de emplear nuestro tiempo, ¿no?

Jordan estaba de acuerdo.

—Aprenden con muchas ganas.

—Han respondido muy bien con usted. Puede que sea por ser negra —conjeturó la señora Avery—. Quizá les da la inspiración que no encuentran en nuestras maestras blancas.

La joven sintió que se le encogía el corazón ante lo que tenían de cierto aquellas palabras. Jordan les estaba ofreciendo a aquellos chiquillos algo que no podían hacer las docentes blancas: una prueba de lo que era capaz de hacer su raza. Con todo, por satisfecha que estuviese del trabajo que había hecho aquella tarde, no quería tener semejante responsabilidad.

—Mientras estemos en Richmond, estaré encantada de darles clase todos los días —repuso.

La señora Avery respondió con una fina sonrisa:

—Cualquier cosa que puedan ofrecer a estas criaturas será un regalo caído del cielo.

Mattie, Ella y Jordan regresaron a pie a la casa de la señorita Grace desde el orfanato. A cada paso, la joven se sentía más agitada.

—Vamos a doblar por aquí —propuso a fin de evitar la esquina en la que se habían llevado a su hermano.

Su madre hizo lo que pedía sin decir palabra. La mujer sabía que también estaba pensando en Samuel y la tomó de la mano y se la estrujó.

—Podrán llevarse a mi hijo, pero no se llevarán mi fe —anunció Mattie.

Jordan, a punto de echarse a llorar, apuntó:

—Me siento tan impotente…

—Eso es lo que quieren que pienses.

Su hija la miró con gesto perplejo.

—La mayor arma que tienen es precisamente hacer que pierdas la esperanza, de modo que nuestra arma más poderosa es aferrarnos a ella como podamos.

Estaban viendo desmoronarse sus vidas y Jordan temía ser incapaz de evitarlo… Y todo ello ¡a pesar de que habían ganado la guerra! Dudaba que en su corazón, henchido de rabia, quedase un hueco para la esperanza.

—Lo dices como si fuera fácil —aseveró sintiendo que se le agolpaba la emoción en el pecho.

—Eso es porque tengo mucha más práctica que tú viviendo con esperanza frente al mal. No digo que sea fácil. Solo digo que es el arma más poderosa que tenemos. Así que no dejes de ir a ese orfanato. Ya verás que hacerle bien al mundo te da esperanza.

—Enseñar a leer a los niños no es nada, solo una gotita de agua en un desierto colosal de maldad.

—Eso es lo máximo que consigue la mayoría de nosotros: ser una gotita de agua. Muy poca gente hace algo grande como el señor Lincoln con la Proclamación de Emancipación. Dios te está dando la oportunidad de ayudar a un niño a reconocer su propio nombre. Es poquito, pero para esa criatura es un mundo. Nosotros no elegimos lo grande que será nuestra aportación, pero sí decidimos hacer algún bien donde estamos.

Jordan se mordió el labio mientras asentía sin palabras, pero su gesto no debió de resultar muy convincente, porque su madre siguió diciendo:

—Si son bastantes los que ponen su chorrito de agua en el mismo lugar, entre todos harán que crezca una flor, aunque sea en medio del desierto.

La hija soltó un suspiro. Quería creerla, pero seguía teniendo muchas dudas. Los ojos de Mattie se humedecieron cuando aseveró:

—Nunca, ni en un millón de años, se habría imaginado mi madre leyendo la palabra del Señor sin ayuda. Y, fíjate, ahora tú, su nieta, eres maestra. ¡Has ido a la universidad!

A Jordan se le erizó la piel ante el asombro de su madre.

—¿Y sabes por qué? —preguntó esta—. ¿Sabes a quién tenemos que agradecer tanta suerte?

—¿A la prima Sarah? —musitó la joven con la garganta tensa.

—Ajá. A ella y a muchos otros.

La joven la escuchó con atención.

—Tu abuelo paterno le llenó la cabeza de historias de libertad. Tu abuelo no la alcanzó en su vida, pero plantó la semilla en tu padre. Yo no habría pensado nunca en escapar, pero, cuando me casé con él y cuando Samuel y él nos allanaron el camino para vivir como está mandado, después de que tú nacieras, no tuve más remedio que hacerlo, por muy asustada que estuviese.

»Y también a toda esa gente a la que no hemos conocido ni conoceremos nunca, a los que Dios llamó para que hicieran algo que no había existido antes: una universidad para todos en la que podían estudiar mujeres negras. Eso sí que es un milagro, hija mía. ¡Un milagro que fue a bendecirte la vida!

Jordan sintió un enorme escalofrío recorriéndole el cuerpo ante lo que tenían de cierto las palabras de su madre.

—El sembrador lanza sus semillas allí adonde va. La mayoría no arraigará ni brotará, pero habrá algunas que sí. Tú eres hoy el sembrador, cielo. Estás lanzando los granos del conocimiento a esos chiquillos. No sabes cómo ni dónde florecerán, pero hoy has hecho el trabajo que Dios te ha encomendado: sembrar unas cuantas semillas.

La admiración y la gratitud acabaron con el último ápice de duda que guardaba aún su corazón y fueron a unirse al temor y el dolor siempre presentes que sentía por Samuel. Su madre tenía razón: su vida era un milagro que debía a Dios y a muchas personas, pero, al mismo tiempo, la invadía la furia por el arresto de Samuel. De un modo u otro, tenía que conjugar aquellas dos verdades complejas y contradictorias. Abrazó con fuerza a su madre.

—Gracias —le susurró al oído cuando, un buen rato después, se soltaron. A continuación, tomó la mano de Mattie con su izquierda y la de Ella con la derecha y siguieron avanzando juntas.

Capítulo diecinueve

LISBETH

Richmond (Virginia)

Seguir adelante con sus quehaceres cotidianos resultaba atroz, pero necesario. Lisbeth pasaba los días aturdida, evitando a Jack en la medida de lo posible, aunque no tenía más remedio que coincidir con él durante las comidas. Cada vez que lo miraba tenía la impresión de que se estaba burlando de ella.

Su padre avanzaba lentamente hacia el último tránsito y pasaba durmiendo casi todo el día y la noche. Lisbeth, aunque seguía dedicando mucho tiempo a sentarse a su lado, había empezado a encontrar agotador ver transcurrir las horas anclada a su lecho. Había abrigado la esperanza de que la conversación sincera que había tenido con su madre iniciase entre ambas un afecto duradero, pero no había sido así. Ninguna de las dos había vuelto a hablar de su relación. Las gotas parecían tener más efecto sobre la señora Wainwright que cualquier cosa que pudiera decir o hacer ella.

Le chocaban las atenciones que prodigaba Julianne a Sadie. La niña aparecía cada tarde con un peinado nuevo por cortesía de su tía y Lisbeth se preguntaba de qué hablarían las dos durante el tiempo que pasaban juntas y si su cuñada no ejercería sobre su hija una influencia poco recomendable. Aun así, como no quería suscitar curiosidad alguna ni problemas, no se atrevió a hacer nada por poner fin a aquella costumbre.

Aunque revisaba el correo en cuanto llegaba a la casa, seguía sin tener noticias de Matthew. Había pasado ya más de una semana desde que había escrito a su marido y empezaba a temer que no hubiera recibido su carta. No era fácil saber qué hacer sin contar con información. Al final, había decidido que, si no recibía su respuesta al día siguiente, le enviaría un telegrama.

El timbre de la puerta la sacó de sus pensamientos.

—¿Espera a alguien? —preguntó a su madre, sentada con ella en el salón.

La anfitriona negó con un movimiento de cabeza. La mujer disfrutaba de uno de sus momentos plácidos.

Instantes después abrió Emily la puerta y dijo:

—Señoras, el señor Matthew.

Lisbeth se mostró confundida, pero al instante vio a su marido y el corazón le dio un brinco como una liebre enloquecida. Corrió a su encuentro sin pensar siquiera en su madre.

—¡No puedo creer que estés aquí! —exclamó.

—He decidido daros una sorpresa a los niños y a ti.

Matthew la envolvió con sus brazos para levantarla del suelo y volver a dejarla en tierra antes de darle un largo abrazo. Lisbeth se relajó sobre el cuerpo de él, apoyó la mejilla en su pecho y disfrutó del solaz que solo él sabía ofrecerle. Lo había echado muchísimo de menos.

La señora de la casa interrumpió aquel reencuentro en tono de reprobación.

—¡No nos has avisado de tu llegada!

Matthew y Lisbeth se separaron, aunque se mantuvieron con los brazos entrelazados.

—Mil disculpas, madre Wainwright —dijo él con cortesía—. Me enteré de que venía para acá un amigo y me uní a él sin pensarlo. Ni siquiera he tenido tiempo de escribir para anunciar mi llegada.

—¿Tienes intención de quedarte aquí? —preguntó su suegra con aire incrédulo.

A Lisbeth se le cayó el alma a los pies. Su madre tenía que ser muy cruel para negar un techo a su propio yerno.

—Solo a pasar la noche, si no es molestia —respondió él con voz tranquila y encantadora—. Mañana por la mañana me gustaría ir a ver a mis padres con Lisbeth y los niños, si no le importa que se la robe unos días.

—No creo que a *Elizabeth* le importe lo que yo pueda opinar al respecto. De todos modos, aunque mi esposo se acerca al final de su vida, no hay motivos para creer que sea en cuestión de días.

Y con esto salió de la sala sin dar a Lisbeth ocasión de responder a sus ásperos comentarios. Le daba igual: Matthew estaba allí, con ella. Lo volvió a abrazar.

—¿De verdad eres tú? —dijo sonriendo a su marido—. No sabes lo aliviada que me siento. ¿Con quién has viajado?

Matthew la llevó al sofá y susurró:

—Con Emmanuel, que ha venido a liberar a Samuel. Yo me ofrecí a acompañarlo por si podía ser de ayuda. Vengo dispuesto a testificar que Samuel es mi empleado y, por lo tanto, no ha cometido delito de vagancia.

—Entonces, ¿te llegó mi carta?

—No. Él recibió un telegrama. El reverendo Duhart se dio cuenta de que la presencia de un hombre blanco podía ser de vital importancia para salir victoriosos y, conociendo la relación de las dos familias, me pidió que lo acompañase.

Lisbeth sintió un escalofrío.

—¡Vaya! ¡Muchas gracias, Matthew!

—Sabes que esto supondrá el final definitivo de tu relación con tu familia, ¿no? —Matthew la miró fijamente con sus ojos del color de la miel.

Lisbeth dejó escapar un suspiro. Aunque se le humedecieron los ojos, asintió.

—Tenía muchas esperanzas de que hubiese una reconciliación, pero ya me ha quedado claro que aquí no encontraré nada semejante. Este viaje solo me ha servido para entender que tomé la decisión correcta cuando me fui. —Sonrió a su marido—. No es que lo hubiera dudado, desde luego. Pedirte matrimonio fue la mejor decisión que he tomado en la vida. —Apretó la mano de su marido, que le devolvió la sonrisa—. Sin embargo, antes de esta visita no me había dado cuenta de que mi madre, mi padre y mi hermano Jack ya no son mi familia. Por triste que me resulte saberlo, no tenemos lazos de afecto ni de confianza.

—¿Estás de acuerdo entonces con esta decisión?

Lisbeth inclinó la cabeza.

—Vale más una verdad desagradable que una mentira hermosa. Tengo muy claro que quiero ayudar a Mattie y a Samuel en lo que nos sea posible. ¿Tenemos algún plan?

—Por la mañana iremos a casa de mis padres. Emmanuel irá a reunirse allí con nosotros acompañado por Mattie y Jordan. Espero que podamos averiguar a quién han arrendado a Samuel.

—Yo sé donde está.

—¿Dónde?

—En White Pines. Lo tiene cosechando sus campos de tabaco Edward Cunningham.

—¿Volveremos a ver a los abuelos Wainwright antes de irnos a casa? —preguntó Sadie mientras hacían las maletas en su cuarto.

Lisbeth no sabía qué decirle. Deseaba que su hija entendiese que aquella sería una despedida definitiva, pero no deseaba que sus seis añitos la llevaran a arruinarles los planes. Al final, decidió revelárselo y no apartarla de su lado hasta el momento de salir.

—¿Sabes guardar un secreto? —le preguntó—. Uno muy importante.

La pequeña asintió con entusiasmo.

—Vamos a ir a ayudar a que pongan en libertad al hermano de la señorita Jordan. Después no volveremos aquí, así que no volverás a ver a los abuelos Wainwright, pero no podemos decirles nada, porque nadie puede saber que vamos a ayudar al señor Freedman. Cuando te despidas de ellos, en el fondo de tu corazón sabrás que es para siempre, pero no podrás decírselo.

—¿Para siempre?

Los ojos de Lisbeth se llenaron de lágrimas mientras le confirmaba:

—Para siempre. No los visitaremos nunca más, ni a ellos ni al tío Jack, la tía Julianne ni al primo Johnny.

—¿Ni ellos a nosotros?

—No.

La pequeña asimiló la información y la leve contracción de su ojo izquierdo reveló a Lisbeth que, como ella, estaba conteniendo la emoción.

—Me da pena no volver a ver al tío Jack ni a la tía Julianne, pero no a la abuela Wainwright ni al primo Johnny. ¿Eso es malo?

En el interior de su madre se agitaban también emociones encontradas.

—No, no es malo que lo sientas. Tus tíos te han tratado con mucho cariño y entiendo que los eches de menos, pero Johnny y la abuela no han sido capaces de ganarse tu afecto. Lo que no podemos es decírselo a ninguno de ellos.

—¡Eso ya lo sé, mamá! —aseguró la niña antes de guardar silencio y llevar una mano al guardapelo que llevaba al cuello. Acto seguido, mirando a su madre con ojos llorosos, dijo—: No sería justo que me lo quedara, ¿verdad? ¿Me lo quitas?

A Lisbeth se le partió el alma. Tenía razón. La pequeña se dio la vuelta y Lisbeth le desabrochó el collar. Sadie besó el metal, se despidió de él con un susurro y lo dejó en el escritorio.

—¿Lo sabe Sammy? —preguntó.

—¿Que nos vamos para siempre?

La pequeña asintió abriendo de par en par los ojos azules y formando un arco con las cejas. La seriedad que transmitía inquietó a Lisbeth. Aquel viaje estaba siendo más complicado aún de lo que había supuesto.

—Le voy a decir lo mismo que te acabo de decir a ti. Y papá, por supuesto, conoce nuestro plan —respondió Lisbeth—. En nuestra familia no hay secretos.

—¿Para eso ha venido? —preguntó la hija—. ¿Para ayudar al señor Freedman?

—Sí —dijo Lisbeth—. Eres una cría muy lista.

—No soy una cría —declaró ella—. ¡Tengo seis años!

Capítulo veinte

JORDAN

Condado de Charles City (Virginia)

Jordan sintió náuseas cuando dejaron Richmond para tomar de nuevo la dirección de Fair Oaks. Sentada en la caja del carro, notaba que se le revolvía el estómago con cada piedra y cada bache del camino. La falta de sueño no ayudaba a mejorar la situación. Había pasado la noche dando vueltas en la cama con la mente inquieta cada vez que parecía que iba a quedarse dormida. Se había alegrado al ver a su padre, aunque también sentía un miedo atroz por él, pues temía que se lo llevasen como a Samuel. «Sé valiente. Tienes que ser tan valiente como mamá», se decía, pero su corazón no le obedecía.

Iban de camino a casa de los abuelos de Sadie. Los Johnson, no los Wainwright. Al parecer, el padre de Matthew Johnson simpatizaba con su causa. Su padre decía que aquella familia los ayudaría a conseguir que liberasen a Samuel o, por lo menos, les ofrecería una casa desde la que poder actuar con cierta seguridad. Lisbeth y su familia se reunirían allí con ellos y juntos trazarían un plan para recuperar a Sarah y a Samuel.

Aunque le apetecía hacer aquel viaje, su miedo no hacía más que aumentar a medida que avanzaban. Hizo cuanto le fue posible por ocultar su angustia, sobre todo ante la pequeña Ella, quien, perdida en su propio mundo, tenía la mirada puesta en la arboleda mientras el carro rodaba entre traqueteos. Sus padres iban sentados en el pescante. El simple hecho de tener a su padre debería haberle resultado consolador, pero su presencia no hacía más que preocupar más todavía a Jordan. Si en Ohio no le había parecido frágil ninguno de los dos, allí la abrumaban la sensación de que debía protegerlos a ambos y la impotencia que sentía para garantizar su seguridad. Metió la mano en el bolsillo con la esperanza de que los diminutos granos de mostaza fuesen capaces de transmitirle un mínimo de fe.

Unas horas más tarde llegaron a una granja cuya fachada necesitaba a todas luces una buena mano de pintura. Jordan esperó con Ella en el carro mientras sus padres se acercaban a los tres blancos que salieron a recibirlos. Los dos mayores tenían el cabello blanco y las arrugas de quien ha trabajado la mayor parte de su vida a la intemperie. Debían de ser, casi con seguridad, los padres de Matthew. Por otra parte, el parecido que guardaba el más joven con Matthew hacía suponer que se trataba de su hermano, aunque también podía ser un peón.

—¿En qué puedo ayudarlos? —preguntó el anciano con gesto precavido.

Jordan se esforzó en oír la conversación sin mirar. Su padre respondió con voz suave y respetuosa:

—Nos ha invitado el señor Matthew, señor.

—Debe de haberse confundido —dijo el hombre—. Él ya no vive aquí.

—Lo conocemos de Oberlin —intervino nerviosa su madre.

Asintieron con la cabeza, aunque su expresión seguía siendo perpleja.

—Matthew y yo hemos venido juntos de Ohio a Virginia —expuso su padre.

—¡Oh! —exclamó emocionada la mujer y, después de mirar a su alrededor, añadió—: ¿Dónde está?

—Viene hacia aquí con Lisbeth y los niños en otro carro —dijo el recién llegado—. Pensábamos que ya habrían llegado. Se habrán retrasado.

—Nos encantará verlos —repuso sonriendo el padre de Matthew—. Y ustedes pueden considerarse en su casa. —Le tendió la mano anunciando—: Mitchel Johnson.

Se la estrechó mientras se presentaba.

—Mi mujer, Mary Alice, y mi hijo mayor, Mitch —señaló después el anfitrión.

—Y mi esposa, Mattie Freedman.

—¿La Mattie de Lisbeth? —exclamó la señora Johnson.

La aludida asintió sin palabras.

—¡Ay, Dios mío! ¡Qué placer tan grande conocerla! —La madre de Matthew sonrió y dijo con voz amable—. Mi nuera habla de usted con tanto cariño… Por favor, entren y esperen dentro.

La anciana miró a Jordan y, con una sonrisa, la animó a seguirlos. La joven se apeó del carro con Ella y se unió al grupo. La señora Johnson las acogió con gran afabilidad, pero la niña se encogió cuando le tendió la mano para presentarse.

—Lo siento mucho —dijo Jordan, azorada ante la falta de modales de la pequeña.

—No te preocupes, de veras. Yo también era muy reservada de niña, así que lo entiendo perfectamente. ¿Queréis limonada? Está fresquita y ha salido buenísima —les ofreció a Ella y a Jordan cuando se sentaron en la sala de estar.

La chiquilla clavó la mirada en la alfombra desgastada, sin que la joven pudiese determinar si por terquedad o miedo. Jordan respondió por las dos:

—Perfecto, muchas gracias.

Cuando se ausentó la señora Johnson, susurró a la niña:

—Di gracias cuando te traiga el vaso.

—Tengo mucho miedo —musitó la niña.

—¿De qué?

—De la señora blanca.

—¿Y por qué?

—Son malos.

—Todos no —le explicó la joven.

La cría la miró con gesto incrédulo.

—Todos los que yo he conocido.

Volvió a agachar la cabeza. La señora Johnson había vuelto. El primer impulso de Jordan fue el de regañar a Ella, decirle que estaba equivocada y enseñarle a pensar de otra manera, pero decidió que sería mejor para las dos armarse de paciencia: la pequeña comprobaría que había blancos buenos con hechos, no con palabras.

—¿Has estado alguna vez en la casa de una persona blanca? —le preguntó.

Ella negó con un movimiento rápido de cabeza y la joven se dio cuenta de que, de hecho, le temblaba la mano tanto que no pudo sino sentir una oleada de compasión por aquella criatura aterrada.

—Tranquila, Ella, estarás bien. No te separes de mí y ya está. Ya sé que es un gran cambio para ti, pero te acostumbrarás. Y créeme: no todas las personas blancas son malas.

No tardaron mucho en oír llegar otro carro. Los señores Johnson corrieron a recibir a Lisbeth, a Matthew y a los niños. Jordan observó el reencuentro desde el porche con Ella a su lado.

—¿Ves que el señor Johnson no deja de secarse los ojos? —preguntó inclinándose hacia la pequeña—. ¡Está tan feliz que se ha echado a llorar!

Ella miró al padre de Matthew y luego a Jordan con gesto maravillado.

—¿Quién es esa niña blanca? —quiso saber.

—Sadie. Tiene seis años, lo que quiere decir que tienes que ser amable con ella, porque es menor que tú. Su hermano, Sammy, tiene nueve como tú. Sus padres son los señores Johnson. No los confundas con los padres de Matthew, ellos también son Johnson.

—¿Cómo es que tienen dos nombres?

Jordan se quedó desconcertada por la pregunta, hasta que recordó que la mayoría de los esclavos no tenía apellido. A continuación, explicó a la niña cuál era la tradición.

—Todos tenemos un nombre familiar, el apellido, y uno individual. El de mi familia es Freedman. Mis padres lo eligieron cuando escaparon de Virginia. Somos Emmanuel, Mattie, Samuel y Jordan Freedman.

La pequeña afirmó con la cabeza en señal de entendimiento.

—¿Y mi madre? ¿Tiene apellido?

Jordan consideró la respuesta.

—No estamos seguros. Creemos que podría ser Brown, pero eso se lo podrás preguntar tú misma.

—Así que yo sería también Brown. Si es mi madre.

—Sí. —Le dolía ver a aquella criatura esperando a averiguar cuál era su lugar en el mundo.

—Pero ¿la vamos a encontrar?

—Ese es uno de los motivos por los que hemos viajado hasta aquí: para que te conozca la prima Sarah.

—¿También tengo padre?

A la joven se le cayó el alma a los pies como un saco de grano. Hablar con aquella chiquilla era como caminar por el borde de una fosa vacía. Se encogió de hombros mientras meneaba la cabeza. La pequeña se mordió un labio con tanta fuerza que Jordan temió que se hiciera sangre. Para distraerla, le preguntó:

—¿Quieres ir a conocer a Sadie?

Ella dejó de morderse el labio, pero solo para adoptar un gesto más alarmado que entusiasta.

—Ya verás: es un encanto —dijo para tranquilizarla—. Es una de mis alumnas más simpáticas y de las que más ayudan.

La niña accedió con un movimiento de cabeza, aunque sin abandonar su expresión preocupada. Las dos se unieron al grupo cuando los padres de Jordan saludaban a Lisbeth y Matthew. Emmanuel estrechó la mano del hombre y le dio una palmadita en la espalda.

—Que Dios te bendiga por haber querido venir con Emmanuel —dijo Mattie.

—Me alegra estar aquí, Mattie —repuso Matthew con una sonrisa.

Lisbeth la abrazó con fuerza y aseveró:

—Siento que tengamos que hacer todo esto, Mattie. Haremos cuanto podamos para ayudaros a liberar a Samuel.

Mattie asintió con los labios apretados. *Liberar*. Aquella palabra se clavó como una lanza en el corazón de Jordan. Su hermano no era libre. Antes de aquel viaje, había creído que la justicia no podía sino avanzar, pero allí había tenido ocasión de conocer otra realidad. Había aprendido que había personas terribles resueltas a reprimir a su gente. No tenía más remedio que coincidir con sus padres: la lucha por los derechos de las personas de color no había acabado y era tan importante como la de las sufragistas.

Sadie llegó corriendo y gritando:

—¡Hola, señorita Jordan!

—Me alegro de verte, Sadie —dijo la joven—. Mira, te presento Ella. Ella, te presento a Sadie.

—Yo tengo seis años —la informó Sadie—. ¿Y tú?

—Nueve —indicó Jordan a Ella gesticulando con la boca y levantando nueve dedos, a pesar de no saber contar. La joven hablaba como si Ella fuese la hija de Sarah, aunque, por lo que sabía de la pequeña, era una niña de siete años nacida en Carolina del Norte más que una de nueve que hubiera visto la luz en Virginia.

—Nueve —dijo Ella en voz alta a Sadie, aunque sonó más a pregunta que a aserto.

Sadie miró hacia arriba con gesto pensativo y desplegó uno, dos y tres dedos.

—¡Tienes tres años más que yo! —sentenció.

Ella hizo un gesto de afirmación que Jordan no supo determinar si iba destinado a ella misma más que a Sadie.

Todos se apretujaron en la sala de estar. Jordan y Ella permanecieron algo apartadas con la intención de observar la conversación más que de participar en la misma. Sadie no se apartaba de ninguna de las dos, pues saltaba a la vista que había decidido que Ella sería su mejor amiga desde aquel instante. Ella parecía halagada y aterrada a partes iguales por tanta atención.

—Una oración. Vamos a empezar con una oración. —Mattie hizo un gesto para que se acercasen Jordan y las niñas—. ¡Acérquense todos y tómense de las manos! —Entonces, miró a Emmanuel y le hizo una señal con la cabeza.

La hija de ambos se adelantó y tomó la mano de Lisbeth. Esta tendió la derecha para ofrecérsela a Ella, quien, a pesar de mirarla con gesto confundido, envolvió su palma con los dedos. Sadie asió la otra mano de Ella y así estuvieron preparados.

Jordan contempló la cadena que conectaba a todos los allí presentes, una mezcla curiosa de personas de distintos colores y edades conformada por sus familiares más cercanos, sus padres, y otros que apenas eran más que extraños para ella. Todos estaban dispuestos a hacer cuanto fuera posible por resolver la situación de Samuel. ¿Sería aquella bendición, aquel bien inmerecido, lo que los había unido o más bien el resultado de las intrigas de su madre? Fuera lo que fuere, se sentía agradecida.

—Dios —rezó su padre—, necesitamos tu bendición. Guíanos y abre el corazón y la mente de los que tienen cautivo a Samuel.

Libera a nuestro hijo de sus cadenas si es tu voluntad, como has liberado a tantos otros. Amén.

Todos repitieron esta última fórmula y Jordan sintió que la invadía la paz mientras se unía al resto con su propio:

—Amén.

Matthew se inclinó entonces para comunicar a los Johnson lo que sabía de las circunstancias en que se encontraba Samuel. La anfitriona meneó la cabeza lentamente mientras él hablaba, aunque Jordan no pudo interpretar bien su estado de ánimo. Daba la impresión de que, aun apoyando su causa, estuviese preocupada por la posibilidad de que los descubrieran en una situación tan peligrosa.

—¿Estáis seguros de que lo tienen en White Pines? —preguntó el señor Johnson.

Lisbeth se encogió de hombros.

—Solo tengo la palabra de Jack. Es verdad que podría ser que se hubiera burlado de mí, pero parece cierto.

Mitch soltó un largo suspiro y movió la cabeza de un lado a otro.

—No será fácil tratar con Edward Cunningham. La guerra lo dejó muy trastornado. Se volvió loco cuando rompiste el compromiso que tenías con él y os casasteis —dijo señalándolos a ella y a su hermano—, pero está peor todavía desde que sirvió en el campo de batalla. Hay que tener muchísimo cuidado con él.

Aquello despertó el interés de Jordan. ¿Lisbeth había estado a punto de contraer matrimonio con el hombre que tenía trabajando a Samuel? Se propuso preguntar a su madre al respecto.

En ese momento intervino su padre.

—He estado pensando cuál podría ser el mejor modo de liberar a mi hijo y creo que deberíamos decir que Matthew nos trajo a Samuel y a mí para que los ayudase a ustedes con la cosecha.

—¿Eso es lo que tenemos que decirle a Edward? —preguntó el señor Johnson.

—No, bastará con que hablen con su capataz.

—Si le lleva esto, puede estar seguro de que le hará caso —dijo Mattie sacando el fajo de billetes.

Todos los presentes se revolvieron al ver tanto dinero y Jordan se sintió agradecida, más que enojada, por que sus padres hubieran ido apartando aquellos ahorros, con los que podrían salvar a su hermano.

Mitch apuntó:

—Con ese dinero no es difícil atraer la atención de un hombre.

—Perfecto —dijo Matthew—. ¿Qué os parece si Mitch, Emmanuel y yo salimos mañana temprano y hablamos con el capataz de White Pines?

—Yo iré con vosotros —aseveró su esposa con una determinación apasionada.

—No, Lisbeth —respondió él—. Tú, quédate aquí con los niños.

—No era una pregunta, Matthew —declaró—. Pienso ir con vosotros.

Nadie se atrevió a hablar. La tensión inundaba la sala de estar. Jordan miró a los presentes y alentó a Lisbeth para sus adentros. Su marido parecía dispuesto a discutirlo, pero, al final, se limitó a exhalar un suspiro y asentir con un gesto.

—Emmanuel, Mitch, Lisbeth y yo saldremos para White Pines por la mañana —accedió Matthew.

—Y Jordan, Ella y yo iremos a buscar a Sarah —declaró Mattie.

Todas las miradas se volvieron hacia ella. Jordan se sobresaltó al oír su nombre. Tan preocupada había estado por Samuel que había olvidado por completo el plan que había trazado con su madre para convencer a la prima Sarah de que se reuniera con Ella.

Su padre dijo con aire despreocupado:

—Si os esperáis a que vuelva, puedo acompañaros.

Mattie expresó su negativa con un movimiento resuelto de cabeza y dijo:

—Entraremos y saldremos en silencio. No provocaremos ninguna pelea. Además, si lo hacemos mientras vosotros os ocupáis de recuperar a Samuel, podemos dejar este condado antes de que llegue la noche. Quizá logremos salir de aquí antes del mediodía.

Emmanuel se sintió como Matthew pocos minutos antes: preocupado, pero resignado a seguir las instrucciones de su mujer.

Ella y Jordan estaban sentadas en la caja del carro en el mismo bosquecillo de la plantación de Fair Oaks en el que las había esperado Samuel hacía ya tantas semanas. Mattie las había dejado allí para dirigirse a hurtadillas a la choza de la prima Sarah. Aunque en un principio había dudado en dejar a su madre sola, Jordan había acabado por aceptar que ella sola resultaría mucho menos sospechosa que las tres.

La joven pudo hacerse una idea del tormento que había conocido su hermano la noche que lo habían dejado allí. Su madre no llevaba más de media hora ausente y ya la consumía la angustia.

—¿Qué pasará si no es mi madre? —preguntó la niña con voz lastimera.

A Jordan se le encogió el estómago. También se había hecho aquella pregunta y no había dado con una respuesta aceptable. Devolverla al orfanato sería un acto de crueldad inconmensurable. Jordan se vería hostigada por el recuerdo de aquella cría para el resto de su vida si la abandonaban a una suerte desconocida. Mattie no parecía muy dispuesta a encargarse de una huérfana ni Jordan se sentía preparada para aceptar tamaña responsabilidad. Seguía siendo reacia a cambiar sus planes de futuro, a renunciar a su sueño de trabajar en favor del sufragio femenino, pero tampoco podía descartar sin más esa posibilidad.

Fiel a su palabra, había regresado a diario a dar clase en el orfanato desde que habían arrestado a Samuel. Aquel había sido el mejor momento del día, pues le había dado esperanza y un objetivo que seguir. Los pequeños se habían ganado un lugar especial en su corazón. Sobre todo, Tessie.

Aunque en un principio había declinado la proposición de la señora Avery de ejercer de profesora en la escuela de libertos, se sorprendió pensando en planes de estudio para dicho centro. Aquellos alumnos necesitaban recibir una educación diferente que la que ella impartía a los niños de Oberlin, una educación en la que el orgullo por la historia de su raza y la formación ética tuvieran tanto peso como las matemáticas y la lectura en su instrucción. Si resultaba que Ella no era su prima, podría permanecer en Richmond para enseñar y cuidar a aquella niña. Por más que tuviera grandes esperanzas de que la pequeña fuese hija de Sarah, Jordan se sorprendió al advertir que aquella posibilidad no le resultaba del todo decepcionante.

Cabía suponer que la idea de encontrarse con su hija menor persuadiría a su prima para que acudiese al bosque y la convencería de que aquella era una de las crías a las que estaba esperando. De ser así, habían rezado fervientemente para que su presencia bastase para hacer que las acompañara. Aunque ello supondría dejar Virginia sin conocer la suerte que podía haber corrido Sophia, tal posibilidad parecía prometer a ambas un futuro mucho más venturoso. Había demasiadas condiciones zumbando en el aire como abejas dispuestas a atacar.

La niña la miraba con ojos anhelantes en espera de una respuesta. Jordan se aclaró la garganta. Deseaba poder tranquilizarla, pero no podía mentir ni ofrecerle esperanzas infundadas.

—Me van a devolver, ¿verdad? —dijo Ella moviendo lentamente la cabeza. Recogió las piernas para arrimarlas al pecho y, envolviéndolas con los brazos, apoyó la cabeza en las rodillas. Así, hecha un ovillo, comenzó a mecerse sin prisa.

—Sinceramente, no lo sé —respondió la joven con voz ronca. Posó una mano en la cintura de la niña para brindarle un mínimo de consuelo y apoyo, pero la niña tensó un hombro y se apartó de su contacto. En aquel instante era imposible obtener solaz alguno. Jordan se sintió avergonzada. Quería lo mejor para aquella chiquilla dulce, tímida y herida, pero no podía comprometerse a ser su familia, así que eludió la responsabilidad.

—Mi madre sabrá qué es lo que tenemos que hacer en ese caso —concluyó—. Se asegurará de buscarte un lugar decente.

Ella alzó la vista, miró a Jordan con los ojos cargados de duda, se encogió de hombros y volvió a esconder el rostro en las rodillas. La joven se sentó a su lado, sin tocarla, para ofrecerle su compañía muda mientras afrontaban aquella espera interminable. Tras unos minutos, preguntó:

—¿Quieres que escribamos algo?

La cabeza de la criatura, que descansaba aún sobre sus rodillas, se agitó de un lado a otro con tanta intensidad que las trenzas le botaron.

—¿Y si contamos? —trató de convencerla Jordan.

Las trenzas se le volvieron a agitar.

—¿Y si jugamos a Sally Walker?

No obtuvo respuesta, cosa que consideró mejor que una negativa. Jordan prefirió no insistir y se puso a marcar el ritmo dando palmadas con las manos, golpeándose el regazo y asestando manotadas al aire en el espacio que tenía frente a ella. La niña volvió la cabeza muy ligeramente y la observó con el rabillo del ojo. Jordan comenzó entonces a tararear en voz baja. Ella despegó la cabeza de las rodillas. Sin dejar de canturrear ni de dar palmadas, Jordan se apartó hacia la derecha y se volvió hacia la izquierda a fin de orientar sus gestos hacia la pequeña. Ella aceptó la invitación muda y comenzó a hacer chocar sus palmas con las de la joven mientras cantaba el comienzo de la estrofa siguiente. Jordan la entonó con ella.

Un día, Sally Walker
se sentó en un poste.
Sécate esos ojos,
Sally, no me llores.
Las manos en la cintura,
ve cambiando de postura.
Muévete hacia el este;
luego, hacia el oeste;
muévete hacia el niño
que va a quererte.

Estaban todavía jugando a dar palmadas cuando oyeron agitarse la maleza. Jordan sintió que se le aceleraba el pulso y se le secaba la boca. Vio su miedo reflejado en los ojos de Ella, inclinó la cabeza en señal de reconocimiento del temor que compartían y tomó aire para calmarse y dar ejemplo mientras ambas miraban a los arbustos en espera de lo que estaba por venir.

—Somos nosotras —anunció Mattie antes de que Jordan pudiera verlas.

La niña la miró alarmada y Jordan, sintiendo que debía protegerla, la envolvió con un brazo.

Mattie fue la primera en salir de los matorrales. Sarah la siguió de cerca, con los ojos castaño oscuro abiertos de par en par por la emoción o quizá por miedo. La prima Sarah dejó de andar en el instante en que posó los ojos en Ella. Se quedó petrificada a un metro de distancia de la niña, incapaz de apartar la mirada de la pequeña. Jordan las observó a una y a otra. Las dos tenían el rostro demudado por la ansiedad. Ninguna movió un dedo.

De pronto, Sarah cayó de rodillas. De su interior brotaron gemidos sonoros y por sus mejillas corrieron lágrimas al mismo tiempo que agitaba los hombros. Jordan solo había visto llorar de ese modo en un funeral.

—¿Qué le pasa? —le preguntó Ella.

La joven, que no tenía claro cuál podía ser el significado de aquel rapto, negó lentamente con la cabeza:

—No lo sé.

Entonces Sarah se puso a gritar:

—¡Mi niña! ¡Mi niña! —Levantando los brazos, la invitó a acercarse a ella con un movimiento de manos.

Por las extremidades de Jordan corrió un escalofrío de alivio. Sonriendo a la niña, le anunció:

—¡Te ha reconocido!

La pequeña parecía confundida.

—Que dice —aclaró la joven— que sí que es tu mamá.

—¿De verdad? —preguntó Ella.

Jordan asintió y le indicó:

—Corre, ve a darle un abrazo.

Cuando la pequeña la miró aterrada, tomó con suavidad su mano y salvó lentamente con ella los tres pasos que la separaban de su madre. Jordan se arrodilló delante de Sarah y Ella siguió su ejemplo. Entonces, tomó la manita de la niña y la puso sobre la de su madre.

Por el rostro de Sarah corrieron a raudales las lágrimas. La mujer sostuvo en una mano los deditos de Ella mientras le acariciaba la mejilla con la otra. Acarició la concha marina que pendía de su cuello. La escena era tan hermosa que Jordan se echó a llorar también.

—Mi niña, mi niñita. No sabes cuánto te he echado de menos.

Jordan se puso en pie y Mattie, a su lado, la envolvió con un brazo. La joven apoyó el suyo en los hombros de su madre y la estrujó contra sí.

—¿De verdad eres mi mamá? —preguntó Ella con rostro maravillado.

—¡De verdad! —asintió Sarah—. ¡Reconocería esos ojos donde fuera!

La boca de la niña se tensó en una sonrisa leve. En su expresión se había formado una extraña combinación de miedo y orgullo. Movió la cabeza en señal de afirmación, de manera primero casi imperceptible y luego más marcada a medida que asimilaba la respuesta hasta que, sonriendo de oreja a oreja, miró a Jordan y a Mattie con un resplandor maravillado en los ojos:

—Teníais razón. ¡La hemos encontrado!

Mattie repuso con una sonrisa tierna y los ojos húmedos:

—Sí, la hemos encontrado.

La prima Sarah, sin vacilar un instante, dejó atrás todo y a todos y subió con Ella a la parte trasera del carro. Jordan deseó poder ver su rostro a medida que se alejaban. Preguntarle qué sentía al partir habría sido una pregunta demasiado profunda y personal. Imaginó que debía de ser una mezcla de emociones difícil de definir: alivio por verse de nuevo con Ella, pena por las dudas que debían de planteársele acerca de Sophia y, sin lugar a duda, también miedo y rabia.

Sarah y Ella iban sentadas una junto a la otra en la caja del carro. Jordan llevaba las riendas y Mattie viajaba a su lado en el pescante. Ambas guardaban silencio mientras se afanaban en escuchar lo que decían las dos primeras. Mattie se dejaba contagiar por la risita de la niña y la joven sentía que se le ensanchaba el alma.

—¡Viene alguien! —exclamó entonces Ella poniendo fin a aquel momento feliz.

Jordan sintió que le invadía el cuerpo una descarga de adrenalina. En el silencio repentino oyó el crujido del vehículo y el ruido de los cascos de los caballos. Mattie se dio la vuelta y contuvo el aliento.

—Parece el amo Richards —anunció la prima Sarah.

—¿Está solo? —preguntó Jordan. El corazón le aleteaba como una polilla atrapada.

—Ajá —repuso su madre.

Aquello no la consoló demasiado.

—¿Paro? —preguntó la joven.

—No, a no ser que te lo pida.

Jordan se aferró a las riendas con manos temblorosas. Aunque no era fácil oír nada por encima de los latidos de su corazón, no tardó en invadir sus oídos el ruido de un caballo al galope.

—¡Quietos ahí ahora mismo! —espetó dando alaridos una voz furibunda.

Aunque no fue fácil frenar con las manos sudorosas, Jordan se las compuso para detener el paso de las bestias que tiraban del carro.

El hombre alcanzó el costado derecho del vehículo montado en un semental de color castaño oscuro hasta quedar a la altura de Mattie. Jordan no había visto jamás un rostro tan encendido ni unos ojos tan cargados de ira.

—¿No te dije que dejaras de meterte en mis asuntos? —gritó el recién llegado tras inclinarse hasta quedar a escasos centímetros de la cara de Mattie.

Jordan se apartó de él, pero la mujer no movió un músculo. Sin dejar de clavar sus ojos en los de Mattie, ordenó a voz en cuello:

—Sarah, sal de ese carro. ¡Ya!

El vehículo se sacudió levemente cuando la aludida empezó a ponerse en pie. Mattie tendió el brazo con un movimiento raudo para impedirle que saliera de la caja.

—No, señor —contestó entonces Sarah con voz temblorosa, aunque nítida.

El hombre giró la cabeza con violencia para mirarla y, con los ojos a punto de salírsele de las órbitas, le encajó escupiendo saliva:

—¡Voy a azotarte hasta dejarte a un suspiro de la muerte! Esta es mi casa y el amo aquí soy yo. Si no quieres pagarlo, vas a hacer lo que te digo y lo vas a hacer ya.

Sarah temblaba, pero no se movió. Mattie seguía sosteniéndola por un brazo, en tanto que Ella se aferraba al otro con la cara oculta.

El señor Richards volvió a clavar la mirada en Mattie.

—¡Sarah estaba feliz aquí hasta que aparecisteis vosotras!

Mattie le sostuvo la mirada. Jordan tiritaba de pies a cabeza y sentía el pecho tenso. Comenzó a resollar con dificultad. A su mente acudió la imagen de Samuel en el momento en que se lo llevaban y temió que aquel hombre hiciera lo mismo con su madre.

Un segundo después vio el bastón en alto, dispuesto a caer sobre Mattie. Sin pensarlo, antepuso el brazo para proteger a su madre del golpe. La vara fue a golpear el antebrazo de la joven, que oyó un chasquido brutal y sintió que algo cedía. Un dolor agudo le recorrió la extremidad y fue a extenderse por todo su cuerpo.

Mattie agarró el bastón y lo arrancó con un tirón violento de la mano de aquel maniaco furioso. El extremo opuesto al puño giró hasta golpearlo en la cara. Él lanzó un chillido y, al echarse hacia atrás, cayó del caballo. Su cuerpo fue a golpear el suelo con un estruendo seco y Jordan lo oyó quedar sin respiración. Sus pulmones se contrajeron como por solidaridad y le costó inspirar.

Su madre se inclinó por el costado del carro y le gritó:

—Estamos protegiendo lo que es nuestro. No es suyo.

Aunque no alcanzaba a ver al hombre, Jordan lo oyó gimotear desde el suelo.

—¡Y como se le ocurra volver a hacerle daño a mi hija, le juro que lo mato!

Parecía decirlo muy en serio y, para remacharlo, levantó el bastón por encima de su cabeza y lo estrelló contra la barandilla del vehículo. La madera tallada se partió por la mitad y una de las partes salió disparada hacia donde estaban Sarah y Ella, que dejaron escapar un grito y lo esquivaron. Mattie lanzó entonces la mitad con la cabeza de águila a la caja del carro antes de ordenar a su hija:

—Vámonos.

Jordan miró a su madre sin moverse. Temiendo que el hombre estuviera gravemente herido, pero con la esperanza de que hubiera dejado de ser un peligro, se inclinó para verlo en el suelo y entonces la invadió una sensación de dolor. Su madre, colocándose delante de ella, volvió a exigir:

—¡Vámonos!

—¿Está...? —preguntó la hija resollando.

—¿Qué más da? Eso lo tiene que resolver él con Dios —declaró Mattie—. Vamos.

La mujer alargó un brazo para agitar las correas que sostenía Jordan y gritó a los caballos para que echasen a andar. La joven, sacudida por el movimiento súbito del carro, cayó sobre su madre, pero, a pesar del dolor del brazo, se aferró bien a las riendas. Mattie la enderezó con sus fuertes brazos. El corazón de la joven seguía latiendo desbocado y la cabeza le daba tantas vueltas que necesitó toda su fuerza de voluntad para centrarse en la carretera que tenía delante.

En ese momento se oyó la voz infantil de Ella anunciar desde la parte trasera:

—Sigue en el suelo.

Jordan aguzó el oído en busca de algún sonido que delatase que las estaban persiguiendo, pero no resultaba nada fácil con el martilleo que sentía aún en la cabeza.

—Ni siquiera se ha sentado todavía —declaró la niña.

La joven se afanó en respirar hondo. Poco a poco y de manera irregular, consiguió obligar a sus pulmones a abrirse un poco más. Inspiró con fuerza y miró a su madre tratando de comprender lo que acababa de ocurrir. ¿Ya se había acabado todo aquello o aún cabía esperar más?

—Sigue tumbado. ¿Estará muerto? —se preguntó Ella.

—No lo creo, pero quizá siga así un buen rato todavía —respondió Mattie con aire confiado.

Cuando al fin se vio capaz de hablar, Jordan exclamó:

—¡Mamá, has sido muy valiente!

Mattie sonrió con gesto sardónico.

—Llevo toda mi vida tramando planes contra hombres así.

—¿No te perseguirá? ¿Quieres que me meta en el bosque para que no nos vean? —En aquel momento solo pensaba en proteger a su madre.

—No es más que un cobarde y un matón, volverá a su casa y dirá que se le ha encabritado el caballo y lo ha tirado al suelo. Jamás se le ocurrirá reconocer ante nadie que una mujer, negra además, le ha dado su merecido —aseveró confiada Mattie antes de añadir con un susurro cómplice—: Pero corre todo lo que puedas por si acaso.

Jordan rio sin fuerzas.

—Ojalá tengas razón. —Aunque no estaba segura de si su madre estaba fingiendo sin más aquella seguridad, siguió por la carretera de tierra como le había indicado.

—El caballo se ha ido —anunció Ella—, pero el hombre sigue tirado en el suelo.

La noticia hizo que Jordan suspirarse aliviada. El señor Richards tendría que caminar mucho para obtener ayuda, cosa que no le iba a resultar nada fácil si, además, había sufrido lesiones. Estaban a salvo. Miró a su madre y sonrió.

—¡Tenías razón! No parece que vaya a perseguirnos.

—Lo que espero es que Emmanuel y Lisbeth tengan la misma suerte que nosotras.

—Yo también, mamá.

—Voy a rezar por ellos —dijo Mattie antes de guardar silencio.

Cuando la adrenalina fue abandonando su cuerpo, a Jordan empezó a dolerle el brazo. La sensación se hacía más intensa con cada bache del camino. El sudor le perlaba las sienes y la frente y le corría hasta los ojos. El camino se volvió borroso y los párpados comenzaron a pesarle tanto que tuvo que afanarse en mantenerlos abiertos. Necesitó toda su concentración para mantenerse erguida. Notó que las caballerías aminoraban el paso, pero no tenía fuerza en las muñecas para agitar las riendas de cuero que llevaba asidas.

Su madre abandonó sus plegarias, la miró y dijo:

—Jordan, para el carro.

Su hija intentó alzar los brazos para frenar, pero no le respondían. Mattie le tomó entonces las riendas de la mano y tiró hasta que las bestias se detuvieron. Rindiéndose a las exigencias de su cuerpo, Jordan se desplomó con los ojos cerrados, apenas consciente de la situación. La madre ocupó su asiento y la sacó con dulzura del pescante. Con cuidado, la llevaron a la parte trasera y la ayudaron a tenderse en la caja del carro. Aunque oía los susurros de Mattie, era incapaz de seguirlos.

—Cielo, esto te va a doler un poco, pero hará que te cures antes —le dijo en voz lo bastante alta para que la entendiese.

—¡Aaah! —Jordan soltó un alarido de dolor cuando su madre le tiró del brazo. Intentó tomar aliento, pero los pulmones parecían habérsele detenido. Alguien la tomó de la mano y la apretó con fuerza, con mucha fuerza, como si así pudiera expulsar el daño que sentía. Entonces pasó todo.

—Ya verás como te pones bien, cariño. Descansa, nosotras nos encargamos de llegar a casa de los Johnson. —Mattie la besó en la frente.

Los ojos empañados le permitieron ver que tenía el brazo entablillado. A su lado se sentó Ella, en tanto que las madres de ambas subieron al pescante para emprender la marcha. Mientras se entregaba a sus sueños, las oyó hablar.

—¿Sabes guiar un carro? —preguntó Sarah maravillada.

—Claro que sí, y tú también aprenderás —repuso Mattie con gesto confiado.

Jordan sonrió. Su madre merecía estar ufana: las había liberado de un matón, había curado el brazo de su hija y las estaba llevando adonde tenían que ir. Pese al dolor, la joven no podía menos de estar agradecida y orgullosa.

Capítulo veintiuno

Lisbeth

Condado de Charles City (Virginia)

El corazón se le aceleró a medida que se aproximaban a los campos. Los peones no hicieron gesto alguno que pudiera hacer pensar que habían visto llegar su carro. Ninguno volvió la cabeza ni se irguió para verlos mejor. Aquellos hombres de piel morena, que sumaban una veintena aproximadamente, siguieron cortando hojas de las altas plantas de tabaco. Había también dos hombres blancos a caballo vigilándolos. Sintió náuseas al ver los látigos que llevaban sujetos a las sillas. Aquella escena tendría que haber pasado ya a la historia. Uno de los encargados se dirigió hacia ellos y Matthew detuvo el vehículo.

Lisbeth suspiró con fuerza y apretó el brazo de su marido mientras susurraba:

—Suerte.

El hombre descabalgó y fue a encontrarse en tierra con Matthew y con su hermano Mitch. Emmanuel permaneció en la parte trasera del carro. Lisbeth lo oía respirar calmado a su espalda. Si a ella no le llegaba la camisa al cuerpo, no quería imaginar cómo debía de sentirse él, que tenía a su hijo cautivo ahí fuera. Si aquel hombre era capaz de contener sus emociones, ella no tenía más remedio que ofrecer una fachada de tranquilidad por nerviosa que estuviese por dentro. Se obligó, pues, a respirar con calma.

—Mitch. —El hombre inclinó la cabeza mientras estrechaba la mano de su cuñado.

—Jesse —dijo Mitch devolviendo el saludo—. Te presento a mi hermano Matthew.

—¿En qué puedo ayudaros? —Jesse parecía más hastiado que belicoso.

—He venido por uno de mis braceros —informó Mitch al hombre del sombrero marrón.

—¿Qué? —preguntó el otro.

—Tenéis a uno de mis braceros y quiero recuperarlo —aseveró sin más Mitch al capataz.

—¿Y por qué dices que es tuyo? —respondió el hombre, menos aburrido, aunque aún no hostil—. A todos estos los tengo arrendados.

—Mi hermano, aquí presente, lo trajo desde Ohio para que me ayudase con la cosecha —explicó él señalando a Matthew—. Pararon en Richmond para visitar a unos familiares y lo arrestaron por vagancia y yo lo necesito en mi granja.

—Eso lo tienes que hablar con el *sheriff*, no conmigo.

Lisbeth repartía su atención entre este diálogo y los sudorosos peones que trabajaban los campos. Sus ojos viajaban de un hombre a otro en busca de la ágil figura de Samuel. Topó con uno que le resultó conocido y lo miró con atención deseando que volviese la cabeza. Cuando lo hizo, no pudo menos de ahogar un grito. Se parecía a William, el marido de Emily.

Sin dejar de mirar al frente, dijo en voz baja:

—Emmanuel, ¿ves a Samuel?

El hombre le respondió en el mismo tono:

—Está justo en el centro.

Lisbeth se concentró en los braceros de la zona central hasta que lo encontró. Nadie la miraba, pero asintió con un gesto.

—Creo que he visto también a William —aseveró ella—. Al final, a nuestra izquierda. ¿No te parece?

—No lo conozco —le recordó él—, no te puedo decir.

—Es verdad. —No estaba pensando con claridad—. Pues yo diría que es él. Ahora vuelvo.

Se apeó del carro y contó los pasos que daba hasta llegar al lado de su marido: uno, dos, tres… y hasta siete. Entonces, le tiró del brazo para captar su atención y él la miró con gesto de interrogación. Le indicó sin palabras que deseaba hablar con él en privado y ambos se apartaron de los hombres que negociaban la liberación de Samuel.

—Creo que está aquí William —susurró con urgencia—. ¡A él también hay que sacarlo de aquí!

—¿A quién? —preguntó Matthew.

—Al marido de Emily.

Matthew la miró confundido.

—¿Te acuerdas del niño al que le dio su guante Sammy? —preguntó ella buscando en sus ojos una señal de reconocimiento, para después añadir—: Pues ese hombre es su padre.

—Vaya. —Matthew se hizo cargo de repente. Asintió con un gesto y volvió al lado de su hermano.

Lisbeth abrigaba la esperanza de que Mitch tuviese la destreza necesaria como para encajar sin discusión aquel cambio. Se acercó a ellos para escucharlos e hizo lo posible por no llamar demasiado la atención. Su marido interrumpió a los otros dos hombres para decir mientras señalaba a los campos:

—También necesitamos a William.

Mitch lo miró desconcertado, pero su hermano se explicó antes de que tuviera tiempo de preguntar nada:

—Traje conmigo a tres braceros desde Ohio: Samuel, William y Emmanuel. Dos de ellos desaparecieron. Había oído que Samuel estaba aquí, pero había perdido la pista a William. Supongo que debieron de arrestarlo en la misma redada.

—¿Y para qué traéis peones de Ohio? —preguntó el capataz alzando la voz—. ¡No tiene ningún sentido!

—Sabes lo difícil que es encontrar trabajadores en los tiempos que corren. ¿Crees que el *sheriff* nos los querría arrendar a nosotros? —dijo Mitch—. Cada vez hay que tener más imaginación.

—Acabamos de pagar dieciséis dólares por los dos —repuso Jesse—. No puedo perder tanto dinero.

Matthew se rascó la cabeza.

—El hermano de mi mujer es el juez de paz de Richmond. Ha sido él quien me ha enviado aquí —mintió Matthew antes de sacar de su bolsillo el fajo de billetes y ponerse a contarlos—. Aquí tienes ocho por Samuel, ocho más por William y veinte por las molestias.

Dicho esto, lo miró mientras agitaba lentamente los billetes del Tesoro de los Estados Unidos entre el índice y el pulgar. La cantidad superaba con creces la mensualidad que recibía aquel hombre, que entornó los ojos y se frotó la mejilla antes de dejar asomar al rostro lentamente una sonrisita y tender la mano para hacerse con el dinero.

—Teníais que haber empezado por ahí —comentó—. Al fin y al cabo, se trata de negocios. Lleváoslos. ¿Qué más da? Con hacer trabajar más a los otros negratas tengo bastante. El joven tiene alguna que otra marca. Se ve que no está habituado al trabajo duro, así que le tuvimos que enseñar cómo nos las gastamos por aquí.

¡Habían hecho daño a Samuel! Lisbeth sintió que le vaciaban las entrañas. ¿De verdad habían logrado liberarlo? Regresó al carro caminando lentamente mientras se afanaba en parecer más tranquila de lo que estaba. Al llegar, se detuvo cerca del pescante y, con disimulo, susurró a Emmanuel:

—¡Dice que nos los podemos llevar!

El hombre dejó escapar un largo suspiro. Bajó la cabeza y se puso a rezar en silencio moviendo los labios. Lisbeth sintió una oleada de compasión. Si a ella le resultaba insoportable aquella experiencia, no podía imaginar lo abrumado e impotente que debía de sentirse el padre de Samuel, obligado a esperar sentado en aquel carro mientras dos hombres blancos negociaban el precio de la liberación de su hijo. Ardía de vergüenza y de rabia.

Al subir al carro, Lisbeth vio a Matthew dirigiéndose a los tabacales. En ese momento reparó en que su marido no conocía a William. ¿Y si se confundía de hombre? Le resultaba imposible ver nada en medio de aquellas plantas tan altas. Telegrafió un mensaje callado a su marido: «Samuel conoce a William. Samuel conoce a William. Búscalo a él primero». Se obligó a permanecer sentada sin alterarse mientras observaba la escena.

Vio el sombrero de Matthew moverse por donde estaba cosechando Samuel y dejó escapar el aire de sus pulmones. Samuel sabría dar con William. La distancia le impedía leer el rostro del hijo de Mattie, pero, tras una breve reunión, pudo comprobar que los dos hombres se dirigían al extremo del cultivo en el que recogía tabaco William.

William se sobresaltó al verlos llegar y se mostró indeciso. Aquello estaba durando demasiado. Lisbeth miró a Jesse, el capataz, que seguía charlando con Mitch, ajeno a cuanto ocurría. Su compañero, en cambio, había vuelto su caballo en dirección a los tres para observarlos. Telegrafió otro mensaje mudo: «Fíate de ellos, William. Si vienes con nosotros, serás libre. Te lo prometo. Ven, por favor».

El compañero del capataz se inclinó hacia delante para hacer avanzar al caballo. William lo vio, miró a Samuel y asintió con un movimiento de cabeza. Los tres volvieron andando hacia el vehículo. William y Samuel cojeaban y llevaban la cabeza gacha. Ni siquiera miraron a los encargados ni al resto de cautivos mientras se alejaban de ellos con caminar fatigoso. Al acercarse al carro, Lisbeth logró atisbar el rostro de Samuel y tuvo que ahogar un grito ante lo que vio.

Tenía un ojo tan hinchado que no podía abrirlo, una línea roja le atravesaba el párpado. Llevaba la piel de las manos marcada por cortes diminutos y algunos aún le sangraban. Lisbeth sintió un gran malestar físico. Se estrujó con fuerza las manos y luchó contra el impulso de reaccionar o mirarlos directamente a William o a él.

Matthew se había detenido a departir con Mitch y con el capataz. Lisbeth los miró y vio que su marido echaba atrás la cabeza mientras soltaba una carcajada. Con una amplia sonrisa, estrechó la mano de Jesse y saludó desde la distancia a su compañero, que seguía en los campos, a lomo de su caballo. Cuando les dio la espalda, adquirió una expresión severa.

Al subir al carro para sentarse al lado de su esposa, dijo:

—Que Dios me perdone por reírme de un pecado así.

Mitch, sentado a la derecha de su cuñada, señaló:

—Hermano, Dios tendrá que perdonarnos mucho más que eso si quiere contar con algún hombre blanco en el cielo.

En el aire que mediaba entre los dos Johnson pendía un espectro tenaz y doloroso. Lisbeth estudió a Mitch. En los ojos de su cuñado se adivinaba algo de la locura y la pena con las que convivía el hermano de Mary. Contempló el rostro de su marido y llegó a la conclusión de que, si era sincera consigo misma, tenía que reconocer que en Matthew también se hallaba presente. Por tranquilo y resuelto que pareciese, bajo la superficie tenía enterrado mucho más de lo que se apreciaba. Matthew inclinó la cabeza con gesto de aprobación ante las palabras de su hermano.

Aunque Lisbeth y Matthew solían actuar como si el campo de batalla no lo hubiera transformado, ella supo en aquel instante que era mentira. Muchas familias estadounidenses creían haber dejado atrás el conflicto, pero no era así: la guerra seguía viva en hogares, ciudades y estados, en el interior de quienes habían participado en ella. Todos habían visto difuminarse para siempre la línea que hasta entonces había separado el bien y el mal de un modo tan incontestable. Con independencia del resultado concreto de cada escaramuza, todos habían luchado y todos habían perdido. No había victoria posible cuando el éxito comportaba la destrucción de otro hijo, marido o padre estadounidense.

Matthew echó a andar a las caballerías. Lisbeth volvió a mirar los campos con el corazón cargado de emoción. Observó las altas plantas de tabaco agitarse mientras los peones arrendados cortaban hojas. Manos morenas se secaban el sudor de sus frentes entre un corte y otro. Un joven levantó la mirada para clavarla en ella. No era mucho mayor que Sammy. La intensidad de sus ojos castaños le atravesó el alma. «Ruegue por mí», dijo moviendo los labios sin voz. La pena la atravesó como una flecha real y la obligó a morderse el labio con fuerza para no gritar.

Se había convencido de que había acabado, de que se había abolido de veras la esclavitud, pero en aquel momento se dio cuenta de que no era cierto. Sabía que la mirada castaña de desesperación de aquel muchacho la despertaría por la noche. Lo estaba abandonando, a él y a todos aquellos hombres y muchachos, a una suerte injusta. Habían culminado con éxito su misión de rescatar a Samuel y a William, pero eso no significaba nada para los braceros a los que estaban dejando atrás y era consciente de que tendría que vivir con ello el resto de su existencia.

Por la mejilla le corría una lágrima cuando cerró los ojos para orar:

—Dios mío, por favor, ten piedad de esos hombres y vuelve a reunirlos con sus seres queridos. —Aquello no fue más que un acto insignificante que difícilmente podía casar con el horror de aquella situación—. Y, por favor, perdóname por no haber hecho más.

Apretó los párpados con fuerza y tomó una inspiración larga y temblorosa para calmarse. Agitó la cabeza con la intención de despejarla de cualquier pensamiento desagradable, no era el momento de expresar ninguna emoción intensa. Cuando abrió los ojos, vio a un jinete acercándose a ellos procedente de la casa grande. Se le aceleró el pulso y corrió a secarse la mejilla.

—Edward —susurró a Matthew—. Estoy segura.

Su convicción quedó confirmada al acercarse el hombre del caballo. Aunque el cabello se le había encanecido y había engordado bastante, Lisbeth reconoció de inmediato aquella mirada furibunda.

—Me han dicho que había gente entrometiéndose en mi plantación —anunció a voz en cuello al frenar cerca de Mitch su montura castaña, que continuó batiendo el suelo con los cascos. Cuando amplió el ángulo de visión, se sobresaltó al ver a Lisbeth entre los dos hombres. Clavando en ella sus ojos fríos e inflexibles, exclamó—: ¡Tú…!

El terror se apoderó entonces del cuerpo de Lisbeth, que sintió que el corazón le latía con fuerza y se le secaba la boca. Se aferró al brazo de Matthew y se estrechó contra él.

Su mente viajó de pronto a la última vez que había visto a aquel hombre horrible por el que había creído sentir verdadero afecto. En realidad, sin embargo, solo se había enamorado de la idea que tenía de él. Edward había reaccionado con furia cuando Lisbeth se había presentado en White Pines para devolverle sus regalos e informarlo de que se había unido en matrimonio a Matthew. Aunque en aquel momento había temido que le hiciera daño, ella había escapado de allí sin cicatrices. La de poner fin a su compromiso había sido la decisión más difícil de toda su vida. Y la mejor.

—Acabamos de cerrar un trato con tu capataz —anunció Matthew—. No pretendíamos perjudicarte de ningún modo.

Edward se echó a reír.

—Los dos sabemos que mientes, nunca has hecho otra cosa que perjudicarme.

Lisbeth le suplicó:

—Edward, por favor, déjanos.

Él entornó los ojos para mirarla.

—¡Que te deje! Vuelves a venir a mi casa para turbar mi paz y exigirme que te deje —se burló. La demencia se asomó a su mirada—. Ya no sois de aquí. ¿Qué ha podido haceros volver?

Lisbeth sintió la necesidad de gritar: «Algo que tú no entiendes: amor y compasión». En cambio, repuso con calma:

—La familia. Le hicimos una promesa y hemos venido a cumplirla.

Edward siguió clavando en Lisbeth la vista y ella puso una mano en el bolsillo de Matthew. Su marido la miró y recibió un gesto de afirmación. Entonces sacó el grueso fajo de billetes, que llamó enseguida la atención de Edward.

Matthew contó cinco billetes. El corazón de Lisbeth se aceleró al ver la suma de la que se estaban desprendiendo, una gran parte del dinero que tanto le había costado ahorrar a Mattie. Sin embargo, la avidez que vio en los ojos de Edward le dijo que el dinero seguía siendo lo único que le importaba. Matthew entregó los billetes a su hermano.

—Esto compensa con creces las molestias que te hayamos podido causar, Edward —dijo Mitch mientras le tendía el dinero—. Estamos hablando de negocios y no hay por qué entrar en el terreno de lo personal.

Edward miró los billetes, a Mitch y de nuevo el dinero. Entonces, clavó en Lisbeth sus ojos cargados de odio.

—No vales tantas molestias —sentenció. Tomó el dinero y, mirándolos a todos, añadió en voz alta—: ¡Ninguno de vosotros vale nada para mí!

Lisbeth volvió la cabeza hacia Matthew y susurró:

—Por favor, vámonos.

Su marido hizo restallar las riendas y el carro se puso en marcha con una sacudida que sobresaltó al caballo inquieto de Edward y lo llevó a hacerse a un lado. Lisbeth miró adelante fingiendo serenidad y haciendo caso omiso a la inquina que rezumaba el hombre con el que había estado a un paso de desposarse. A fin de sosegar el pulso, se llenó los pulmones de aire lentamente y dio al cielo las gracias por que aquella plantación no fuese su hogar.

Capítulo veintidós

Condado de Charles City (Virginia)

La despertó el grito de su madre. Se incorporó a la carrera con el corazón desbocado y la sangre corriendo rauda por sus extremidades. Una oleada de dolor se extendió entonces de su brazo al resto del cuerpo y la obligó a quedarse inmóvil pese a la urgencia. Se puso de costado y se alzó con cuidado para protegerse el brazo herido. Miró a su alrededor, desorientada y confundida. Vio a Mattie alejarse corriendo del vehículo. A tres metros de ella estaba Samuel.

Jordan suspiró aliviada. Habían vuelto a casa de los Johnson y su madre había gritado, pero había sido de felicidad.

Mattie llegó adonde estaba su hijo y lo besó como si fuera un chiquillo. Ella pasó por encima de la joven para poder ver mejor la escena desde aquel lado del carro. A Jordan le dio un vuelco el corazón y sus emociones pasaron del miedo al gozo. Samuel había vuelto, Ella era su prima y Sarah había salido de Fair Oaks. El dolor del brazo era un precio insignificante por aquel día dichoso.

Su hermano aceptó las atenciones de su madre hasta que ella fue a abrazarlo con entusiasmo. Mattie retrocedió entonces y Jordan pudo ver bien el rostro malherido de Samuel y lanzó un grito ahogado mientras sentía que su brújula emocional se ponía a dar vueltas de nuevo.

—¡Ay, mi niño! ¿Qué te han hecho esos monstruos? —La voz de su madre estaba preñada de angustia.

—Eso es lo de menos, mamá —trató de tranquilizarla él de manera poco convincente—. Lo importante es que estamos otra vez juntos. Olvidemos lo que ha pasado.

Mattie endureció el tono.

—No pienso olvidar nunca nada de lo que nos han hecho.

Tomándole las manos, las estudió por ambos lados. Acarició los cortes con la yema de un dedo. Luego alzó la vista al rostro de su hijo, posó las palmas en sus mejillas con cuidado y sintió un escalofrío.

Con lágrimas en los ojos, añadió:

—No tenía que haberos pedido que me acompañarais. —Le falló la voz—. Estas manos no tenían que volver a estar así.

La alegría que había embargado a Jordan momentos antes se esfumó por completo. Apretó la mandíbula llena de indignación y la ira y la lástima que sentía le humedecieron los ojos. Era muy injusto. Sintió ganas de golpear algo.

Jamás había visto a su madre tan derrotada. Tenía el corazón en un puño por el dolor de Mattie y por su propia incapacidad para protegerlos a ella o a su hermano.

—Ya sé que pedir perdón no es mucho, pero es todo lo que tengo.

Samuel la miró, parpadeó e inclinó la cabeza. Jordan contuvo el aliento. Ansiaba oír a Samuel decirle a su madre que se encontraba bien, pero él se limitó a clavar la mirada en el suelo y, después de un buen rato, agitó la cabeza como para deshacerse de algún recuerdo. Entonces, levantó la vista y contempló la escena. Vio el carro y preguntó lentamente.

—¿Has traído a la prima Sarah?

—Ajá.

—¿Y qué…?

—Ella es su hija.

Samuel sonrió con aire pensativo e hizo un movimiento de afirmación con la cabeza.

—Hoy es un gran día, mamá, y no hay odio que nos lo pueda quitar. Al venir aquí hemos hecho la obra de Dios.

—Gracias, hijo —dijo ella con aire aliviado.

Samuel la envolvió con sus brazos en un gesto de reconciliación, pero Jordan no pasó por alto que en ningún momento dijo que se encontrase bien.

La prima Sarah se acercó a ellos y Mattie ayudó a Samuel a reconocerla. Jordan se sobresaltó al recordar que todavía no habían coincidido en aquel viaje, de manera que hacía diecinueve años que no se veían. En ese momento sentía ya que Sarah y Ella eran familia suya y le resultaba difícil creer que hacía unas semanas no le hubieran importado nada.

La maltrecha puerta mosquitera se abrió para dejar salir a su padre de la casa. Llevaba una jarra en la mano y lo seguía Lisbeth con unos cuantos vasos. De pronto se detuvo al ver a su mujer hablando con Samuel. Inclinó la cabeza hacia atrás con los ojos cerrados y movió los labios como quien da gracias a Dios. Jordan no pudo menos de conmoverse ante la intensidad de su emoción. Era evidente el amor que profesaba a su mujer.

Lisbeth dejó los vasos en la mesita del porche y se acercó a Emmanuel para tomar sin palabras la jarra de sus manos. Le dio una palmadita en el brazo y compartió con él una leve sonrisa. Emmanuel bajó las escaleras y envolvió en un mismo abrazo a su hijo y a su esposa. Lisbeth aguardó en el porche para contemplar la reunión de aquel matrimonio mientras Jordan observaba a su familia desde el carro. Ella se había unido también al reencuentro y miraba a los adultos conversar.

Mattie señaló al vehículo y Emmanuel vio a su hija, quien de pronto se vio superada por todas las emociones que había contenido. Las lágrimas le anegaron los ojos y le cayeron por las mejillas. Cuando vio acercarse a su padre, tomó aire con gesto tembloroso.

—Estamos todos bien, pequeña. Ya no hay por qué llorar —la tranquilizó él, que subió al carro para sentarse a su lado y la abrazó con dulzura mientras dejaba que corriesen las lágrimas.

Jordan se apartó para mirarlo a la cara y preguntarle:

—¿Está…? ¿Está bien Samuel?

—Se pondrá bien. Me han dicho que has salvado a mamá.

Jordan se encogió de hombros con una sonrisa tímida. Él la besó en la mejilla.

—¿Esto es lo que te ha roto el brazo? —preguntó sosteniendo en alto el extremo superior del bastón.

—Nunca había visto a mamá tan irritada. Lo lanzó con tanta fuerza que lo partió por la mitad.

—Mi querida Mattie puede llegar a ser muy fuerte cuando hace falta —confirmó él asintiendo con la cabeza.

Los dedos callosos de su padre frotaron el águila de metal. Su madre, Samuel, Sarah y Ella se acercaron también al vehículo y Emmanuel tendió el trozo de vara a su hijo.

—Mira lo que ha hecho tu madre de un golpe.

—¡Mamá! —exclamó admirado Samuel—. Este bastón no es ningún palito.

—¡Los bastones gordos están para romperlos! —repuso ella.

—¿Qué harás con él? —preguntó su marido.

Mattie lanzó a Sarah una mirada interrogativa. La prima meneó la cabeza con un escalofrío y contestó:

—No sé qué hacer con semejante monstruosidad.

Sarah palpó el pico del águila que había matado a su madre por proteger a Ella y a Sophia de un acto cruel y odioso. A Jordan se le volvió a encoger el corazón. Resultaba difícil asumir de golpe tanta alegría y tanto dolor. Muy en el fondo de su alma sentía el don de ver reunida a su familia, pero sabía que muchas personas no podían compartir una bendición así.

Sarah miró a su alrededor y tragó con dificultad.

—Gracias a todos por encontrar a mi hija Ella y por venir a por mí... —Se le quebró la voz.

Jordan pensó de súbito en la pequeña que aún faltaba y supo que la prima Sarah no podría vivir nunca en paz sabiendo que Sophia estaba sola en el mundo, sin nadie que cuidara de ella. Miró uno a uno todos los rostros esperando que alguien más pronunciase las palabras de consuelo de las que se le había llenado la cabeza. Al ver que nadie las ofrecía, hizo acopio de valor para decir:

—Prima Sarah, no nos olvidamos de Sophia. Seguiremos escribiendo, buscando y preguntando hasta que demos también con ella.

«O sepamos, al menos, qué le ha ocurrido», pensó, aunque no lo dijo. Sarah sonrió con ternura y tomó la mano de Ella para anunciar.

—Cuando la encontremos, podremos recibirla con una vida nueva.

—Ya verás, Ella, te encantará Oberlin —aseveró Mattie—. Irás a la escuela ¡y te dará clase mi hija Jordan!

A la joven le dio un vuelco el corazón. Había llegado el momento de ser sincera consigo misma... y con su familia.

—Mamá —dijo con voz suave—, no volveré a Oberlin con vosotros. —Parpadeó a fin de contener las lágrimas que habían vuelto a agolpársele en los ojos.

Su madre contuvo el aliento.

—¿Después de todo esto? —Movió la cabeza de un lado a otro con gesto dolido—. ¿Sigues queriendo ir a Nueva York?

Jordan notaba tensa la garganta.

—No, mamá —repuso—. Tengo que quedarme en Richmond…
para enseñar en la escuela de libertos. Dios quiere que ayude a salir
adelante a los niños del orfanato. Sembraré aquí mismo.

Mattie dejó caer los hombros y a su rostro asomó una sonrisa
tensa y triste.

—Pero aquí no estás tan segura como piensas. Lo sabes, ¿verdad?

—Tú no me has enseñado a buscar seguridad, sino a ser valiente.
—Miró a su padre, aterrada por no saber cuál sería su reacción.

—¿Hay algo que pueda hacer para que cambies de opinión?
—preguntó Emmanuel.

Su hija negó con la cabeza mientras le caían lágrimas por las
comisuras de los ojos.

—Eres igual que mamá —confirmó Samuel—: cuando te pro-
pones algo, no hay más remedio que resignarse.

Todos rompieron a reír.

—Escribiré todas las semanas. Lo prometo.

—Me parece estupendo —respondió su madre, antes de añadir
con un susurro violento—: Pero saldrás de aquí en cuanto le veas las
orejas al lobo. ¿Me has oído?

—Sí, mamá. Lo prometo —dijo ella riendo entre lágrimas.

—Y a los pretendientes les dejarás bien claro que esta no es tu
casa —remató Mattie entre burlas y veras.

Jordan asintió.

—No te preocupes, mamá. Cuando llegue el momento de tener
un bebé, sabré cuál es mi sitio y querré tenerte a mi lado.

Capítulo veintitrés

Condado de Charles City (Virginia)

El corazón de Lisbeth ardía de orgullo y alegría cuando Mattie se dirigió al porche a encontrarse con ella. Su aya le dio un abrazo largo y fuerte antes de apartarse para clavar sus ojos en los de la niña a la que había cuidado.

—Gracias, Lisbeth. —Tomó entre sus manos cálidas el rostro de la joven con gesto cariñoso—. Has salvado a mi hijo.

Por fin había correspondido a la colosal deuda contraída con su queridísima Mattie.

—Todo lo bueno que tengo me viene de ti —dijo con una amplia sonrisa antes de quedarse sin voz.

Mattie sonrió también y la abrazó de nuevo.

—Cuando pienso —señaló Lisbeth agitando la cabeza— en lo cerca que estuve de tener esa vida… ¡Cuánta crueldad y cuánto miedo habría tenido en mi interior si tú no me hubieras enseñado a ser de otro modo! Gracias por la vida que me has dado.

—Tú siempre has tenido buen corazón, Lisbeth. Lo único que hice yo fue enseñarte a confiar en él. Y soy yo la que te tiene que agradecer la vida que me has dado.

—¿A qué te refieres?

—Siempre he dicho que fue Sarah la que escribió nuestro pasaje a la libertad y que se lo debemos todo a ella, pero fuiste tú quien la enseñó —aseveró mirándola a los ojos.

Lisbeth sintió que le daba vueltas la cabeza. Nunca se había parado a considerar la influencia que había tenido en la vida de Mattie, solo la que había tenido ella en la suya. Sonrió, hizo un gesto de afirmación y apretó la mano de su aya.

—Parece que las dos hemos tenido suerte de que Dios nos reuniera.

—¡Y que lo digas! —confirmó Mattie—. Mucha suerte.

Mattie se sentó en el sofá de dos plazas y tiró de Lisbeth para que tomara asiento a su lado. Le dio una palmadita en la pierna y la más joven pasó su brazo por el de su antigua aya para saborear una cercanía de la que hacía muchos años que no disfrutaba.

Lisbeth observó a Sadie guiar a Jordan hasta el porche, con más entusiasmo que cuidado. Por suerte, Emmanuel se encargaba de sostener a la joven herida desde el otro lado. La niña la llevó a la silla de madera que había al lado de Lisbeth y sirvió un vaso de agua a su maestra favorita. Su madre la miraba conmovida por el afán con que trataba de ayudarla y de cuidarla. Jordan sonrió a Lisbeth y le dio las gracias moviendo los labios. Lisbeth, pese a no tener claro por qué lo decía, inclinó la cabeza en señal de asentimiento.

Emmanuel puso algo en la mesita y anunció:

—Aquí está tu trofeo. —A continuación fue a ocuparse de los caballos.

Sammy corrió detrás de él para ofrecerle su ayuda y Lisbeth se emocionó con el entusiasmo que demostró ante la idea el marido de Mattie.

—¡Hala! —señaló Sadie con un chillido—. Eso era del señor Richards. Se lo regaló su abuelo, pero está roto.

—Con eso me golpeó —le reveló Jordan.

264

—¡Sabía que era malo! —aseveró la cría, indignada y orgullosa de su buen olfato a partes iguales.

—Mi madre —siguió diciéndole su maestra— le quitó el bastón y lo partió en dos.

Lisbeth se mostró impresionada. Sadie puso los ojos como platos y miró a Mattie con un poco de miedo y mucho respeto.

—¡Tenía que proteger a mi niña! —le dijo ella.

Sadie soltó una carcajada.

—¡No es una niña!

—Ya no es una niña, es verdad, pero siempre será mi niña.

—¿Puedo tocarlo? —preguntó la chiquilla.

Mattie tomó la parte que quedaba del bastón y se la dio a la hija de Lisbeth. La pequeña lo asió con una mano y acarició el remate con la otra. Entonces miró a su madre con gesto incrédulo.

—El señor Richards decía que el águila representa la libertad de ser estadounidense, pero no se refería a nosotros, ¿verdad?

—¿Por qué dice eso, señorita Sadie? —preguntó Mattie.

La niña, tras meditarlo un instante, respondió:

—Pues porque dudo mucho que piense que a mi madre deberían dejarla votar o que usted debería ser libre, señora Freedman. ¿Cómo va a tener la libertad de ser estadounidense si no puede votar ni es libre?

—Eres una niña muy sabia —declaró Mattie con una risita—. ¡Se ve que te ha enseñado mi hija Jordan!

Sadie exclamó con una sonrisa:

—¡Es mi maestra favoriiita!

—¿Cuántos años tendrá? —se preguntó Jordan mientras examinaba el bastón.

—Según él, lo fabricaron en 1788 —repuso Lisbeth.

—El año en que se aprobó la Constitución —aseveró la joven docente, antes de concluir—: Ochenta años.

—¡Muchos! —exclamó la niña impresionada—. ¡Qué viejo! ¿No, mamá?

Lisbeth lo confirmó con una inclinación de cabeza.

—Más que todos nosotros, incluidos los abuelos.

—De aquí a ochenta años, yo tendré ochenta y seis —apuntó Sadie, que puso los ojos en blanco—. ¡Eso será en mil novecientos y pico! Supongo que para entonces todo el mundo será libre. ¿No crees, mamá? ¿Y usted, señorita Jordan?

Lisbeth sintió que se le encogía el corazón ante el optimismo y la confianza de su hija. Miró a la joven con la esperanza de que tuviese una buena respuesta, pero también ella parecía estar pensando qué podría decir a la pequeña.

—¡Claro que sí! —terció Mattie—. Si las niñas como tú dicen que tiene que ser así, habrá libertad para todos.

—¡También contamos con mi hermano! —dijo Sadie.

Las tres mujeres se echaron a reír. Lisbeth agradeció el aliento entusiasta de Mattie a las inocentes creencias de la pequeña. Aunque algún día tendría que explicarle que todavía quedaba mucho camino por recorrer, muchísimo quizá, para alcanzar la verdadera libertad para todos, por el momento se contentaba con que pudiera aferrarse a la esperanza de un futuro mejor.

Sarah y Ella se unieron a las demás. Sadie se acercó a la pequeña y le preguntó si conocía el juego de palmas de Sally Walker. Ella miró a Jordan y sonrió.

—Sí, sí que se lo sabe —explicó Jordan a Sadie—. Se lo enseñé hace poco, pero se le da estupendamente.

—A mí me lo enseñó mi madre.

—¿Y sabes de quién lo aprendí yo? —preguntó Lisbeth a su hija.

Sadie negó con la cabeza. Su madre señaló a Sarah y la niña dejó caer la mandíbula con un gesto exagerado de sorpresa. Lisbeth inclinó la barbilla y alzó las cejas en señal de afirmación.

—¿En serio? —preguntó Sadie.

Lisbeth sonrió.

—¿Te acuerdas, Mattie? ¿Y tú, Sarah?

Sarah frunció el ceño y negó con la cabeza.

—Mattie a veces me llevaba a las cabañas y, en una de esas visitas, cuando yo tenía unos seis años, te pidió que me enseñaras el juego. A mí no me hacía mucha gracia, pero insistió diciendo que tenía que «aprender algo nuevo, Lisbeth» —dijo imitando la voz de su aya—. Durante años fue mi juego favorito. Lo practiqué con Mary cada vez que teníamos la ocasión, pero dudo que llegase nunca a hacerlo tan rápido como tú.

—Me está empezando a sonar ahora que lo dice —repuso Sarah—. Aquello fue hace una eternidad. —Y, por su mirada, pareció alejarse.

Su hija miró a aquella mujer de la que tanto tiempo había estado separada. Sarah se dio cuenta y sonrió a Ella antes de preguntarle:

—¿Juegas conmigo?

La chiquilla asintió con un gesto tímido. Levantó las manos. Sarah comenzó a cantar los versos lentamente mientras ambas movían las manos al ritmo de la letra. Sadie se unió a ellas. Lisbeth fue a impedírselo a fin de permitir que Ella y su madre disfrutasen un rato de su compañía mutua, pero, al ver que Jordan se ponía a cantar con ellas, desistió. Mattie no tardó en sumarse también y, al final, Lisbeth las siguió asimismo. Las seis, madres e hijas, repitieron la canción cada vez con más rapidez hasta que empezaron a equivocarse con los movimientos de las manos y prorrumpieron en carcajadas.

—¡Qué bien reír juntas! —sentenció Mattie.

—¡Y que lo digas! —convino Lisbeth.

—¿Seguro que vais a estar a bien? —preguntó Matthew a sus padres con voz preocupada.

Lisbeth estaba sentada con su marido, su familia política, William y los Freedman en el porche de la entrada, donde disfrutaban algo apretados de un almuerzo rápido antes de partir. Aquella modesta multitud había optado por comer como en una merienda campestre, dispersa en el exterior después de servirse dentro de la casa. Mamá Johnson sonrió a su hijo y, moviendo la cabeza en señal de asentimiento, respondió:

—No nos vamos a dejar intimidar por hombres que se aferran al poder usando la violencia.

—Este es nuestro hogar —añadió su padre—. Puede parecer que estamos solos, pero hay otros muchos virginianos que se alegran del resultado de la guerra. Se ha decidido que somos una sola nación y las urnas tienen que poder más que las balas.

Aunque apreciaba el sentimiento que expresaban sus suegros en la teoría, Lisbeth no dejaba de temer por su bienestar.

—Pero ¿estaréis a salvo? —insistió Matthew.

—No nos fuimos durante la guerra —le recordó el señor Johnson— y no nos iremos ahora. Mucha gente se ha sacrificado más que nosotros.

Mamá Johnson tomó la mano de su hijo y lo miró a los ojos para declarar:

—Tú tomaste tu decisión cuando llegó el momento y nosotros hemos tomado la nuestra. Espero que la aceptes como nosotros aceptamos la tuya.

Matthew miró a su madre, desgarrado a todas luces y con el rostro dividido entre la pena y el miedo. Como él, Lisbeth habría preferido tener a los Johnson cerca y protegidos, pero aquella decisión no estaba en manos de ninguno de los dos. Habían mantenido ya muchas veces esa misma conversación aquellos últimos años. Matthew dejó escapar un lento suspiro y dio su asentimiento con un gesto.

—Si cambiáis de opinión, tendréis siempre un hueco en nuestra casa —dijo.

—Y Mitch también, claro —añadió Lisbeth.

Los padres de Matthew inclinaron la cabeza con los ojos brillantes, conmovidos por el ofrecimiento.

—Es una bendición saber que tenemos donde refugiarnos en caso de necesidad —aseveró la madre.

Johnson padre se aclaró la garganta para decir:

—Gracias, hijo. Ahora, deberíamos ocuparnos de que volváis a casa sanos y salvos.

Todos asintieron y dieron por concluida la conversación por el momento.

Entonces habló Emmanuel:

—Matthew, tú podrías llevar uno de los carros con todas las mujeres y los niños, mientras Samuel, William y yo buscamos a Emily y a Willie. Nos reuniremos en Washington. William dice que es seguro esperar allí, ¿no es verdad?

—Allí sí, no tienen jurisdicción los agentes de Virginia —respondió él—. Si conseguimos llegar al Distrito de Columbia, estaremos a salvo.

Matthew exhaló un suspiro.

—No me hace mucha gracia que me dejéis fuera, pero tengo que reconocer que parece un plan prudente.

Lisbeth miró a Mattie, la mujer había empezado a menear la cabeza y parecía tan poco convencida como ella.

—Lo he estado pensando mucho —dijo la primera aclarándose la garganta mientras hacía acopio de valor—. William, entiendo que quieras ir tú a buscar a tu mujer y a tu hijo, pero creo que lo más seguro para todos nosotros es que lo haga yo.

Los hombres, alarmados, la miraron con gesto receloso y Matthew hizo ademán de presentar una objeción.

Lisbeth levantó una mano para acallarlo.

—Escúchame, por favor —lo instó—. Podemos viajar todos juntos a Richmond. Los demás os esconderéis en el parque de la plaza pública mientras yo voy sola a casa de mis padres, que está a pocas manzanas de allí. Fingiré haber vuelto para cuidar a mi padre y diré que Matthew y los niños están pasando aquí unos días más con mis suegros. Por la noche, cuando se haya ido a dormir todo el mundo, despertaré a Emily y a Willie y saldré con ellos sin levantar sospechas.

Matthew no parecía muy convencido.

—Lisbeth, ¿tú crees que es prudente ponerte en peligro? ¿Qué pasa si se entera Jack de que hemos ido a buscar a William y a Samuel?

—Dudo que Edward vaya a echar a correr a otro condado para compartir públicamente su humillación con Jack ni con cualquier otro. Le habéis pagado mucho dinero, eso es lo que más le importa además de su orgullo. Antes de que salga el sol ya habremos salido de Richmond.

Emmanuel estaba a punto de decir algo cuando intervino Mattie.

—Ese plan me parece perfecto, Lisbeth.

Lisbeth, agradecida por tener una aliada, sonrió a su aya. La tensión aumentó entre los allí reunidos.

Lisbeth miró a Matthew, aunque su mensaje iba destinado a todos los varones:

—Ya sé que no os resultará fácil quedaros esperando en el parque, escondidos, pero ese será el modo más sencillo de rescatar a Emily y a Willie sin que nos detecten, sin enfrentamientos y sin violencia.

El gesto de Matthew hacía evidente que no tenía nada claro si acceder o dejarse vencer por las dudas. Su mujer miró a su alrededor para ver la reacción de los demás y declaró:

—No dejéis que vuestro orgullo ponga en peligro a Emily y a Willie ni a ninguno de nosotros. Lo que pretendemos es llegar todos a Ohio sin sufrir más daños. ¿No es así?

—Así es —convino Mattie.

Las dos miraron a los hombres hasta que Matthew dio al fin su asentimiento con una inclinación de cabeza.

—Tienes razón —reconoció—. Tendremos más probabilidades de sacar a todo el mundo de Virginia sin problemas si te encargas tú de buscar a Emily y a Willie. —Soltó una exhalación enérgica antes de añadir—: Esperaremos en el parque, pero, si te detienen, pienso ir a buscarte.

Lisbeth asintió con la cabeza.

—¿Estás dispuesta a hacerlo? —le preguntó William.

—¡Claro que sí! —respondió ella con una sonrisa.

Pese a la confianza y la despreocupación que transmitía, Lisbeth estaba aterrada. No había un modo mejor de salir adelante, pero también sabía que no estaría tranquila hasta que estuvieran todos en los carros dejando bien atrás Richmond.

—Elisabeth, ¡cómo me alegra que hayas vuelto! —aseveró efusiva su madre, abriendo los brazos para envolverla con ellos.

La recién llegada reconoció el talante sentimental que provocaba el láudano en su madre y se inclinó para besarla en la mejilla. La mujer tomó la mano de su hija y la llevó a sentarse a su lado en el sofá. Entonces la miró de hito en hito con ojos llorosos.

—Se acerca el final. Lo más seguro es que no pase de esta noche. No sabes lo que me consuela que estés aquí para acompañarlo.

A Lisbeth la asaltó la tristeza. La garganta se le tensó y tragó saliva con dificultad. Se sorprendió de que aún le preocupara el bienestar de sus padres. Volver a separarse de ellos, esta vez para siempre de veras y sin despedirse, resultaría más difícil de lo que había imaginado.

—He decidido —aseveró su madre con aire entusiasta— aceptar tu oferta e irme a vivir contigo una vez que deje resueltos todos los asuntos de tu padre.

A Lisbeth se le encogió el estómago.

—En tu ausencia me he dado cuenta de que, pese a todo lo que me has hecho, tu presencia me resulta reconfortante, tal como cabe esperar de una hija.

La joven sintió náuseas. Llevaba años anhelando recibir en Ohio su visita y, de pronto, su madre había decidido cumplir sus deseos cuando Lisbeth estaba a punto de cometer un acto final de traición: abandonarla sin explicación alguna. Era imperdonable. ¿Qué clase de hija era? Sin embargo, luego pensó en su familia, en Mattie y en William, que la esperaban en la plaza pública, y en su propio hermano, que había arrestado de manera intencionada a William y a Samuel. Su madre no entendería jamás por qué había procurado la liberación de ambos. Fingió estar de acuerdo con su plan con un gesto de asentimiento.

—Ve a sentarte al lado de tu padre. Seguro que lo consuelas. Aunque su cabeza no sea consciente de tu presencia, su alma sabrá que estás con él. Voy a mandar a Emily con una bandeja cuando haya acabado de hacer la cena.

Mientras subía las escaleras, Lisbeth reparó en que el egoísmo exacerbado de su madre le había impedido darse cuenta de que Matthew, Sadie y Sammy no estaban con ella.

Su padre había experimentado un cambio tan espectacular que resultaba difícil creer que Lisbeth hubiera dejado Richmond la víspera. Tenía los ojos hundidos en sus cuencas y sus brazos presentaban una delgadez anormal. Con cada inspiración errática se producía en sus pulmones un gorgoteo alarmante y sonoro. La habitación estaba preñada de un olor nauseabundo a putrefacción pese a estar la ventana abierta. Lisbeth tomaba inspiraciones poco profundas por la boca a fin de evitar el hedor.

Se sentó en la silla que había al lado de su padre y le sostuvo la mano, fría y flácida.

—Soy Lisbeth, padre. —Se aclaró la garganta—. Elizabeth. He vuelto a ser valiente. He tomado una determinación, aunque no tengo claro que esta vez vaya a contar con su consentimiento.

Estudió a su padre con la esperanza de percibir algún signo de consciencia, pero su rostro seguía inmutable. Tendría que conformarse con imaginar que le concedía su aprobación, aunque a la hora de tomar decisiones ella no buscase su bendición.

Tomó el libro que descansaba sobre la mesilla de encimera de mármol y reanudó su lectura en voz alta pese a la distracción de los ruidos que emitía su padre. Había acabado dos capítulos más de *Historia de dos ciudades* cuando entró Emily con una bandeja. El corazón le dio un vuelco. Se puso en pie para recibir la bandeja y dejarla sobre la mesilla antes de aproximarse tanto a la recién llegada que sus hombros quedaron en contacto.

—Por favor, no te alteres —susurró Lisbeth.

Los ojos de la criada se abrieron de par en par con gesto aterrado.

—¿Sabe algo de William?

Lisbeth asintió y confirmó en voz baja:

—Sí. Son buenas noticias.

Emily se llevó una mano a la boca. Se echó a temblar mientras clavaba la mirada en Lisbeth.

Sus ojos se posaron con rapidez en su padre para confirmar que no las oía.

—Mentimos sobre el motivo de nuestra visita a los padres de Matthew —siguió diciendo sin alzar la voz—. En realidad, pretendíamos liberar a Samuel. Encontramos también a William y ahora es libre.

La otra ahogó un grito y los ojos se le llenaron de lágrimas.

—¿De verdad?

La más joven lo confirmó con una inclinación de cabeza. Emily bajó las pestañas y echó atrás la suya.

—Gracias, Señor. —Hizo una inspiración lenta y profunda con los ojos aún cerrados.

Lisbeth le tomó las manos y observó los movimientos bruscos que se producían bajo sus párpados.

Emily abrió lentamente los ojos.

—Creí que no volvería a ver nunca más a mi marido. —Agitó la cabeza como si quisiera despejarla—. ¡Gracias! Lisbeth, yo... yo no sé qué decir.

Lisbeth sonrió, consciente de su gratitud.

—¿Dónde está? —preguntó la criada.

—Creemos que no dejarán de acosarlo, así que he vuelto para recogeros a Willie y a ti.

Emily la miró confundida.

—Nos vamos todos a Oberlin —susurró Lisbeth—. Esta noche.

En ese instante se abrió la puerta. Sobresaltadas, vieron entrar a la señora Wainwright secándose los ojos con un pañuelo. Lisbeth se apresuró a decir:

—Gracias, Emily. Eso es todo —y le hizo una señal con los ojos, con la esperanza de que entendería que tenía que hacer las maletas y prepararlo todo para salir esa misma noche, porque no tendrían ocasión de volver a hablar antes del momento de escapar.

Cuando salió la criada, su madre se instaló en la silla que había al otro lado de la cama.

—He informado a tu hermano de que me voy contigo —dijo suspirando—. Se ha puesto muy triste, pero tengo que velar por mis propias necesidades. Él puede hacerse cargo de los asuntos de tu padre y organizar la venta de los bienes familiares para pagar las deudas.

A Lisbeth empezó a darle vueltas la cabeza y se le agitó el espíritu. Su madre le estudió el rostro y ella tomó aire lenta y largamente mientras se afanaba en parecer tranquila para no despertar sospechas.

—Piensas que soy una desalmada, pero no es así: yo tengo mi sensibilidad —aseveró casi a gritos por hacerse oír por encima de la respiración agitada del moribundo—. Tu padre y yo hemos tenido un matrimonio práctico. Le tengo mucho afecto y lo echaré de menos, pero no voy a abandonarme al sentimentalismo.

Los ojos enrojecidos de su madre delataban su conflicto interior. De pronto se impuso el silencio. Las dos miraron al hombre que yacía en el lecho. A Lisbeth se le encogió el corazón ante la posibilidad de que hubiese pasado a mejor vida. Le puso la mano en el pecho mientras rezaba por que tuviese un buen último viaje. El moribundo dio una sacudida hacia atrás con la cabeza y volvió a tomar una sonora inspiración. Todavía no había terminado.

Agitada por el sonido inquietante que volvía a inundar la sala, Lisbeth cerró los ojos y se llenó los pulmones lentamente mientras pedía a Dios que la ayudase a mantener la calma y la fortaleza. Cuando los abrió, su madre se había levantado ya de la silla y se encontraba de pie al lado de la puerta con la mano en el pomo y a punto de salir del cuarto.

—No puedo soportar esta situación —explicó apretando los labios—. Tenía la esperanza de que pudiésemos afrontarla juntas, pero me fallan las fuerzas. Esperaré abajo. Por favor, infórmame cuando haya dado su último suspiro.

Lisbeth miró a la mujer que la había traído al mundo y sintió que se revolvían en su interior la rabia, la irritación y la lástima. Su madre era tan cobarde que huía de la muerte de su propio marido.

—Adiós, madre —dijo en un tono que hasta a ella misma le resultó formal en exceso.

Su madre la miró con gesto extrañado, arrugando el entrecejo mientras fruncía los labios y meneaba la cabeza.

—Buenas noches, Elizabeth —repuso antes de dejarla a solas con su padre agonizante.

Inquieta e impaciente, se sentó junto a su padre. Intentó leer en voz alta, pero no tardó en dejarlo por imposible, ya que el ruido de su respiración la obligaba a gritar y no resultaba nada reconfortante para ninguno de los dos. Le sostuvo la mano, fría como el hielo, y tarareó la que esperaba que fuese su canción de iglesia favorita. A mitad de la segunda estrofa, el enfermo quedó de pronto en silencio. Lisbeth le miró el pecho. ¿Habría sido aquella su última exhalación? Triste y aliviada a un tiempo, contó sin prisa: uno, dos, tres, cuatro...

En ese momento se le agitó el tórax al enfermo y la habitación volvió a llenarse de sonoros estertores moribundos. Lisbeth suspiró mientras se reclinaba. A pesar de desearlo con ansias, aquello aún no había acabado.

Oyó el reloj proclamar el paso de otra hora más. Las diez. No le quedaba mucho para marcharse. «Dios mío, por favor, llévatelo pronto», rezó, consciente de que sería mucho más fácil salir de allí ya fallecido su padre.

Cuando dieron las once cruzó su mente la idea de cubrirle la boca con una almohada para acelerar el proceso, pero prefirió no hacerlo: no era ella, sino Dios, quien tenía potestad sobre aquellos menesteres. Así que siguió tarareando, observando y rezando.

Al final el reloj anunció la medianoche y con ella la necesidad de partir aunque su padre siguiera con vida. Pese al abismo que los separaba, se trataba de una elección dolorosa. Él era ajeno por completo a su presencia, pero Lisbeth tenía muy presente que lo estaba dejando solo cuando apenas le quedaban unas horas de vida.

Miró al agonizante, le posó una mano sobre el corazón y musitó:

—Por favor, señor, juzga a este hombre con clemencia y, si lo consideras oportuno, invítalo a gozar de ti. —Con esto, se inclinó y besó la mejilla gélida del padre. No tardaría mucho—. Adiós, padre —le dijo antes de tragar saliva con dificultad.

Se levantó para dejar la habitación y tomó la Biblia y la *Historia de dos ciudades* de la mesilla de noche. Abrió la puerta lentamente y aguzó el oído. Como había esperado, la casa estaba en silencio y a oscuras. Se dirigió a su cuarto para hacerse con su bolso de viaje y, después de meter los libros, bajó la escalera de puntillas, sobresaltándose con cada crujido.

Al llegar abajo, se le helaron todos los músculos cuando vio abierta la puerta del salón. Su madre estaba sentada en el sillón de su padre, sumida en la oscuridad. Buscó corriendo una excusa.

—Está descansando plácidamente. He bajado por agua —explicó sin alzar la voz con la esperanza de que el temblor de su garganta pudiera atribuirse a las lágrimas que estaba conteniendo y no al miedo. Llevaba el bolso oculto a la espalda.

Su madre no respondió. Lisbeth se acercó lentamente al viejo sillón y vio que tenía los párpados cerrados. Estaba sumida en un sueño profundo. Lisbeth soltó un bufido, aquella escena tenía algo de cómico. Dio un último vistazo al salón y pensó: «Adiós».

Recorrió el pasillo y cruzó la cocina en dirección a la puerta que se abría al fondo. Hizo girar el pomo lentamente sin llamar.

Emily y Willie estaban sentados en la cama, vestidos y con el equipaje a los pies y el miedo impreso en el rostro. Lisbeth suspiró aliviada. Con la esperanza de ofrecer algún consuelo a aquel chiquillo asustado, sonrió a Willie y se llevó un dedo a los labios para pedirle que no hablara. Les indicó con la mano que la siguieran. Se estremeció petrificada al oír el chasquido de un pomo, pero era Emily cerrando la puerta de su dormitorio. En completo silencio, escaparon por la parte de atrás.

Pese a lo cálido de la noche, no pudo evitar sentir un escalofrío. Tenía todos los sentidos bien atentos cuando miró a su alrededor para ver si los perseguía alguien por la calle desierta. Emily y Willie la seguían de cerca, en silencio, tomados de la mano. Como cualquier luz los habría delatado, no llevaban ninguna, pese a que la luna apenas iluminaba su recorrido mientras se disponían a salvar las dos manzanas que los separaban del parque de la plaza pública.

Cruzaron la calle Monroe y quedaron así a una sola manzana de su destino. Tras hacer otro tanto con la calle Henry, señaló la dirección que debían tomar para llegar a la arboleda en la que los esperaban los carros y sus compañeros de viaje. Cada paso que daban por la senda de tierra que atravesaba el parque solitario les infundía un ápice más de confianza.

Entonces oyó el sonido de un arma amartillándose y se le heló el corazón. Quedó petrificada y Emily se detuvo a su lado. Las dos giraron sobre sus talones y la segunda resguardó a Willie tras ella.

Jack la estaba apuntando directamente al corazón. Lisbeth sintió cómo una oleada de adrenalina le invadía el cuerpo.

—No se me ocurre ningún motivo para no pegarte un tiro ahora mismo —aseveró tambaleante su hermano arrastrando las palabras por la ebriedad. Tenía los ojos inyectados en sangre y las mejillas encendidas.

A Lisbeth se le tensó de tal manera el pecho que se sintió como si la estuviesen apuñalando. Emily la tomó del brazo. Lisbeth tenía los ojos clavados en la pistola. A su mente acudieron Matthew, Sammy y Sadie. Aquello destrozaría a sus hijos. Buscó palabras a la carrera, cualquier cosa que pudiera detener a Jack.

—¿Y Sadie? Le has tomado cariño, ¿verdad? —imploró mirándolo fijamente a los ojos—. Pues no la dejes huérfana, Jack. Te lo imploro.

Jack arrugó el entrecejo de modo casi imperceptible, lo justo como para poner de relieve que las palabras de su hermana habían calado en su interior.

En ese instante se sacudió hacia un lado de forma súbita y cayó al suelo. Lisbeth ahogó un grito a la vez que saltaba hacia atrás. El arma salió despedida de su mano y rebotó dos veces en el suelo. Jack ni siquiera alargó el brazo para alcanzarla. De hecho, lo mantuvo extrañamente cerca de su costado. Lisbeth vio entonces la cuerda que tenía enroscada en su parte media y que sostenía por el otro extremo Samuel. Emmanuel salió corriendo de entre las sombras y apartó la pistola de una patada.

Lisbeth cayó de rodillas. Emily la sostuvo antes de que se desplomase contra el suelo. La cabeza le giraba con tanta fuerza que a punto estuvo de perder el sentido. Emily, sin embargo, le puso la mano fría en el cuello y la alentó a inclinar la cabeza. Oyó gritos, pero no logró identificar ninguna palabra concreta. A su lado hablaba una voz grave. Lisbeth se llenó de aire los pulmones y, con la cabeza aún gacha, abrió los párpados para mirar a su lado. De reojo vio a William arrodillado al lado de Emily mientras Willie lo abrazaba por la espalda.

Poco a poco, se atrevió a levantar la cabeza mientras intentaba mantenerse erguida. Estaba recobrando el equilibrio. Pestañeó para despejarse. Jack estaba en el suelo con el torso envuelto por la cuerda y la boca amordazada. Samuel y Emmanuel estaban de pie ante él. El primero parecía dispuesto a dispararle.

Mattie se acercó a su hijo y le puso una mano en el brazo para calmarlo.

—No hagas nada malo, aunque se lo merezca. Dios ama la clemencia.

Samuel clavó la mirada en su madre y la mujer se la sostuvo antes de decir:

—Si le haces daño ahora, te sentirás mejor un segundo, pero, si te olvidas, dormirás mejor este año y cuantos años vivas después.

Tras un instante, Samuel apartó la mirada de su madre para clavarla en Jack con el rostro marcado por la indecisión.

—Hazlo por Lisbeth —pidió ella con calma—. ¿Quieres que viva sabiendo que mataste a su hermano? ¿Y Sadie, la pequeñina? ¿Y Sammy? ¿De verdad quieres dejar sin vida a su tío?

Samuel miró a Lisbeth con los ojos incendiados por la ira. Ella tomó aire temblorosa y lo expulsó con fuerza antes de encogerse de hombros. No tenía ningún derecho a decirle lo que debía hacer, pero Mattie tenía razón: sería muy difícil vivir cargando con la muerte de Jack en su conciencia.

Samuel se inclinó y susurró al oído de Jack algo que solo él pudo oír. Jack gritó una palabras que la mordaza hizo ininteligibles. Entonces, el primero se alejó caminando y dejó la cuerda tirada en el suelo. Lisbeth soltó el aire que, según descubrió en ese momento, había estado conteniendo.

—Podemos llevarlo al centro de la arboleda —dijo William a Emmanuel—. Si lo atamos bien, no se soltará hasta que estemos en Washington.

—¡El láudano! —exclamó entonces Emily.

Todos volvieron la vista hacia ella.

—Si lo encuentran aquí, nos perseguirán —se explicó—, pero si le damos láudano, podemos volver a llevarlo a su estudio. Cuando despierte, ya estaremos en Washington.

—¿Láudano? —preguntó Emmanuel—. ¿Y de dónde quieres que lo saquemos?

—De la mesilla de noche de mi padre —aseveró Lisbeth inclinando la frente.

Mattie chasqueó la lengua contra el velo del paladar y movió la cabeza de un lado a otro.

—¿No será muy peligroso?

Lisbeth, sin pensarlo siquiera, repuso:

—Yo debería estar allí, así que puedo ir a la casa y volver aquí con el frasco. Después de administrarle una buena dosis, Emily y yo llevaremos luego a Jack a casa.

Jack gritó a través de la mordaza, lo que sobresaltó a Lisbeth y le provocó una nueva descarga de adrenalina. Miró a su hermano antes de darse la vuelta con presteza. No se detendría un segundo a pensar en él. Emmanuel tiró de la cuerda. Aunque sabía que no le serviría de nada, Jack siguió protestando. Lisbeth echó a andar con ligereza sin esperar el consentimiento de nadie ni dejar que su propio miedo la detuviera.

El corazón le latía con violencia a cada paso. Los contó mientras recorría las dos manzanas que la separaban de casa de sus padres, volviendo a empezar cada vez que superaba los veintitantos. Apartó cualquier pensamiento que pudiera asustarla y se afanó en concentrarse en su respiración a medida que caminaba, pero hasta hacer entrar aire en sus tensos pulmones resultaba una labor ardua.

La cocina estaba tal como la había dejado: oscura y vacía. Su madre seguía durmiendo en el salón. Subió de puntillas las escaleras mientras ensayaba una excusa por si se despertaba.

Su padre parecía menguado y más demacrado aún. Su respiración, sonora e intermitente, seguía llenando la habitación. Lisbeth fue hasta la mesilla, se hizo con el láudano y se dio la vuelta para salir. En ese instante la retuvo su corazón. Posó la mano sobre el pecho de su padre para bendecirlo en silencio y quizá despedirse de forma definitiva.

Seguía de pie junto al moribundo cuando se abrió la puerta y se estremeció. Compuso el rostro a fin de disimular su engaño y miró hacia la entrada para descubrir la silueta de Julianne recortada en el umbral.

—¿No está aquí Jack? —preguntó la joven con voz afligida y confusa recorriendo con la vista el dormitorio.

Lisbeth negó con la cabeza y mintió:

—Esta noche no sé nada de él.

Su cuñada estudió la figura que yacía en el lecho. Lisbeth, sin apartar de ella la mirada, hizo lo posible por calmar sus nervios. Solo deseaba volver corriendo al parque y dejar atrás al fin esa noche.

Julianne apartó poco a poco su atención del padre para centrarla en Lisbeth con una mirada ausente. El cuerpo de esta vibraba de impaciencia y desasosiego.

—Jack dice que has convencido a vuestra madre para que nos abandone y se vaya a vivir contigo —aseveró su cuñada con voz neutra.

Lisbeth se mordió un labio y asintió con un leve movimiento de cabeza. Los ojos de Julianne se llenaron de lágrimas.

—Ha sido muy cruel conmigo y debería celebrar que se vaya, pero…

Lisbeth aguardó con cierto sentimiento de compasión.

—… no me entusiasma la idea de quedarme sola con tu hermano. —Dicho esto, tras un lento pestañeo, dejó escapar un suspiro y se dio la vuelta. Salió de la habitación y cerró la puerta con un chasquido tras ella.

Lisbeth se llevó una mano al pecho e hizo varias respiraciones para calmarse. Aunque no profesaba un gran cariño a su cuñada, sintió lástima por ella al saber que su vida seguiría marcada por la pena y el conflicto.

Esperó tanto como fue capaz de soportar a fin de asegurarse de que se había marchado. Palpó el frasco del láudano que había guardado en el bolsillo, puso una mano en el brazo de su padre a modo de despedida y abandonó su casa por segunda vez en una noche, sabiendo que tampoco aquella sería la última.

Avanzó con rapidez sumida en la oscuridad de la noche hasta el lugar en que había dejado al resto y se sintió invadida por una oleada de afecto al distinguir a Matthew y a Sammy entre los que rodeaban a Jack. Su marido mostró un gran alivio al verla. Meneó la cabeza y caminó a su encuentro. El niño y él la envolvieron en un abrazo tremendo.

—¿Y Sadie? —preguntó ella preocupada.

—Está bien. La están cuidando Jordan y Mattie —la tranquilizó Matthew—. Emmanuel —añadió con voz dubitativa— dice que quieres volver a la casa… con Jack.

Ella lo confirmó con una simple inclinación de cabeza y sacó el láudano.

—Bien hecho —dijo sonriendo el marido de su aya.

Lisbeth retiró el tapón de corcho con gotero y, al fin, consintió en mirar a Jack. Él clavó en ella la vista con una mezcla de miedo y de rabia.

—Siento que hayamos tenido que llegar a esto, hermano. Ojalá no me hubieses seguido. No tenemos intención de hacerte daño y de veras que os deseo lo mejor a Julianne, a Johnny y a ti. —La voz se le quebró—. Y a madre. Rezaré a diario por todos vosotros.

Llenó por completo el cuentagotas e hizo ademán de inclinarse, pero Jack se puso a dar gritos y patadas y la hizo retirarse. Matthew se arrodilló para sostenerlo por las piernas. Emmanuel hizo otro tanto con los brazos y la cabeza abrazándolo por la espalda antes de hacer una señal a Lisbeth, que se agachó para asir el mentón de su hermano con la mano izquierda. Jack cerró la boca con violencia, pero su hermana le metió a la fuerza el tubo entre la mejilla y la encía. Al darse cuenta de lo que había hecho Lisbeth, Jack intentó escupir y ella se lo impidió cerrándole la boca. Apretó el gotero con rapidez, una y otra vez, para vaciarlo como le fue posible e, inmóvil, aguardó hasta que el cuerpo se relajó un tanto.

En ese momento llenó de nuevo el cuentagotas para administrarle la misma dosis que a su madre. Instantes después, Jack dejó de moverse. Cerró los ojos, hizo más lenta la respiración y distendió los músculos. Matthew y Emmanuel dejaron de hacer fuerza. El primero, al ver que no se revolvía, se puso en pie.

Lisbeth volvió a tapar el frasco y a guardárselo en el bolsillo. Lo único que deseaba era llevar a Jack a la casa para que pudieran salir de allí cuanto antes.

Miró a Emily para indicarle que se colocara en el lado derecho de su hermano.

—Jack, vamos a llevarte a casa —anunció con la dulzura de quien se dirige a un niño—. Tienes que andar tú, pero te vamos a ayudar.

Emmanuel y Matthew lo pusieron de pie. Aunque no podía sostenerse, le era posible caminar con ayuda y seguir instrucciones.

—¿Y si lo llevamos nosotros hasta la puerta? —propuso Matthew, mirando a Emmanuel en busca de un gesto de confirmación.

Emmanuel inclinó la cabeza en señal de asentimiento.

—No —repuso inflexible ella—. No vamos a correr el riesgo de que nos descubran. Emily y yo no llamaremos la atención si nos ve alguien.

Dicho esto, se colocó entre su marido y su hermano para sostener a este desde la izquierda. Emily hizo otro tanto por el costado derecho. Él se apoyó en las dos, que, pese a todo, lograron soportar su peso.

Mudas, las dos echaron a andar hacia la residencia de los Wainwright con un Jack tambaleante. Aunque era muy consciente de la preocupación de Matthew, Lisbeth siguió adelante sin volver la vista.

Supuso que tendría que forcejear con Jack, pero su hermano se mostró cooperador. El láudano estaba cumpliendo con su cometido.

Los tres se movían al unísono como una extraña figura de tres cabezas que recorriese las calles oscuras.

—¿Sabías que es nuestra hermana? —balbució Jack quebrando el silencio nocturno. Volvió la cabeza para mirar a Lisbeth mientras seguía dejándose llevar en dirección a la casa.

Lisbeth lo miró y a continuación dirigió la vista a Emily por encima del hombro de su hermano.

—¿Eh? —le espetó con algo más de energía en la voz—. ¿Lo sabías?

—Sí, Jack —susurró Lisbeth, incómoda ante el modo tan directo como había abordado el tema. Miró a Emily para observar su reacción, pero solo logró verla de perfil con la mirada fija en el camino.

—Se te parece —proclamó él—. Cada vez que la veo, me recuerda tu traición. Ahora ya la has completado. Le dije a mamá que no era prudente invitarte a venir.

En ese momento dio la impresión de que Jack trataba de oponer una resistencia indignada a la que, sin embargo, renunció de inmediato. Dejó caer la cabeza hacia delante y cerró los ojos. Volvió a reinar el silencio.

Lisbeth respiró hondo para calmar los nervios. Al cruzar la calle Henry, miró a un lado y a otro en busca de extraños, pero no había nadie. De hecho, llegaron a la casa sin ver un alma.

Emily y ella llevaron a Jack a su despacho. Coordinadas y sin necesidad de articular palabra, lo tumbaron en el sofá. Él, sin embargo, levantó la cabeza y la primera tuvo que apaciguarlo:

—Señor, es hora de dormir.

Jack la miró con gesto extrañado.

—¿Emily?

—Sí, señor. Ha vuelto a salir a beber, señor. Será mejor que se reponga aquí, yo me aseguraré de que la señora Julianne no se entere.

Él clavó en ellas la mirada con aire confundido.

—Su hermana está aquí para ayudarlo también, señor. ¿Quiere otra copa?

Hizo una señal con la vista a Lisbeth, que entendió adónde apuntaba y rebuscó en el escritorio hasta dar con una botella de *whisky* y un vaso en el último cajón. Sirvió una porción generosa, pero la mano le temblaba tanto que derramó sobre la mesa parte del líquido fragante y ambarino. Aunque su primera reacción fue la de proponerse proceder con más cuidado, se dio cuenta de que no hacía falta. Emily se dio una palmadita en el bolsillo antes de que Lisbeth tendiera el vaso a su hermano. ¿Más láudano? La idea la alarmó. ¿No sería demasiado? Emily asintió con un gesto exagerado y, confiando en su criterio, vació una dosis más en el licor antes de entregárselo.

Jack, reclinado en el sofá, dormitaba con los ojos cerrados. Emily le acercó la bebida a los labios sin decir nada y, poco a poco, le vertió el líquido en la boca hasta que él se bebió la mitad. Entonces giró el vaso con tanta rapidez que el resto le corrió por la barbilla y fue a caerle en la camisa. Él abrió los ojos y se miró confundido el pecho.

—¡Vaya! Señor, lo ha derramado. No importa —lo tranquilizó—. Póngase cómodo y olvídese de lo demás.

Le asió los hombros con firmeza y lo empujó con cuidado hasta dejarlo tendido. Él gruñó y murmuró algo mientras miraba desorientado a su alrededor.

—¿Emily?

—Duérmase, señor —dijo ella con un acento marcado—, que yo me encargo de todo.

Jack parpadeó, se acurrucó en el sofá y cerró los ojos. Las otras dos permanecieron en silencio. El bulto al que había quedado reducido empezó a emitir suaves ronquidos. Lisbeth sintió que la tensión la abandonaba.

—Lo has hecho muy bien —aseveró Lisbeth impresionada.

—Tengo ya demasiada práctica —repuso ella con una sonrisa sarcástica.

Lisbeth sacó el frasco de láudano y anunció:

—Hay que llevar esto a la mesilla de noche de padre.

Aunque deseaba echar a correr escaleras arriba, se obligó a subir despacio, pues sabía que podían estar cerca Julianne o su madre y no quería que pensaran que ocurría algo fuera de lo común.

Ante la incertidumbre de lo que podía encontrar al otro lado, se detuvo al llegar a la puerta. Giró el pomo y Emily la siguió. La habitación estaba a oscuras y el aire olía a rancio. Los sonoros estertores del moribundo llenaban aún la estancia: su padre seguía con vida. Lisbeth dejó escapar un suspiro. No le hacía gracia volver a dejarlo y que se enfrentara a solas a la muerte. Miró a Emily y las dos se colocaron a sendos lados de la cama para contemplar al hombre que las había engendrado. Lisbeth dejó que esta última idea flotase unos instantes más en su pensamiento. Emily era su hermana y, aunque no tenía muy claro qué comportaba aquello, se alegraba de saber la verdad.

Lisbeth se sobresaltó al oír ruido en el pomo de la puerta. Las dos miraron hacia ella. Supuso que sería Julianne y se sorprendió al ver a su madre, desaliñada y con ojos soñolientos. Las miró a las dos, primero a una y luego a la otra con expresión hostil y dolorida.

Al miedo y la desilusión fue a sumarse una emoción más en el interior de su alma: la compasión. Aquella mujer, su madre, llevaba décadas conviviendo con Emily por obligación. ¿Cuánto tiempo llevaba casada aquella joven de diecinueve años cuando supo que aquella muchacha hermosa de piel clara era hija de su marido? Apenas podía imaginar lo confundida y traicionada que debió de sentirse no solo entonces, sino quizá todos y cada uno de los días de su vida.

Al final, la recién llegada dejó de mirarlas y dirigió la vista a su esposo yacente.

—¿Nos ha dejado?

La respiración del agonizante era tan ruidosa que la respuesta parecía obvia. Sin embargo, por extraña que pareciese la pregunta, Lisbeth respondió con amabilidad:

—No.

La mujer se situó en los pies de la cama y miró al rostro de su esposo.

—Está tardando una eternidad —declaró—. Me está poniendo enferma.

—Podemos llevarla a su cama, señora —ofreció Emily tomándola del brazo.

—¡No me toques! —la reprendió ella apartándolo de un tirón—. *Mi* hija está aquí conmigo y me puede ayudar.

Lisbeth miró a Emily alzando una ceja y le indicó con una mano que la esperase allí. Entonces tomó a la futura viuda de la mano y la sacó del cuarto llevando consigo el láudano.

—Tome su medicina, madre —dijo adoptando el tono consolador de Emily—. La dejaré arropada para que no tenga que volver a pensar en nada de esto.

La conmiseración que acababa de hallar en su interior no le impediría abandonar a aquella mujer. Por la mañana habría llegado a su fin la vida que había conocido su madre. Tendría que mudarse y depender de la clemencia de un hijo resentido y borracho. Sintió náuseas ante su propia capacidad para engañar, para mantener las apariencias, aunque lo cierto era que su madre le había enseñado bien desde su nacimiento.

Una vez más, no deseaba otra cosa que huir de aquella vida.

Tras salir de casa por tercera vez aquella noche, Lisbeth se dirigió con Emily a la arboleda para encontrarse con los suyos. Matthew y

Sammy corrieron a su encuentro y la recibieron con un abrazo aún más largo.

—¡Mamá, Willie dice que lo has rescatado! —exclamó sonriente el niño.

—Supongo que sí —repuso ella devolviéndole el gesto. Sin ser una Harriet Tubman, aquel día había hecho lo que había que hacer, al menos para unos cuantos.

—Pero que no sirva de precedente —pidió su marido—, porque ¡yo no tengo el corazón para estos sustos!

—Te prometo que no tengo la intención de repetir en mi vida las experiencias de esta noche —le garantizó ella.

—¿Puedo ir en el carro con Willie? —preguntó el crío.

Lisbeth miró a Matthew y, al verlo asentir con la cabeza, respondió:

—¿Por qué no?

—Gracias —gritó él mientras echaba a correr para unirse a su amigo.

—¿Dónde está Sadie? —preguntó Lisbeth a su marido.

Matthew señaló uno de los carros. Su hija estaba dormida, acurrucada y con la cabeza apoyada en el regazo de Jordan. Lisbeth fue a sumarse a ellas en la caja del vehículo.

—Gracias por ofrecerle consuelo —dijo a la joven mientras daba palmaditas en la espalda a la niña. ¡Bendita inocencia!

Jordan sonrió con una inclinación de cabeza. Aunque raras veces pensaba en ella como el hermoso bebé al que había amado hacía tantos años, el tiempo se plegó en aquel instante para Lisbeth y tuvo la impresión de que la muchacha encantadora que tenía delante era el mismo ser que había llevado en brazos.

—Tú fuiste el primer bebé al que quise en mi vida, Jordan —le aseguró embargada de emoción.

La joven soltó una risita.

—Me lo ha contado mi madre. También sé que la manta que todavía conservo me la hiciste tú, pero la verdad es que no lo recuerdo. —Se encogió de hombros.

—¿Cómo te vas a acordar? ¡Si casi no habías cumplido el año cuando te fuiste!

Las dos permanecieron sentadas en silencio, sumidas en la oscuridad, mientras Sadie dormía entre ambas. Lisbeth observó al resto, que se aprestaba para partir a Washington. Tenía más cosas que decir, pero se sentía vulnerable.

Al final hizo acopio de valor:

—Gracias por compartir a tu madre conmigo. Ya sé que yo no soy hija suya, pero es la mejor madre que he tenido en mi vida.

—Yo no estaría tan segura —repuso Jordan.

Lisbeth la miró con el sobrecejo fruncido y gesto interrogante.

—Digo —aclaró— que no estaría tan segura de que no eres hija suya. A nuestra manera, somos todos una familia.

A Lisbeth la invadió una dulce calidez. Desde luego, sentía lazos de parentesco más poderosos con Mattie, Samuel y Jordan que con su propia madre, su padre o su hermano y resultaba adorable saber que aquella joven pudiera tener una percepción semejante respecto de ella.

Sadie levantó la cabeza y miró a su alrededor.

—¡Mamá! Ya estás aquí. ¿Has traído a Willie?

Lisbeth asintió a su hija. Su conversación con Jordan había quedado en suspenso.

—Entonces, hay que irse a casa —declaró la niña—. ¿No, señorita Jordan?

—Sadie —dijo la joven con dulzura y la voz cargada de emoción—, yo no volveré a Ohio.

La niña la miró con tristeza.

—¿No?

A Lisbeth se le encogió el corazón por su hija. Jordan negó con la cabeza y respondió:

—Me quedaré en Richmond para dar clases a los niños libertos y a algún que otro liberto ya no tan niño.

—Tu madre te echará de menos —aseveró Lisbeth.

La joven asintió. Sadie miró a su madre con la barbilla temblorosa.

—¿Es malo que esté triste?

Lisbeth la atrajo hacia su regazo para darle un achuchón.

—Amar nunca es pecado.

—Volveré a casa de vez en cuando de visita —aseguró Jordan—. Cuando vaya, ¿vendrás a comer?

—¿Puedo, mamá? —preguntó la chiquilla con los ojos cargados de esperanza.

Su madre dio su consentimiento.

—Eso estaría muy bien. —Sonrió a Jordan—. Iremos todos encantados.

Sadie se acurrucó con Lisbeth en la parte trasera del carro. Se detuvieron delante de la casa de la señorita Grace para dejar a Jordan. Después de despedirse de ella, tenían intención de pasar la noche de viaje rumbo al norte para llegar a Washington D. C. y, desde allí, a Pensilvania y Ohio. Confiaban en estar a salvo en cuanto abandonaran Virginia. En el caso improbable de que los persiguiera Jack, le llevarían horas de ventaja. Lisbeth estaba convencida de que se sentiría demasiado abrumado por la muerte de su padre y por su propia humillación para ir a buscarlos tan lejos de casa, sobre todo en el corazón del Gobierno Federal.

Observó a Jordan mientras se despedía de su familia y vio a Mattie meterse la mano bajo el corpiño para sacar el collar con la concha marina, quitárselo por la cabeza y ponérselo a la hija. Jordan fue a protestar y, aunque Lisbeth no alcanzó a oír lo que decía la madre, las vio darse un abrazo.

—¡Ese collar es como el que tienes tú! —exclamó Sadie.

—Sí, así es —respondió ella antes de sacar el suyo y acariciarlo con los dedos—. Me lo dio Mattie para recordarme que su amor estaría siempre conmigo.

—¿Y cuando yo sea mayor me lo darás a mí?

Lisbeth la miró y pensó en todo lo que había heredado ya de ella antes de contestar:

—Por supuesto.

—Mamá —dijo Sadie con voz muy seria.

—Sadie —repuso ella imitando el tono de su hija.

—Sammy dice que va a presentar a Willie como amigo suyo en la escuela y dice que yo haga lo mismo con Ella, pero a mí no me parece muy bien.

—¿Por qué no?

—No lo sé. —La pequeña se encogió de hombros—. Es que yo diría que son algo más que amigos.

Lisbeth entendió las dudas de su hija. ¿Qué eran aquellas personas para ellos? Miró a su alrededor y contempló los rostros del grupo con el que iban a hacer el viaje de regreso a casa: Samuel, Emmanuel, Mattie, Sarah, Ella, Emily, William y Willie.

—Puedes decirles a todos que son allegados tuyos.

—¿Allegados?

—Sí, porque están conectados contigo por tus decisiones. Una cosa intermedia entre amigos y familiares.

Aquella respuesta satisfizo a la pequeña, que hizo un movimiento resuelto con la cabeza antes de echarse a dormir al lado de su madre. Mattie subió al carro para colocarse al otro lado de Lisbeth. Matthew y Emmanuel ocupaban el pescante, listos para hacer que los caballos los sacaran de la ciudad. Las dos mujeres, que se turnarían con ellos cuando avanzara la noche, se dispusieron a aprovechar la ocasión de dormir que se les brindaba por el momento.

Lisbeth tomó la mano de Mattie en el momento de partir. Jordan se despidió con el brazo bien en alto. La señorita Grace se encontraba a su lado. Lisbeth observó a la joven hacerse cada vez más pequeña hasta que desapareció de la vista.

—No te preocupes por Jordan, Mattie: has criado a una mujer fuerte y buena. Puedes estar orgullosa de ella.

Mattie la miró con una sonrisa dulce, como si se hubiera asomado a su alma, y dijo:

—Sí que es verdad. Y sí, estoy orgullosa.

Epílogo

Richmond (Virginia)

No está bien que los maestros tengan favoritos. Yo, sin embargo, tengo una. Tessie se hizo con un lugar especial en mi corazón la primera vez que me pidió con descaro:

—¡A ver, demuéstramelo!

Mi afecto crece cada vez que me da la mano para recorrer las cuatro manzanas que separan nuestra casa de la escuela. Se pasa el camino charlando, imaginando cómo será la mañana que nos espera y recordándome los deberes que se nos quedaron sin acabar el día anterior.

No me resultó difícil convencer a la señorita Grace de que esta niña precoz sería maravillosa en su vida. Le bastó conocerla para consentir en quedársela. Una ha ido a llenar un vacío doloroso en la existencia de la otra y para mí es un gran alivio saber que se cuidarán mutuamente cuando acabe mi estancia aquí. Ojalá pudiese decir que he encontrado un hogar permanente para todos los chiquillos de mi escuela, pero afirmar que algo es verdad no lo hace cierto.

Tessie se desvive por complacerme y me ayuda a preparar para los demás alumnos la única aula de que disponemos: juntas colocamos los pupitres, ordenamos los libros y limpiamos las pizarras. Cuando todo está listo, me mira en espera de un gesto mío de aprobación. Entonces, abre la puerta con un ademán exagerado y abre los brazos de par en par para recibir al resto.

Yo me quedo de pie en el umbral a fin de dar la bienvenida a cada uno de ellos de manera individual. A principio de curso averigüé quién prefiere un abrazo y quién se siente más cómodo con un apretón de manos y respeto los límites de cada uno, aunque es verdad que me llena de júbilo que alguno de ellos llegue a confiar en mí lo suficiente para buscar mis brazos. En la vida de estos críos falta mucho afecto.

La mayoría es como Sophia, mi prima, una niña que ya no es tan niña y que está sola en el mundo sin un ser querido que la cuide a diario. Muy pocos han encontrado un hogar permanente. Sus padres y sus hermanos están en paradero desconocido y ellos son para sus familias niños perdidos. Supongo que en las iglesias, los domingos por la mañana, se pronuncian los nombres de algunos mientras los parroquianos escuchan con atención, desesperados por oír nombrar a algún pariente.

Cuando mis alumnos se han sentado, me dirijo a la pizarra y observo sus rostros llenos de esperanza. Me devuelven la mirada niños de todas las edades y aptitudes, cuya piel va desde algo cercano al blanco hasta el negro más intenso. Algunos son ágiles y confiados; otros, reflexivos y cautos. Todos somos antiguos esclavos, aunque, a diferencia de mí, ellos tienen recuerdos de dicha experiencia. Esas criaturas preciosas conocen el sufrimiento de los trabajos extenuantes, las separaciones forzadas y la espeluznante guerra.

Yo tengo el privilegio de ponerlos en contacto con el mundo de la enseñanza, si bien muchas veces me asalta la impresión de que este cometido me supera con creces. Pido a Dios que, aunque sea solo a través de mi ejemplo, sean capaces de imaginar un futuro mucho más dichoso que el pasado que han conocido. Me alienta saber que hay muchísimas aulas como la mía que ofrecen a las gentes recién liberadas las herramientas necesarias para prosperar en el mundo que ha nacido tras la abolición de la esclavitud. No soy sino una más de los maestros que, por veintenas, están educando al servicio del bienestar de la raza negra.

Este trabajo resulta a menudo abrumador y parece insuficiente para hacer frente a tanto dolor y tanta necesidad. Los niños comparan como cosa natural historias relativas a azotes, a asesinatos y a vidas al borde de la inanición. Se enseñan las cicatrices físicas y espirituales como algo corriente. Y es que para ellos lo son. Quisiera protegerlos de las realidades del mundo que resultan demasiado angustiosas para un niño, pero es tarde para eso. Esas historias no son sino un reflejo de la vida que ya han conocido.

Algunos son tan introvertidos que dudo que sean capaces de cuidar de sí mismos cuando les llegue el momento. Otros recurren tanto a la ira, por motivos comprensibles, que temo por su futuro. Sin embargo, cuando me acosan las dudas, recuerdo a Sophia. Me gusta imaginar que está en un aula parecida a esta en la que le enseñan con respeto y con afecto. Tengo siempre presente que sola no puedo procurar una vida digna a estos niños, pero sé que estoy sembrando y que puedo animarlos a dar pasos en la dirección acertada. Como dice mi madre, no puedo saber qué semillas arraigarán y darán flor, pero el simple hecho de lanzarlas constituye un acto de fe. En medio de tanta monstruosidad, sus rostros son los de la esperanza.

A diario meto la mano en el bolsillo para tocar los granos de mostaza que me dio mi madre y rezo en silencio por nuestra criatura perdida: «Dios, por favor, cuida de Sophia, que no le pase nada y pueda volver a casa con la prima Sarah». A continuación recito mi oración por los niños que tengo delante: «Dios, ayúdame a guiar sus corazones, sus almas y sus mentes como se merecen. Amén».

Y me pongo a trabajar.

Agradecimientos

He quedado en deuda con estas fuentes:

—Louisa Hoffman, ayudante de archivero del Oberlin College
—Roslyn, de la Biblioteca del Congreso
—*Help Me to Find My People: the African American Search for Family Lost in Slavery*, de Heather Andrea Williams
—«Life in Virginia by a Yankee Teacher», de Margaret Newbold Thorpe
—*Negroes and Their Treatment in Virginia from 1865 to 1867*, de John Preston McConnell
—*Plain Counsels for Freedmen*, de Clinton B. Fisk, subcomisario de la Agencia de Libertos
—«Richmond Slave Trail», en http://www.rvariverfront.com/monuments/slavetrail.html
—*Slavery by Another Name: the Re-Enslavement of Black Americans from the Civil War to World War II*, de Douglas A. Blackmon
—*Slavery by Another Name* (documental), en http://www.pbs.org/tpt/slavery-by-another-name/home/
—*Worse than Slavery: Parchman Farm and the Ordeal of Jim Crow Justice*, de David M. Oshinsky

—*Republicans and Reconstruction in Virginia, 1856-70*, de Richard G. Lowe

Gracias también a las siguientes personas y colectivos:

—Los que leyeron los borradores, entre quienes se incluyen Heather MacLeod, Jodi Warshaw, Gogi Hodder, Darlanne Hoctor, Amanda Smith, Sheri Prud'homme, Rinda Bartley, Roz Amaro, Aria Killebrew-Bruehl, Jill Miller, Dan Goss, Margie Biblin, Kathy Post, Carmen Tomaš y Sarah Prud'homme.

—Terry Goodman, por encontrar mi aguja en el pajar de la autoedición.

—Los equipos de Lake Union y Amazon Publishing, incluidos Jodi Warshaw, Tiffany Yates Martin, Gabriella Dumpit, Irene Billings y los que no menciono aquí por ignorar su nombre.

—Mi familia de Woolsey, por el apoyo, la esperanza y el dolor que han compartido conmigo durante todos estos años difíciles. Os quiero a todos.

—Las Tijuana Gals, por tantas risas, lágrimas, conversaciones de corazón… y nombres de personajes.

—La primera iglesia unitaria de Oakland, por hacerme crecer en la fe y el cariño durante más de treinta años.

Índice